ullstein

Das Buch

Norderney, das Inselparadies? Nichts wie hin. Urlaub auf Spesenrechnung? Ein Fall für Trixi Gellert. Für ihre neue Reiseführer-Idee soll Trixi vor Ort recherchieren, und so macht sie sich auf den Weg in den hohen Norden. Und als sie im mit Rentnern vollgepackten Bus sitzt und die Autobahn hochzuckelt, dämmert ihr langsam, dass sie es nicht schlecht getroffen hat: Der Strandkorb lockt. Doch kaum ist sie auf der Insel, ist es vorbei mit der Entspannung: Eine Tote wird gefunden. Eine Umweltschützerin, die gegen die Syltisierung der Insel eingetreten ist. Der gutaussehende Sohn eines Hotelbesitzers am Ort erklärt Trixi nur zu gern, was darunter zu verstehen ist und wer auf welcher Seite steht. Und plötzlich jagt Trixi zwischen Strandbar, Campingplatz und Fünf-Sterne-Hotel den Mörder.

Die Autorin

Christiane Güth, 1967 geboren, arbeitete über 15 Jahre als Redakteurin in einem Sachbuchverlag und ist selbständige Werbetexterin. Sie lebt mit ihrer Familie in Gütersloh.

Von Christiane Güth ist in unserem Hause bereits erschienen:
Cheffe versenken

Christiane Güth

Alle Wege führen nach Morden

Kriminalroman

Ullstein

Besuchen Sie uns im Internet:
www.ullstein-taschenbuch.de

MIX
Papier aus verantwortungsvollen Quellen
FSC® C006701

Originalausgabe im Ullstein Taschenbuch
1. Auflage Juni 2013

Umschlaggestaltung: ZERO Werbeagentur, München
Titelabbildung: Fine Pic®, München
Satz: LVD GmbH, Berlin
Gesetzt aus der Quadraat
Papier: Pamo Super von Arctic Paper Mochenwangen GmbH
Druck und Bindearbeiten: GGP Media GmbH, Pößneck
Printed in Germany
ISBN 978-3-548-28420-0

Für meine Großeltern Erna und Wilhelm,
Klärchen und Rolf

»Hallo! Sie können hier nicht schlafen!«

Erst zurückhaltendes, dann energisches Rütteln an einem reglosen Menschen, der auf einer Parkbank zu schlummern scheint – »Hören Sie mich?« – Der Rüttler stutzt und fährt fort – Wie auf Kommando kippt die liegende Person mit grimassenhaft starrenden Augen nach vorn und plumpst von der Bank – Schnitt – Intromelodie – Der Kommissar erscheint am Tatort.

Ich hatte immer gedacht, klischeehafte Opfer-Auffind-Szenen spielten sich nur in Fernsehkrimis ab. Leider wurde ich eines Besseren belehrt, als ich eines Tages selbst an einer Leiche rüttelte – und vergeblich auf die Intromelodie wartete.

NAMENLOS

»Liebe Kolleginnen und Kollegen. Dass Sie mich jetzt und hier stehen sehen, grenzt an ein Wunder, denn eigentlich sollte ich heute längst in meinem finsteren, kalten Grab liegen.«

Bernold Bellersen, dicklicher Erbe und Geschäftsführer eines der renommiertesten Reiseführerverlage, stand auf einer kleinen Bühne vor einem Mikrophonständer, erhob das Glas und prostete seinen Mitarbeitern zu.

Ohne auf das Raunen im Publikum zu achten, leerte er seine Champagnerflöte in einem Zug, kniff die tief liegenden Äuglein zusammen und spähte in die Runde.

»Wie Sie alle wissen, bin ich nur knapp einem perfiden Anschlag entgangen. Doch zum Glück habe ich mein Leben dem beherzten Eingreifen einer Dame zu verdanken, die heute auch hier ist: unserem jungen und mutigen Fräulein Gellert!«

Verhaltener Applaus. Ich hatte gerade einen großen Teller mit einer Auswahl exquisiter Vorspeisen beladen, als mein Herzschlag für einen Moment aussetzte.

Alle Blicke richteten sich auf mich, während Bellersen mir mit einem hektischen Winken zu verstehen gab, auf der Bühne zu erscheinen.

Ich fühlte, wie ich rot anlief und kurzatmig wurde. Die

Feierlichkeiten zum 50-jährigen Unternehmensjubiläum des Reiseführerverlags Bellersen hatte ich mir doch vollkommen anders vorgestellt. Okay. Vor einigen Monaten war es mir, Trixi Gellert, groß, blond und blutjunge 31, tatsächlich gelungen, den geplanten Mord an Bernold Bellersen zu vereiteln. Ich hatte diese Episode allerdings längst unter *spannend, aber nicht zu wiederholen* abgelegt. Schließlich war ich nur eine Redaktionsaushilfe gewesen, die die Chronik des Verlagshauses geschrieben hatte. Und das auch noch unfreiwillig. Normalerweise hielt ich nämlich nichts von stumpfer Büroarbeit. Nur unter großem finanziellen Druck hatte ich diesen befristeten Job angenommen – und entgegen meinem Naturell sogar zu Ende gebracht. Danach war ich einfach nur heilfroh gewesen, die Anstalt des Schreckens nicht mehr betreten zu müssen. Bis auf einen fetten Scheck und eine vielversprechende Romanze bot der Verlag nicht viel Abwechslung.

Und nun das. Statt einen unbeschwerten Abend mit Small Talk und kostenlosen Speisen und Getränken zu verbringen, wurde ich gegen meinen Willen ins Rampenlicht beordert. Mit knurrendem Magen bahnte ich mir einen Weg durch die Menge. Kurz vor dem schmalen Treppenaufgang erblickte ich Robert van Gendt inmitten einer Gruppe mir unbekannter Frauen. Ich unterbrach sein teilnahmsloses Klatschen und drückte dem frisch ernannten Redaktionsleiter meinen Teller in die Hand.

»Aber nichts stibitzen«, flüsterte ich ihm zu.

»Keine Sorge, ich mische höchstens etwas Arsen unter Ihren Krabbencocktail«, hörte ich ihn granteln.

Als ich mich die Stufen hinaufhievte, fühlte es sich an, als hätte mir jemand Blei in die Schuhe gekippt. Meine Kehle war wie zugeschnürt, und augenblicklich wurde mir flau. Vor so vielen Menschen hatte ich das letzte Mal als Viertklässlerin gestanden und mit einem Blockflöten-Blackout den lang geprobten Weihnachtsauftritt meiner Klasse vermasselt. Seit diesem Tag waren mir öffentliche Auftritte vor mehr als drei Personen ein Gräuel.

»Hoppla, Fräulein Gellert. Ich beiße nicht. Sie sind doch sonst nicht so zurückhaltend, wenn es ums Feiern geht. Es sollen ruhig alle wissen, was Sie geleistet haben!«

Bellersen schnaubte nickend in die Menge. Als ich in seine Reichweite kam, griff er plötzlich meine Hand und zog mich mit einem Ruck zu sich heran. Mit einer eindeutigen Geste forderte er das Publikum zu einem weiteren Applaus auf. Ein förmliches Händeschütteln mit diesem Grobian hätte ich gerade noch ertragen, aber meine Hand in seiner feuchten Pranke zu fühlen, unsere ungleichen Körper eng aneinandergepresst, ging zu weit. Mir blieb keine andere Wahl als die Flucht nach vorn. Ich riss mich aus dieser peinlichen Verbindung, machte einen Schritt zur Seite und wagte einen Blick in die Menge. Vor der Bühne standen etwa achtzig Mitarbeiter und noch einmal genau so viele Gäste. Zwischen den ehemaligen Kollegen entdeckte ich das Who is Who der Gütersloher Stadtverwaltung, Honoratioren aus Wirtschaft und Kultur sowie einige Vertreter der lokalen Presse und meinen früheren Kinderarzt Dr. Brandwehr, dessen schiefes Lächeln ich auch nach zwanzig Jahren in jeder größeren Menschenmenge orten würde.

Diesmal ohne Aussetzer, zeig es allen!, kommandierte mich meine innere Stimme. Wie durch ein Wunder zeigte dieser

Befehl Wirkung. Ich schluckte kurz, dann schnappte ich mir das Mikro vom Ständer.

»Vielen Dank, das ist sehr nett von euch allen – und von Ihnen, Herr Bellersen!«

Was erwarteten die Zuhörer von mir? Ich sah in viele neugierige Gesichter, nicht zuletzt in das meines rundlichen Bosses, der mir gönnerhaft zuzwinkerte.

»Es war mir eine Ehre, Sie vor dem Schlimmsten zu bewahren und für Sie zu arbeiten«, presste ich zwar nicht ehrlich, aber so freundlich wie möglich hervor. »Nun bleibt mir nichts anderes zu sagen, als mich für die Einladung zu bedanken und Ihnen, lieber Herr Bellersen, und euch, liebe Gäste, viel Spaß am Buffet zu wünschen. Haut rein!«

»So kennen wir sie!«, scherzte Bellersen, der schon wieder verdächtig nah zu mir aufgeschlossen hatte. Ohne Vorankündigung legte er seinen massigen Arm um meine Taille und ergriff das Mikro in meiner Hand, um selbst hineinzusprechen.

»Glauben Sie allen Ernstes, so einfach davonzukommen? Wo stünde unser namhaftes Unternehmen ohne mutige und visionäre Menschen wie Sie und mich?«

Konnte Bellersen seine Eigenlobhudelei nicht allein fortführen? Sämtliche Geschichten zu den Verlagsbestsellern, die eigentlich sein Vater – Gott hatte ihn schon lange selig – zu verantworten hatte, kannte ich bereits auswendig. In der Aufbruchstimmung der Nachkriegszeit hatte Bellersen senior es geschafft, mitten im ostwestfälischen Niemandsland ein kleines Medienimperium aufzubauen. Mit dem richtigen Riecher stillte er das Fernweh der Deutschen und produzierte mit großem Erfolg Reiseführer für alle Ziele und Geldbeutel. Nach seinem tragischen frühen Tod hatte Sohn Bernold die Geschäfte übernommen. Leider mangelte es dem groben

Klotz junior sowohl am richtigen Riecher als auch am erwünschten Erfolg.

Während er meine Taille noch fester umklammerte, glaubte ich, seinen hämmernden Pulsschlag zu spüren. Außerdem umgab Bellersen ein strenger Duft, der mich an vollgesogenes Katzenstreu erinnerte.

»Liebe Kollegen und Freunde des Hauses, wir haben Fräulein Gellert nicht nur mein Leben und somit den Fortbestand unseres Verlages zu verdanken, sondern noch etwas ganz Besonderes.«

Verschwörerisch zog er seine rechte Augenbraue hoch und sah mir dabei von unten ins Gesicht. Dass er einen halben Kopf kleiner war als ich, schien ihn überhaupt nicht zu stören.

»Ich muss zugeben, als Fräulein Gellert sich im letzten Jahr bei uns vorstellte, habe ich sie unterschätzt. Wie sie so vor mir stand, ein langer weiblicher Lulatsch in einer viel zu kurzen Bluse und einem abgewetzten Männersakko.«

Großes Gelächter.

»Man hätte meinen können, sie wollte den Job gar nicht.«

Bingo, Bernold. Treffender hätte ich mich vor großem Publikum auch nicht charakterisieren können. Nachdem Bellersen sich von einem lauten Lacher beruhigt hatte, redete er weiter.

»Doch zu unserer großen Überraschung entpuppte sich diese junge Frau als verlegerisches Naturtalent: kreativ, ein bisschen extravagant in ihrer Arbeitsweise, aber mit der nötigen unternehmerischen Weitsicht.«

Hallo? Jetzt musste Bellersen aber einen Totalblackout haben. Mit wem verwechselte er mich da gerade? Er konnte unmöglich mich meinen. Auch das Publikum schien irritiert –

allen voran Robert van Gendt, dem der Mund offen stand. Wehe, er machte sich an meinen Hors d'œuvres zu schaffen. Bellersen fuhr unbeirrt fort.

»Es ist die Königsidee! Fräulein Gellert hat das beste Buchkonzept entwickelt, das seit langem in diesem Haus vorgestellt wurde.«

Ach du Schande! Ganz langsam dämmerte es mir. Die vermeintliche Königsidee, die ich Bellersen vor wenigen Tagen so nebenbei untergejubelt hatte, stammte überhaupt nicht von mir, sondern war dem Gedankensalat eines pubertierenden Teenagers entkeimt. Meine für ihr Alter deutlich zu schlaue Nichte Rahel hatte mal wieder ihrer Phantasie freien Lauf gelassen und einen Entwurf für eine innovative Reiseführerreihe zu Papier gebracht. Eigentlich wollte die kleine Schlaumeierin sich mit der Idee um ein Schülerpraktikum im Verlag bewerben. Sie hatte mich gefragt, was ich von dem Konzept hielt. Ich fand es ganz passabel und schickte es per Mail an Bernold Bellersen – ohne ihm zu verraten, dass eine unbedarfte 15-Jährige dafür verantwortlich war.

»Um es auf den Punkt zu bringen: Fräulein Gellerts Konzept ist so grandios, dass ich mir langfristig sowohl wirtschaftlich als auch strategisch Großes davon verspreche. Damit der Erfolg nicht durch Informationsweitergabe gefährdet wird, halten wir das Projekt zunächst noch geheim.«

Ich verstand nur Bruchstücke von dem, was Bellersen da gerade von sich gab. Meine Knie zitterten, und ich war beinahe froh, dass das schwitzende Schwergewicht mich so fest umklammerte. Welche Überraschung würde dieser herrische Verlags-Houdini als Nächstes aus seinem XXL-Ärmel zaubern?

»Nur so viel möchte ich verraten: Die Verantwortung für dieses Projekt lege ich vertrauensvoll in vier Hände. In die fleißigen unseres erfahrenen Redaktionsleiters Robert van Gendt und in die hübschen, zarten langen Finger von Fräulein Gellert. Sie beide ernenne ich hiermit offiziell zu den Projektleitern. Und Robert, deine Idee für die ›Reiseführer in die gefährlichsten Krisengebiete‹ verschieben wir aufs nächste Jahr.«

Für mehr als die aushaltbaren drei Sekunden herrschte totale Stille im Innenhof des Verlagsgebäudes.

Bellersen schien das wenig zu interessieren. Er bat van Gendt auf die Bühne, der sogar meinen Teller mitbrachte. Dann gratulierte er uns und schickte uns zurück in die Schar der applaudierenden Gäste.

Robert van Gendt drückte mir meinen Vorspeisenteller in die Hand und stierte mich mit schmalen Lippen an. Auf seiner Glatze funkelten winzige Schweißperlen.

»Da bin ich aber ziemlich gespannt, was für ein Projekt Sie dem guten Bernold aufgetischt haben. Oder besser gesagt, wie Sie es geschafft haben. Mit Ihrer viel zu kurzen Bluse?«

Das musste ja kommen. Redaktionsschnösel van Gendt konnte sich seine Neidnummer sparen. Bis vor wenigen Minuten hatte ich von Bellersens Plänen schließlich selbst nichts gewusst. Wie hätte ich ahnen können, dass Rahels Hirngespinst eine derartige Reaktion hervorrufen würde?

Mit einem nicht ausgesprochenen *Vollhonk* änderte ich die Richtung und quetschte mich durch die glotzenden Gäste.

Was hatte Bellersen sich bloß bei seiner lausigen Ansprache gedacht? Kaum war das Fundament für mein selbstbestimmtes Leben außerhalb geschlossener Büroräume gegossen, versuchte er es zu zertrümmern. Bis zu meinem dreißigsten Lebensjahr war ich schließlich auch wunderbar ohne Bernold Bellersen und sein absolutistisch geführtes Verlagshaus klargekommen. Nach der Schule hatte ich es zunächst mit einem Journalistikstudium versucht, dann aber gemerkt, dass mir langes Sitzen, feste Arbeitszeiten und zermürbende Kopfarbeit nicht gut bekamen. Und weil das Leben mehr zu bieten hat als Schreibtische und Computerbildschirme, war ich in Gütersloh und Umgebung zur glücklichen und unangefochtenen Meisterin der Nebenjobs mutiert.

Das änderte sich, als meine Familie mich in eine Reihe unerfreulicher Situationen bugsierte. Meine Eltern waren ohne meine Zustimmung in die Mongolei ausgewandert und hatten mir aus heiterem Himmel den Geldhahn zugedreht. Dann hatte meine Schwester Betty mich aus der gemeinsamen Wohnung geworfen, und ich war gezwungen, diesen langweiligen Schreibjob anzunehmen. Zur Belohnung war für die Fertigstellung der Verlagschronik ein stattliches Honorar auf meinem ansonsten wenig frequentierten Konto eingetrudelt. Ein Sümmchen, das ich sofort in die Zukunft investierte: den Umzug in meine erste eigene Wohnung. Dahin hatte ich es zum Glück nicht weit, denn unser Vermieterehepaar Florence und Gerd besaß einen respektablen Immobilienfundus, in dem gerade eine hübsche, kleine Wohneinheit frei geworden war. Praktischerweise im Nachbarhaus.

»Hast du PMS, oder warum bist du so blass?«, fragte Alan mit provokantem Lächeln, während er mich mit seinen arktiseisblauen Augen fixierte. Der irischstämmige Graphiker und Schwarm aller Verlagsfrauen war seit einigen Monaten mehr On- als Off-Lover für mich – so genau wollte ich mich nicht festlegen. Zum Missfallen einiger Kolleginnen hatten Alan und ich schnell unsere Zuneigung füreinander entdeckt. Die verschwand auch nicht, als Alan mir offenbarte, leidenschaftlicher Rennradfahrer zu sein. Bei aller Liebe und meinem Hang zu rasanten Hobbys – zeitgetriebenes Radfahren mit festgeklickten Füßen war die reizloseste Sportart, die ich mir vorstellen konnte. Wenn ich nicht meinen ganzen Körper bewegen konnte, hatte ich keinen Spaß. Während Alan also in seiner Freizeit Kilometer für Kilometer durch die Landschaft preschte, vergnügte ich mich beim Joggen, Tanzen, Kickboxen – jedem das Seine.

Ohne mich zu fragen, schnappte Alan sich den Krabbencocktail von meinem Teller und ließ ihn sich auf der Zunge zergehen. In jedem anderen Moment hätte ich diesen Anblick genossen, aber mir war die gute Laune vergangen. Alan startete einen zweiten Aufmunterungsversuch und hauchte mir einen zärtlichen Kuss auf die Wange. Auch dieser Schuss ging nach hinten los, denn genau in diesem Moment marschierte Bellersens Assistentin Luise Heyster an uns vorüber. Auf eleganten Highheels versuchte sie, auf dem unebenen Rasen Balance zu halten, was ihr souverän gelang.

»Wer hätte gedacht, dass Sie uns noch länger erhalten bleiben. Na, dann ein Prosit auf gute Zusammenarbeit!«, raunte sie in vertrauter Phonetik. Aus Frau Heyster wurde man nicht schlau. Mit ihrem seidenglatten Pagenkopf und perfekten Auftreten war sie die Inkarnation von Professionalität und somit das genaue Gegenteil ihres cholerischen Chefs. Nichts schien die schlanke Mittfünfzigerin aus der Ruhe bringen zu können. Selbst Alan, der Frau Heyster schon seit Jahren kannte, wusste nicht, ob sie Bellersens Allüren aus Pflichtgefühl ertrug oder ob sie zu den Spezies gehörte, die täglich eine neue Herausforderung brauchten.

»Wenn ich Bellersen richtig verstanden habe, hat er dir soeben ganz offiziell einen festen Job angeboten«, jubelte Alan.

»Messerscharf kombiniert«, maulte ich zurück. Bellersens krude Offerte passte mir überhaupt nicht in den Kram. Eigentlich wollte ich in den kommenden Tagen meine karge Wohnung einrichten, gleich darauf den wohlverdienten Urlaub antreten und mich anschließend in aller Ruhe nach einem stressfreien Job umsehen. Nach der Schufterei hatte ich mir eine Auszeit verdient, und wer wusste schon, wann ich in nächster Zeit wieder so viel Geld zur Verfügung hatte?

»Was soll aus meiner Balireise werden?«, hielt ich Alans Freudentaumel entgegen.

»Flug verschieben, Job annehmen, Flug im nächsten Jahr mit mir zusammen nachholen – so einfach ist das.«

Er schnappte sich eine Erdbeere von meinem Teller, steckte sie sich zwischen die Lippen und beugte sich zu mir vor.

Ich tippte ihm an die Stirn und stopfte ihm mit einem dumpfen Plopp die sinnliche Frucht in den Mund.

»Morgen rede ich ein ernstes Wörtchen mit Bellersen«, erklärte ich. »Glaubt dieser Feistling allen Ernstes, dass ich springe, sobald er mit seinen Wurstfingern schnippt?«

Alan schaute kurz über meine Schulter hinweg und lächelte versöhnlich. Ich wusste, er freute sich, wenn wir zusammen arbeiteten. Aber darum ging es mir in diesem Moment nicht, und während ich mich weiter in Rage meckerte, musste Alan mir auch noch zuzwinkern.

»Wahrscheinlich findest du es besonders amüsant, dass ich ausgerechnet mit diesem Meister Proper für Intellektuelle zusammenarbeiten soll.«

»Meinen Sie mich?«, hörte ich van Gendts Stimme hinter mir. Ich drehte mich um und sah direkt in sein feucht glänzendes Gesicht. Über der Stirn sonderte seine Kopfhaut laufend frische Schweißperlen ab.

»Interessanter Vergleich«, zischte van Gendt, und seine Nasenflügel bebten. Zum Glück tauchte Bellersen hinter ihm auf. Mit hochrotem Kugelschädel nahm er van Gendt und mich zur Seite. Nachdem für einen winzigen Moment ein konspiratives Lächeln über sein grimmiges Gesicht huschte, begann er mit gedämpfter Stimme zu nuscheln. Um ihn zu verstehen, steckten wir widerwillig die Köpfe zusammen. Bellersens würziges Katzenstreu-Odeur machte die Sache auch nicht angenehmer.

»Frau Gellert. Herr van Gendt. Wie Sie wissen, fahre ich Montag für eine Woche zum Verlegertreffen nach Spanien. Wir stehen unter enormem Druck. Ihre Arbeit duldet keinen Aufschub. Sie müssen sofort anfangen. Folgen Sie mir in mein Büro. Ich erkläre Ihnen alles zum Geheimprojekt *Nordflügel.*«

NESTBAU

Eine halbe Stunde später verließ ich fluchtartig den Verlag. Beladen mit meinem Umhängebeutel und einem schwarzen Aktenkoffer, kletterte ich auf mein rotes Hollandrad und preschte durch die abendliche Stadt. Freitagsabends um kurz nach neun glich die Gütersloher Innenstadt einer verlassenen Filmkulisse. Die Dreharbeiten zum Actionfilm *Nightlife in Westfalen* mussten woanders stattfinden. Selbst die Kneipenmeile am Dreiecksplatz war leergefegt. Die einzigen Menschen, die mir begegneten, waren ein paar Skater, die auf der ebenen Fläche vor dem Stadttheater ihre Runden drehten. Ausgehfreudige saßen entweder gesittet in gutbürgerlichen Restaurants oder gehörten zur Gruppe der Partygänger, die um diese Uhrzeit noch zu Hause waren, um sich auf eine lange Nacht vorzubereiten. Auf den Straßen waren sie jedenfalls nicht zu sehen. Bis zu meinem unfreiwilligen Eintritt ins Berufsleben hatte ich eindeutig letzterer Gruppe angehört, doch Bernold Bellersen hatte es geschafft, mir die Freitagslaune zu vermiesen – und das sollte was heißen!

Ich fingerte den Hausschlüssel aus meinem Beutel und stocherte erfolglos am Schloss herum, bis ich merkte, dass ich vor der falschen Tür stand. Über mir wurde ein Fenster geöffnet, und meine Nichte Rahel schaute fragend heraus.

»Alte Gewohnheit, was?«, rief sie mit spöttischem Unterton. »Warte, ich komme runter.«

»Nicht nötig«, grummelte ich zurück und marschierte ein Haus weiter. Mein Apartment befand sich im ersten Stockwerk eines hellgrauen Mehrfamilienbaus – genau neben meinem ehemaligen Zuhause. Dort wohnten im Erdgeschoss Florence und Gerd. Sie sind das netteste Vermieterpaar, das man sich wünschen kann. Die pensionierte Schweizer Cellistin mit einem ausgeprägten Faible für blutrünstige Krimis und ihr rollstuhlfahrender Tüftlerehemann sind ebenso gutherzig wie verschroben. Ihr großer Garten gleicht einer planvoll verwilderten Parkanlage, genau wie ihre Wohnung, nur mit Wänden und Zimmerdecken drum herum. In der ersten Etage ihres Hauses hatte ich fast zehn wunderbare Jahre mit meiner Schwester Betty und ihrer Tochter Rahel gelebt.

Betty ist sechs Jahre älter als ich und benimmt sich auch so. Das könnte daran liegen, dass sie bereits in jungen Jahren Mutter einer ziemlich cleveren Tochter geworden war und diese ohne den dazugehörigen Vater großzog. Außerdem arbeitet sie im Schichtdienst als Krankenschwester und hasst Überraschungen. Von Geschwisterähnlichkeit konnte man bei uns jedenfalls nicht sprechen.

Müde und genervt nestelte ich am klemmenden Türschloss herum.

»Na endlich«, hörte ich Rahel direkt hinter mir. Wie war sie so schnell nach unten gekommen? Hatte sie sich aus der Wohnung gebeamt?

»Hab schon auf dich gewartet«, sagte sie beiläufig, drängelte sich an mir vorbei und ruckelte kurz an der Tür, die sofort aufsprang. Dann zog sie ein kleines Fläschchen aus der Tasche.

»Willst du das Schloss ölen?«, fragte ich sie entgeistert.

»Boah, quatsch. Mit Öl versaust du dir alles. Graphit heißt das Zauberzeug. Hat Gerd mir gegeben.«

Mit einem leisen *Pscht* sprühte Rahel das graue Pulver ins Schloss, dann drehte sie fachmännisch den Schlüssel hin und her, gab der Tür einen Schubs und grinste.

»Und jetzt vermessen wir deinen Teppichboden.«

»Kommt gar nicht in Frage. Ich habe gerade einen wirklich ätzenden Abend hinter mir, und dann kommst du und willst meine Wohnung einrichten?«

»Doch nicht einrichten. Das kannst du schön selbst machen. Nur den Fußboden ausmessen. Ich habe schließlich nicht ewig Zeit. Gustav kommt gleich.«

»Gustav?«

Rahel grinste über beide Wangen. Erst jetzt fiel mir auf, dass sie sich beim Make-up mächtig ins Zeug gelegt hatte. Seltsam, aber dank dieses Teenagers wurde meine Laune ein kleines bisschen besser.

»Deine Wohnung ist so mega-hässlich. Stylishes Wohnen geht ja wohl anders, oder?«

Rahel kratzte sich am Kopf, als sie sich in meinem leeren Wohnzimmer umsah. Ich warf meinen Umhängebeutel in eine der Zimmerecken und stellte dann vorsichtig den schwarzen Koffer ab.

»Das nennt man puristisch, aber davon verstehst du nichts«, gab ich nachsichtig zurück.

Als ich an ihr vorbei in die Küche gehen wollte, hielt sie mich am Ärmel fest.

»Bist du sicher, dass du Purismus meinst?«

Wie bitte?

»Laut Le Corbusier vereinen sich im Purismus Ästhetik und die Welt der Maschinen. Aber so wie ich das sehe, gibt es bei dir weder Ästhetik noch Maschinen. Ich würde deine Einrichtung eher als minimalistisch bezeichnen und glaube, dass du dringend Beratung brauchst. Soll ich dir vielleicht bei der Suche nach geeignetem Mobiliar helfen?«

Och nö. Mit gerade mal 15 Jahren konnte Rahel doch nicht genau so viel von Hausmeistertätigkeiten wie von Architektur verstehen. Dass Rahel ein ziemlich schlaues Mädchen war, hatte sich schon sehr früh gezeigt. Während andere Kinder fröhlich bunte Holzklötze zu stapeln versuchten, zerlegte Rahel meinen damals extrem coolen Walkman in seine Einzelteile – und baute ihn wieder zusammen.

Um mir mein Erstaunen nicht anmerken zu lassen, kramte ich beiläufig in dem Koffer, den mir Bernold Bellersen in die Hand gedrückt hatte.

»Danke für dein Angebot. Bei den Möbeln frag ich dich gern, aber den Fußboden musst du gar nicht mehr vermessen. Ich habe genau 27,5 qm Fläche, die mit Teppichboden ausgelegt werden muss. Wohnzimmer und Flur.«

»Bist du sicher?«, fragte Rahel, kniff die Augen zusammen und sondierte die Ecken.

»Na klar, ich habe alles abgeschritten.«

»Ohne Zollstock?«

»Wofür braucht man einen Zollstock, wenn man einen exakten Meterschritt hat? Was zu viel ist, kann der Teppichverleger abschneiden. Ich habe meine Bestellung schon aufgegeben. Glaub mir, das wird total schick.«

Rahel zog ein skeptisches Gesicht, während ich einen Laptop aus dem Koffer nahm.

»Wow. Wo hast du den denn her?«

»Von Bellersen.«

Rahel sprang herbei und streichelte das silberne Gehäuse.

»Das neueste MacBook Pro. Geil. Ist das ein Geschenk?«

»Ich würde sagen, das ist ein stinknormales Notebook. Nicht mehr und nicht weniger. Und es ist nur eine Leihgabe.«

»Wofür leiht der dicke Bellersen dir seinen Rechner?«

»Für ein neues Projekt«, gab ich zurück – genau in dem Moment, als ich merkte, dass ich ein Problem hatte.

»Das ist auch nicht sein persönlicher, sondern ein Firmenrechner«, sagte ich ausweichend und kramte weiter in der Tasche.

»Hammer! Ein iPhone hast du auch? Warst du mit Bellersen im Bett, oder was ist passiert? Sag schon!«

»Spinnst du?«, schoss es aus mir heraus. »Wer so frech fragt, kriegt bestimmt keine Antwort.«

Mit glänzenden Augen riss Rahel mir das Handy aus der Hand. Mir war klar, dass sie darauf abfuhr. Ich fand es ja auch ganz schnuckelig, aber dass Bellersen mir das Spezial-Equipment eigens für das neue Geheimprojekt ausgehändigt hatte, konnte ich Rahel unmöglich erklären. Schließlich war *Nordflügel* ihre Idee, die ich ohne ihr Wissen an Bellersen weitergegeben hatte, und der ich nun meinen Aufstieg zur Projektleiterin verdankte.

»Ob er mir auch so ein Teil spendiert, wenn ich mich mit meinem Reiseführerkonzept bewerbe?«

Rahel strahlte, und ich schaute beschämt in den Koffer. Außer Netzsteckern, Maus und Headsets konnte ich nichts Spannendes mehr finden, mit dem ich sie ablenken konnte.

Vielleicht hätte ich Rahel in diesem Augenblick die Wahrheit sagen sollen, aber noch mehr Stress konnte ich an diesem Abend nicht gebrauchen.

»Hey, weißt du was? Mit der Technik hab ich's ja nicht so«, fragte ich sie. »Wie wär's, wenn du mir dabei hilfst, die Teile ans Laufen zu kriegen.«

»Cool. Dann lade ich zuerst die App runter, mit der du Räume vermessen kannst. Wetten, die ist genauer als deine altmodische Meter-Schritt-Methode? Musik muss auch drauf. Ach ja, dann kenne ich noch total abgefahrene Fotoprogramme.«

Draußen klingelte eine Fahrradglocke.

»Das ist Gustav. Ciao, ich muss los«, rief Rahel, während sie in Lichtgeschwindigkeit aus der Wohnung verschwand.

Vorsichtig schlich ich ans Fenster, um mir diesen ominösen Gustav unauffällig anzuschauen. Ich wollte nicht glauben, dass Rahel sich mit einem ihrer pickeligen Klassenkameraden traf und reckte vorsichtig den Hals. Leider hatte ich noch keine Gardinen, hinter denen ich mich verstecken konnte.

»Ist deine alte Tante da oben immer so neugierig?«

Auf dem Hof stand ein ausgewachsener Riese, Typ blonder Juniorensurfweltmeister, der den Stimmbruch längst hinter sich hatte und mit dem Finger auf mich zeigte.

Rahel umarmte ihn zur Begrüßung und flüsterte ihm etwas ins Ohr. Dann lachten beide. Küssten sie sich etwa?

Na warte, Gustav, dachte ich, *wenn du Rahel von den wichtigen Dingen des Lebens ablenkst, lernst du ihre alte Tante bald kennen.*

Nachdem die beiden abgezogen waren, muss ich noch ein Weilchen aus dem Fenster gestarrt haben, denn plötzlich nahm ich in der Dämmerung Lichtsignale wahr. Florence stand an ihrem Küchenfenster, winkte mir zu und knipste dabei die Lampe an und aus. Drei Minuten später saß ich an ihrem großen rustikalen Holztisch, vor mir eine Schüssel Milchreis mit frisch geernteten Kirschen und einer Dekoration aus weißen Rosenblättern. Der konspirative Lockruf war typisch für Florence, denn die beste Vermieterin der Welt hatte eine mehr als ausgeprägte Schwäche für Krimis und spannende Geschichten. Sobald in Gütersloh ein Verbrechen geschah, torpedierte sie ihre Umgebung mit eigenwilligen Theorien über Täter und Motive. Interessanterweise lag sie damit meistens gar nicht so falsch.

»Wie war denn die große Jubiläumsfeier, *ma chère?*«, fragte Florence in ihrem wohltuend anteilnehmenden Ton. »'ast du disch gut amüsiert?«

Eigentlich hatte ich überhaupt keine Lust, darüber zu sprechen. Ich ärgerte mich immer noch über Bernold Bellersens selbstherrliches Gehabe. Doch wie immer fiel es mir schwer, in Florences Gegenwart meine Gefühle unter Kontrolle zu halten und posaunte alles heraus.

Ich berichtete von Bernolds peinlicher Ansprache und van Gendts und meinem Bühnenauftritt. Florence schien das alles zu amüsieren, denn sie lachte schallend, sprang von ihrem Stuhl auf und rief Gerd herbei.

»Was gibt's?«, fragte er, als er langsam in den Wintergarten gerollt kam. »Ich muss eingenickt sein.« Seine Augen waren winzig. Auf seinem Schoß lagen ein Schraubenzieher und eine kleine, gebogene Metallplatte. Wenn er nicht gerade kochte oder seinen Rasen pflegte, tüftelte Gerd an ungewöhnlichen Erfindungen. In seiner Werkstatt entstanden Ideen, auf die garantiert noch kein Mensch gekommen war. Ich war mir sicher, dass an ihm ein erstklassiger Produktentwickler verlorengegangen war, denn in seinem früheren Job als Hotelconcierge in einem Bielefelder Nobelhotel hatte er sein Talent bestimmt nicht unter Beweis stellen können. Lächelnd stoppte er sein glänzendes Gefährt neben mir und tätschelte meinen Arm. Dann zeigte er mir das rundgebogene Blech. »Für unser Wohnmobil.«

»Welches Wohnmobil?«, fragte ich, doch Florence lenkte ab.

»Das ist nischt so wischtig. Gerd, stell dir vor, Bellersen 'at Trixi vor die versammelte Mannschaft gelobt. Ist das nischt großartisch?«

»Glückwunsch«, stimmte Gerd zu und drückte mich an sich.

»Loben ist gut«, unterbrach ich ihn. »Er hat mich in den Heiligenstand erhoben, weil er glaubt, ich hätte verlegerisches Talent. Der hat sie doch nicht mehr alle.«

»So, so, verlegerisches Talent«, sagte Gerd nickend. »Ob Bellersen das ehrlich meint oder nicht, kann dir doch egal sein – jetzt, da du nicht mehr für ihn arbeitest.«

»Eben nicht«, schoss es aus mir heraus. »Er hat mir einen festen Job angeboten. Für ein Geheimprojekt!«

»*Mon Dieu!*«, staunte Florence und ließ sich auf einen ihrer großen Holzstühle sinken. »*Raconte!*«

»Es heißt *Nordflügel*.«

Florence blieb der Mund offen stehen, und Gerd zog die Augenbrauen hoch.

»Bellersen hat van Gendt und mir im Vertrauen erzählt, dass der Verlag finanziell unter Druck steht. Das neue Projekt soll jetzt für den nötigen Aufschwung sorgen. Weil sich das Urlaubs- und Konsumverhalten der Menschen so schnell verändert, will er einen Reiseführer anbieten, der den Kunden aufzeigt, wie sie ein bestimmtes Ziel auf verschiedene Arten bereisen können. *Flexibilität* heißt sein neues Motto!«

»Und was 'at das mit eine *Nordflügel* zu tun?«, fragte Florence ungläubig.

»*Nordflügel* ist nur ein Codename, um die Idee vor der Konkurrenz zu verbergen. Bellersen meint, die Camper von gestern seien die Wellness-Urlauber von morgen, und die modernen Performer werden bald zu Etablierten. Oder so ähnlich.«

»Und was heißt das alles, bitte schön?«, hakte Gerd nach.

»Habe ich mich auch gefragt. Bellersen faselte irgendwas von Hedonisten und Postmateriellen und erklärte, dass er die Kunden neuerdings in Verbrauchergruppen einteilt. Sinus-Milieus oder so etwas in der Art.«

»*Oh, là, là*«, murmelte Florence. »Isch finde, es klingt wie eine Krankheit.«

»Schöne Idee«, pflichtete ich ihr bei. »Aber Bellersen meinte, dahinter steckt ein ausgeklügeltes Marketing-Modell.«

»Und welche Rolle spielst du in diesem Milieu?«

Gerd schien das Thema tatsächlich zu interessieren.

»In dem Milieu gar keine. Gemeinsam mit van Gendt soll ich das Projekt betreuen. Er steuert alles vom Büro aus. Außerdem kümmert er sich um die Entwicklung einer passenden App, und ich darf die Reiseberichte schreiben – für Familienurlauber, Wellnesstypen, Nobelreisende und Camper. Eben für diese komischen Sinusgestalten.«

Ich erzählte, wie der genaue Plan aussah. Das Reiseziel sollte die Nordseeinsel Norderney sein, der ideale Ort für das Projekt. Damit ich immer und überall erreichbar war, scheute Bellersen keine Kosten und hatte mir sogleich den Rechner und das iPhone zur Verfügung gestellt. Auch die erste Fahrt hatte Frau Heyster bereits gebucht. Den Rest überließ Bellersen dem schleimigen Glatzkopf van Gendt und mir.

Florence und Gerd lauschten andächtig und nickten wohlwollend. Als ich meine Ausführung beendet hatte, gratulierten sie mir. Mir steckte allerdings ein mehlsackgroßer Kloß im Hals. Es war Zeit zu beichten.

»Jetzt habe ich ein ziemlich großes Problem an den Hacken – und zwar mit Rahel.«

Florence nahm ihre Brille ab, und Gerd runzelte die Stirn.

»Das Konzept war ihre Idee. Ich habe es ohne ihr Wissen an Bellersen weitergegeben. Bellersen denkt, das sei alles auf meinem Mist gewachsen, und Rahel hofft, sich mit dem Konzept für ein Praktikum in seinem Verlag bewerben zu können. Wie soll ich ihr das, bitte schön, erklären?«

Stiegen mir da gerade Tränen in die Augen? Rahel war meine liebste Nichte, und ich fiel ihr in den Rücken. Zum ersten Mal seit Jahren schämte ich mich aufrichtig.

Florence seufzte, und Gerd holte eine Flasche Whiskey aus der Küche.

NEUE UFER

»Ich wusste gar nicht, dass es um kurz vor sechs schon hell ist.«

Zitternd vor Kälte und Übermüdung warteten Alan und ich auf dem menschenleeren Marktplatz. Wir hatten gerade eine leidenschaftliche Abschiedsnacht hinter uns gebracht und wärmten uns gegenseitig.

Immerhin trat ich die erste Dienstreise meines Lebens an: vier Tage Norderney. Seit der Jubiläumsfeier war nicht mal eine Woche vergangen. Nach kurzer Bedenkzeit hatte ich mich entschlossen, den Job anzunehmen. Florence versprach, mir zu helfen, Rahel die schlechte Botschaft zu überbringen. Bis zu meiner Abreise war ich ihr aus dem Weg gegangen und hatte ihr erzählt, ich wollte kurzfristig ein paar Tage ausspannen. Als Alan von meinen Reiseplänen erfuhr, wurde er neidisch. Er hatte gehofft, ich säße im Büro neben ihm und wir könnten jeden Tag zusammen sein. Dass ich dank meines Geheimauftrags in den nächsten Wochen insgesamt vier Mal ohne ihn an die Nordsee reisen würde, gefiel ihm gar nicht.

»Hast du alles eingepackt? Ticket, Laptop, iPhone und warme Klamotten?«

»Du bist ja schlimmer als Rahel«, maulte ich.

Einerseits gefiel mir Alans Fürsorge. In den letzten Wochen hatten wir mehr Zeit miteinander verbracht, als ich mit all meinen Verflossenen der letzten 15 Jahre zusammen verlebt hatte. Neben ihm aufzuwachen war fast genau so schön, wie neben ihm einzuschlafen. Andererseits verspürte ich trotz harmonischer Zweisamkeit hin und wieder ein leichtes Unwohlsein – zum Beispiel, wenn er mir abends seine Mittagessensreste aus der Kantine mitbrachte, da er glaubte, ohne funktionierenden Herd, Geschirr und Besteck würde ich verhungern. Als wir uns kennenlernten, war Alan ein gutbeschäftigter Womanizer. Allzeit auf der Pirsch, keinem Flirt abgeneigt und nicht zuletzt ein außerordentlich hübsches Exemplar seiner Gattung. Die fast mütterliche Frage nach der Vollständigkeit meiner Reiseunterlagen führte ich auf Schlafmangel und totale körperliche Erschöpfung zurück.

Ein lautes Hupen riss mich aus den frühmorgendlichen Gedanken.

»Schickes Gefährt«, hauchte Alan grinsend, als der doppelstöckige Reisebus vor unseren Füßen stoppte.

Rüschkötters Reisen prangte in gelben und violetten Lettern auf der Flanke. Beim Anblick des Busses verschlug es mir die ohnehin knappe Sprache. In den Wirren der Reisevorbereitung hatte ich nicht wirklich darüber nachgedacht, was es bedeutete, mit einer Pauschal-Busreisegesellschaft loszufahren.

»Ist doch super«, sagte ich trotzig. »Ich hänge mich auf die letzte Bank, stecke mir die Kopfhörer in die Ohren und schlafe. Ist doch kein Problem.«

»Nichts da«, witzelte Alan. »Du bist im Dienst und musst über alle Aktivitäten Buch führen.«

Meine Güte. Ein paar mickrige Reisenotizen konnte ich mir auf der Insel immer noch machen. Ausschlafen ging vor.

Die Seitentüren öffneten sich sanft. Wie ein Schulkind, das zur Ferienfreizeit geschickt wurde, stand ich vor dem Bus. Ein kleiner untersetzter Busfahrer in schmucker Uniform hüpfte heraus und begrüßte mich freundlich. Er nahm mir den Koffer aus der Hand und sackte direkt zusammen.

»Wollen Sie umziehen?«, fragte er scherzhaft, während Alan ihm half, den Megatrolley in den Laderaum zu wuchten.

An der Nordsee musste man mit allen Wettern rechnen. Sonne, Regen, Wind. Ich hatte meinen Kleiderschrank komplett entleert und festgestellt, dass fast alles in den Koffer passte.

»Herzlich Willkommen bei *Rüschkötter Reisen*. Mein Name ist Jürgen Grund, und ich bin Ihr Busfahrer.«

Dass er nicht der Verkehrsminister war, hatte ich mir schon gedacht.

»Frau Gellert, nicht wahr?«

Er schaute auf seine Liste und hakte meinen Namen darauf ab.

»Nur eine Person«, säuselte er mitleidig und warf Alan einen kurzen Blick zu. »Sie müssen wohl zu Hause die Stellung halten, was? Na, einer muss ja das Geld verdienen.«

Zu Hause? Geld verdienen? Wenn der Busfahrer gewusst hätte, dass gerade ein Gast in geheimer Mission seinen Bus bestieg, hätte er sich seinen Witz möglicherweise verkniffen.

»Tschüs, Schatz«, hauchte Alan in mein Ohr und gab mir einen langen Kuss. »Ich geh dann mal Geld verdienen, und du mach bitte keine Dummheiten!«

War ich im falschen Film? Ich wusste, das war gerade nicht der richtige Moment, um darüber nachzudenken.

»Dann mal los, Jürgen«, sagte ich und sprang die Stufen des Busses hinauf. Ab auf die letzte Bank.

»Nicht so eilig, junge Frau«, rief Jürgen hinter mir her. »Sie sitzen auf Platz 23. Was meinen Sie, was hier los wäre, wenn jeder sich einen Platz aussuchen könnte?«

Welch ein Anblick! Der Bus war nur zur Hälfte gefüllt, und zwanzig altersweitsichtige Augenpaare starrten mich an.

Platz 23 lag unlogischerweise neben Platz 25. Auf dem saß eine ältere Dame mit schneeweißen, kurzen Haaren und sonnengebräuntem Teint. Als ich meine Umhängetasche auf den freien Sitz warf, um meine Jacke auszuziehen, drehte sie sich zu mir und lachte.

»Wie schön, so eine junge Sitznachbarin. Das ist mal was anderes.«

Da sagte sie was. Vor und neben unserer Sitzreihe thronten ältere Herrschaften, die gerade ihre Tupperdosen und Thermoskannen öffneten. Ein Aromamix aus feuchten Salamibroten und dosenmilchverdünntem Kaffee waberte durch den Bus. Hinter unserer Bank belegte eine offensichtlich hellwache Gruppe silbrig-blonder Frauen acht Plätze. Die Damen, allesamt um die fünfzig, waren zu sehr mit lautem Gegacker beschäftigt, als dass sie weiter von mir Notiz nahmen. Aus diesem Busflügel wehten süßlich-vanillige Parfumschwaden herüber. Von einer derartigen frühmorgendlichen Duftkomposition stand nichts in den Unterlagen, die Frau Heyster mir zusammengestellt hatte.

Ich nickte meiner Nebenfrau wohlwollend zu und versuchte, meine Jacke ins Gepäckfach zu stopfen. Alle Ablageflächen waren bereits überfüllt. Tüten, Regenjacken, Schirme. Seniorenproviant brauchte Platz.

Meine Nachbarin zwängte sich aus ihrem Sitz und gab mir

die Hand. Das Damenkränzchen machte keinerlei Anstalten, seine Habseligkeiten zusammenzuräumen.

»Roswitha Abramczik aus Gelsenkirchen. Gelsenkirchen-Scholven.«

Roswitha war für eine Frau ihrer Generation ungewöhnlich groß. Als sie mich begrüßte, strahlte mich ein ausgeprägter Überbiss an. Zu Leuten mit Überbiss habe ich meine ganz eigene Theorie. Ich bin davon überzeugt, dass sie witziger und im Durchschnitt deutlich besser gelaunt sind als Menschen mit normaler Zahnstellung. Roswithas Lachen war einfach ansteckend.

»Trixi Gellert, angenehm. Passt nix mehr rein«, gab ich lächelnd zurück.

»Warten Sie, ich packe um.«

Roswitha kramte im Gepäckfach, während Jürgen den Motor startete. Es klopfte an unsere Glasscheibe. Alan stand winkend vor dem Fenster, und ich konnte ihm gerade noch einen flüchtigen Handkuss zuwerfen. Als der Bus vom Marktplatz in die Prekerstraße einbog, kippten Roswitha und ich zur Seite. Fast wäre ich einem klapprigen Herrn auf den Schoß gefallen, doch ich schaffte es gerade noch, mich an seiner Rückenlehne abzustützen. Roswitha griff im Eifer des Gefechts nach einer ihrer Tüten und riss sie aus dem Gepäckfach. Doch statt der Trageschlaufen erwischte sie den Taschenboden, und der gesamte Inhalt purzelte in den Gang.

»Oje, Alfie!«, rief Roswitha.

»Nein, Trixi«, berichtigte ich sie. »Warten Sie, ich helfe Ihnen.«

Ich zwängte mich in die Knie und sammelte Roswithas Habseligkeiten ein. Zwischen Butterbroten, Lakritztüten und Stricksachen lag ein Porzellangefäß. Dunkelblau mit weißen und hellblauen Ranken. Zum Glück war es heil geblieben. Transportierte Roswitha eine Ming-Vase nach Norderney?

»Danke schön!«, säuselte Roswitha. »Da hat Alfie aber noch mal Glück gehabt. Unser Dackel. Er ist in der Urne. Ich dachte schon, wir könnten ihn gleich vom Teppich saugen.«

Für einen kurzen Moment blieb ich trotz Schaukelei wie angewurzelt stehen. Roswitha setzte sich wieder auf ihren Platz und nahm Urnen-Alfie auf ihren Schoß.

»Das erkläre ich Ihnen gern«, sagte sie und strahlte mich wieder an.

Nachdem ich meine Jacke verstaut hatte, ließ ich mich in meinen Sitz plumpsen. Bevor Roswitha fortfahren konnte, ertönte eine Lautsprecherdurchsage.

»Noch einmal einen schönen guten Morgen. Ich begrüße unseren zugestiegenen Gast auf unserer Fahrt nach Norderney. Bitte achten Sie darauf, während der gesamten Fahrtzeit angeschnallt zu bleiben.«

Hallo, Jürgen? In unserer Sitzreihe kauerten zwei Frauen von knapp einem Meter achtzig Körperlänge, die versuchten, ihre Beine geordnet und thromboseprophylaktisch unterzubringen. Wenn wir uns anschnallten, hätten wir überhaupt keinen Bewegungsradius mehr.

»Ist leider Vorschrift«, fügte Jürgen hinzu, so als hätte er meine Gedanken über den Buslautsprecher gehört.

»Bevor wir später über die A33, von dort über die A30 und anschließend auf der A31 an Emden vorbei Richtung Fähranleger Norddeich-Mole fahren, machen wir noch einen Schlenker über Hövelhof, Paderborn und Herford, um die letzten Fahrgäste abzuholen.«

Ich lachte laut auf. Der Haltestellengag war nicht schlecht.

Das musste spezieller Busfahrerhumor sein. Als ich mich umsah, stellte ich fest, dass seine Ansage gar kein Scherz war. Die anderen Fahrgäste zogen die Mundwinkel nach unten, und leichtes Murren tönte durch die Reihen. Die Damenrunde buhte lautstark.

Resigniert fingerte ich den Sicherheitsgurt aus der Sitzritze und schnallte mich an. Dann ließ ich mich ganze drei Zentimeter weiter nach vorn sinken, bis meine Knie an die Rückenlehne meines Vordersitzes stießen.

»Man gewöhnt sich dran«, gab Roswitha mir Beistand.

»Was hat es denn mit Ihrem Alfie auf sich?«, fragte ich Roswitha. Bei einer Unterhaltung verging die Zeit hoffentlich schneller.

»Wir mussten ihn einschläfern lassen. Grüner Star und Herzklappenfehler. Er war immerhin schon 15. Ziemlich alt für einen Langhaardackel.«

Von Hunden hatte ich nicht viel Ahnung. Als Kind hatte ich mir immer einen gewünscht. Allerdings nicht so eine Stolperfalle, eher etwas Stattliches wie einen Bernhardiner oder einen irischen Wolfshund. Einer, der mein Fahrrad ziehen und mich vor Verbrechern beschützen konnte. Dabei wäre ein Dackel schnell an seine natürlichen Grenzen gestoßen.

»Und jetzt nehmen Sie die Alfie-Asche mit in den Urlaub?«, hakte ich nach. So richtig konnte ich mir keinen Reim darauf machen. Und bei aller Hundeliebe – Strandferien mit einem Vierbeiner stellte ich mir anders vor. Alfie konnte ja nicht mal mehr Stöckchen aus dem Wasser holen.

»Nein«, lachte Roswitha auf. »Das wäre doch absurd. Mein Mann Richard und ich, wir sind Rentner. Seit wir nicht mehr arbeiten, leben wir die meiste Zeit des Jahres auf Norderney. Leider darf man dort seinen Hund nicht einfach in den Dünen begraben. Ausstopfen lassen wollten wir ihn auch nicht, und da blieb uns nur die Urne. Also bin ich mit Alfie ins Tierkrematorium nach Bielefeld gefahren.«

Ich schaute Roswitha mit großen Augen an. Sie hielt Alfie in ihren Armen und blickte mit einem traurigen Lächeln auf die Urne.

»Warum reisen Sie denn mit einem Bus?«

Eigentlich ging mich Roswithas seltsamer Haustiertransport nichts an, aber weil ich sie sympathisch fand, hatte ich das Gefühl, sie fragen zu können.

»Wissen Sie, ich fahre weite Strecken nicht mehr allein mit dem Auto. Da ist so ein Bus ziemlich komfortabel.«

Na ja.

»Konnte Ihr Mann Sie nicht begleiten?«

»Er ist in *Dünenblick* geblieben.«

»Wo?«

Dünenblick klang, als säße Roswithas Mann in einem Inselknast.

»Campingplatz *Dünenblick*. Kennen Sie den nicht?«

»Nein, ich fahre zum ersten Mal nach Norderney.«

»Wir haben dort seit 32 Jahren unseren Wohnwagen stehen. Und Richard hilft in seiner Freizeit auf dem Platz aus. Unser Pächter ist gerade verreist. Da muss jemand nach dem Rechten sehen.«

Endlich verstand ich die Zusammenhänge. Ein rüstiges Seniorenpärchen, das seinen Lebensabend an der Nordsee verbrachte, gefiel mir. Außerdem hatte ich eine erste Kontaktstelle auf der Insel gefunden. Wer wusste, wozu ich Roswithas Hilfe noch gebrauchen konnte?

»Prost und immer in die Vollen, auf dass wir an die Nordsee rollen!«

Hinter uns wurden schmetternd die ersten Piccolo-Fläschchen geöffnet.

Ich schaute aus dem Fenster und bemerkte, dass wir noch nicht einmal die Stadtgrenze passiert hatten.

Zwei Stunden später zuckelten wir an Osnabrück vorbei. Ich rechnete nach und stellte fest, dass ich mit einem Sportflitzer längst am Anleger gewesen wäre, und selbst Rennradfan Alan hätte den Bus wahrscheinlich locker im ersten Gang überholt. Zum Glück versüßte Roswitha mir die Zeit. Sie berichtete, dass auch ihr verwitweter Schwager Jupp auf Norderney wohnte und schwärmte vom freien Leben als Dauercamperin. Vor meinen Augen eröffneten sich völlig neue Urlaubswelten. Ich lauschte neugierig, denn eine Camping-Tour gehörte schließlich auch zu meinem *Nordflügel-Geheim-Reiseplan.*

Bevor ich aber mit Zelt oder Wohnmobil anreisen durfte, hatte ich noch drei andere Fahrten vor mir. Zuerst die viertägige Busreise in ein Familienhotel, anschließend eine Wohlfühl-Wellnesstour und ein 5-Sterne-Aufenthalt im teuersten Hotel der Insel. Erst danach stand Camping auf dem Programm.

»Und was treibt eine junge Frau wie Sie so allein auf die Insel?«, fragte Roswitha.

Ich schluckte kurz. Bernold Bellersen hatte mir absolute Schweigepflicht auferlegt. Niemand durfte wissen, warum ich unterwegs war. Zum einen sollten alle Erfahrungsberichte möglichst authentisch sein. Wenn ein Hotelier erfuhr, dass ich für einen Reiseführerverlag schrieb, würde er sich möglicherweise von einer besseren als seiner gewöhnlichen Seite zeigen. Zum anderen sollte kein Konkurrenzverlag von dem Projekt Wind bekommen. In diesem Moment bereute ich, seine Geheimhaltungsklausel unterzeichnet zu haben, denn ich hätte Roswitha zu gern von meinem Reisevorhaben erzählt. So riss ich mich zusammen und log ihr spontan das Blaue vom norddeutschen Himmel.

»Sie sind aber eine ziemlich – wie soll ich sagen – reife Studentin«, stellte Roswitha fest. »Mit Mitte dreißig hatte ich bereits zwei Kinder.«

Halt, halt. Wenn ich älter aussah, als ich war, dann lag das höchstwahrscheinlich am beißenden Sekt- und Parfumdunst, der meine Haut schlagartig altern ließ. Doch Roswitha setzte noch einen drauf.

»Dass Sie auf Norderney Muscheln erforschen, finde ich interessant. Dann kennen Sie sicher Sandklaffmuscheln, oder? Diese Dinger haben doch so niedliche, kleine Saugrohre, mit denen sie Algen fressen.«

Wie kam es, dass plötzlich alle Menschen in meiner Umgebung schlauer waren als ich? Erst entpuppte Rahel sich als Architekturexpertin, und nun trumpfte diese nette Seniorin mit Meeresfrüchte-Know-how auf. Von Sandklaffmuscheln hatte ich noch nie etwas gehört. Warum auch? Jetzt war mein Improvisationstalent gefragt.

»Sandklaffmuscheln sind längst erforscht«, gab ich beflissen zurück. »Ich beschäftige mich mit der seltenen Bellersen-Muschel.«

Roswitha presste beeindruckt die Lippen aufeinander und nickte. Zu meinem Glück meldete Jürgen sich wieder zu Wort.

»Ihrem morgendlichen Durst nach zu urteilen, sollten wir langsam einen kleinen Zwischenhalt einlegen. Habe ich recht?«

»Pinkelpause!«, grölte das mittlerweile volltrunkene Damen-Oktett unisono.

»Rastplatz-Planer sind weltfremd«, bemerkte Roswitha, als wir in einer landebahnlangen Schlange vor der Damentoilette standen. Im Sturm auf den Gasthof hatten wir die torkelnden Kegelclubfrauen mühelos hinter uns gelassen. Allerdings gab es in unserer Reisegruppe echte Pausenprofis, die es schafften, binnen weniger Augenblicke vom Bus zur Toilette zu sprinten.

»Ich sage immer zu Richard: 1:10 ist die ideale Toilettenverteilung. Ein Klo für Männer und zehn für Frauen – dann wäre eine große Reisegruppe ratzfatz abgefertigt. Aber so ...«

Roswitha und ich trippelten von einem Bein aufs andere. Nicht nur die Anlagenkonstruktion gab mir zu denken.

Während ich mir die wartenden Damen anschaute, stellte ich fest, dass die meisten einen winzigen Rucksack auf dem Rücken trugen. So ein Teil sah nicht nur grundsätzlich unvorteilhaft aus, es war für mich vollkommen unbrauchbar, denn die dünnen Riemchen würden meinem durchschnittlichen Gepäckgewicht niemals standhalten. Mit jeder Minute, die wir in der Toilettenschlange standen, sank meine Laune tiefer. Sie wurde erst wieder besser, als Jürgen fünfzig Minuten später abermals den Motor anließ.

Roswitha schob Alfie vorsichtig unter ihren Sitz und kramte ihr Strickzeug heraus. Ich nahm mir meine Reiseunterlagen. Schließlich musste ich wissen, was mich in den nächsten Tagen erwartete. Frau Heyster hatte die Reise gebucht und alle Dokumente sauber zusammengeheftet. Ich bewunderte ihr Organisationstalent.

Reiseplan Beatrix Gellert

5. – 8. September

6.05 Uhr Abfahrt Gütersloher Marktplatz

4-Tages-Reise Inseltraum mit Reiseunternehmen Rüschkötter
Fährabfahrt Norddeich-Mole: *15.30 Uhr*
Ankunft im Hotel Nykamp: *ca. 17 Uhr*
Unterkunft und Verpflegung: *3 Sterne garni*
Aktivitäten: Recherche für die Zielgruppe »Bürgerliche Mitte«,
Arbeitszeit frei planbar

Bürgerliche Mitte klang deprimierend, *frei planbare Arbeitszeit* deutlich besser. Ich überlegte, was ich auf der Insel anstellen sollte. Da ich vor meiner Abreise keine Zeit für Recherchen gehabt hatte, war ich völlig ideenlos. Ich wusste nur: Wattwandern gehörte nicht dazu. Und was bedeutete *garni*?

»In Ihrer Tasche brummt's«, unterbrach Roswitha meine Gedanken. Das musste mein Smart Phone sein. Seit ich es von Bellersen bekommen hatte, konnte ich mich noch nicht damit beschäftigen. Stattdessen hatte Rahel es mit zahlreichen Apps bestückt. Immerhin wusste ich, wie man damit telefonierte. Die Nummer im Display gehörte zum Verlag.

»Van Gendt hier«, maulte eine mir bekannte Stimme.

»Guten Tag«, sagte ich knapp. Was wollte mein neuer Projektpartner denn jetzt schon von mir?

»Sind Sie bereits auf der Insel?«

»Schön wär's«, blaffte ich zurück.

»Was ist denn das für ein Krach im Hintergrund?«

»Das sind meine Mitreisenden.«

Die acht Damen stimmten freudig das Lied vom roten Pferd an.

»Warum haben Sie mir noch nichts gemailt? Sind Sie nicht online?«

Wollte van Gendt allen Ernstes schon einen ersten Zwischenbericht? Da zuckelte ich in Slow Motion durch die norddeutsche Tiefebene, und schon hetzte mich dieser Glatzkopf.

»Sie hören doch selbst, wie laut es hier ist. Bei diesem Geräuschpegel kann ich mich unmöglich konzentrieren.«

»Unprofessionell«, grölte van Gendt in den Hörer. »Was glauben Sie, warum wir Ihnen das gute MacBook samt Webstick mitgegeben haben? Unser Projekt muss klappen, und ich erwarte permanente Erreichbarkeit.«

Klick.

Permanente Erreichbarkeit – nicht mit mir. Ich beschloss, den Klingelton an meinem High-Tech-Smart-Phone auszuschalten – aber wo?

NÄHRWERT

Auf wundersame Weise schaffte Jürgen es, den Bus pünktlich zum Schiffsanleger zu steuern. Zu meinem Erstaunen war der Fährhafen in Norddeich ein quirliger Tummelplatz. Im Stundentakt legten die Fähren ab, und ich war froh, endlich Auslauf zu bekommen. Wir erwischten die *Frisia II*, ein stattliches Schiff, das sich rasch mit Fußgängern, PKW und Lieferwagen füllte. Norderney-Kennerin Roswitha marschierte zielstrebig in den Gastronomiebereich. Ich lechzte nach Frischluft und erklomm das Oberdeck. Von dort hatte ich freie Sicht aufs Watt. Es war ein sonniger Spätsommertag, und die Luft zauberte glitzernde Lichtreflexe auf die Wellen.

Bellersen, van Gendt und Co. konnten mich mal. Ich sog die salzige Luft ein und ließ mir eine Stunde lang den Wind um die Ohren wehen.

Nachdem das Schiff auf Norderney angelegt hatte, strömten die Passagiere auf die Insel. Im Getümmel entdeckte ich Jürgen. Er hielt ein buntes Schild in die Luft und rief wie ein verzweifelter Marktschreier, dem das Gemüse abhandengekommen war, unsere Gruppe zusammen.

»Rüschkötter-Reisende, hierher!«

Nach und nach trudelten alle ein. Die Kegelschwestern mussten sich mittlerweile gegenseitig stützen. Eine von ihnen fiel Jürgen um den Hals und küsste ihn zur Begrüßung.

»Bitte folgen Sie mir. Unser Bus steht bereit. Wir steuern jetzt nacheinander Ihre Hotels an. Bevor wir in den Stadtbereich fahren, geht es zuerst Richtung Osten zum Golfhotel und zum Campingplatz *Dünenblick.*«

»Ist das nicht ein toller Service?«, sagte Roswitha begeistert.

»Ich wäre lieber zu Fuß gegangen«, entgegnete ich stumpf ob der Aussicht, schon wieder Bus fahren zu müssen.

Unsere muntere Kolonne kletterte brav in das eigentümliche Gefährt, und los ging die Fahrt über die Insel. Wir schaukelten durch die Landschaft, und ich freute mich, weit weg vom Verlag und meiner spartanischen Wohnung zu sein. In der Ferne ragte der Inselleuchtturm empor. Nach zehn Minuten erreichten wir den ersten Haltepunkt. Ruckelnd kam der Bus zum Stehen, und Jürgen entließ die ersten Gäste in die Freiheit.

»Schauen Sie mal«, sagte ich zu Roswitha und zeigte auf ein hölzernes Haltestellenhäuschen. »Dort liegt doch jemand.«

Auf der anderen Busseite stiegen zwei Fahrgäste aus, und Jürgen half ihnen, die Koffer auszuladen.

»Ist bestimmt eine erschöpfte Spaziergängerin«, entgegnete Roswitha gelassen. »Die Leute unterschätzen die Entfernungen auf der Insel. Spätestens nach einer Stunde Fußmarsch an der frischen Seeluft sind die meisten Städter müde.«

Um die Person besser sehen zu können, beugte ich mich über Roswithas Schoß bis zum Fenster.

»Sieht aus wie eine junge Frau. Die bewegt sich aber gar nicht. Vielleicht braucht sie Hilfe.«

Jetzt wurde auch Roswitha neugierig.

»Na, wenn Sie meinen, dann schauen wir rasch nach.«

»Hallo, Sie können hier nicht schlafen!«

Als Roswitha und ich auf die Frau zugingen, beschlich mich ein derart mulmiges Gefühl, dass mir keine schlauere Ansprache einfiel. Der Körper lag bewegungslos auf der Seite, mit dem Gesicht zur Wand. Die blonden Haare waren zu einem Zopf gebunden. Warum hatte die Frau Flecken in ihrem Nacken? Zuerst rüttelte ich sanft an ihrer Schulter. Der Körper war weich und spannungslos. Roswitha schüttelte etwas stärker.

»Hören Sie mich?«

Keine Reaktion. Jürgen saß schon wieder auf seinem Platz und hupte ungeduldig.

»Wahrscheinlich eine, die ihren Rausch ausschläft«, diagnostizierte Roswitha.

Ich zog die Frau zu mir heran. Auf einmal bekam ihr schlaffer Körper Übergewicht und rollte von der Bank. Dabei landete ihr schwerer Kopf auf meinem linken Fuß. Auf Schläfe und Stirn klebten angetrocknete Blutkrusten, aus denen feine Rinnsale bis in ihren Haaransatz gesickert waren. Der Mund stand offen. Ich starrte geradewegs auf ein lebloses graues Gesicht mit makellos weißen Zähnen.

»Oh Gott, das ist Sina!«, schrie Roswitha und wurde bleich. Dann rang sie nach Luft und taumelte einen Schritt zurück.

»Kippen Sie mir bloß nicht um!«, rief ich Roswitha zu. Um sie vor einem Sturz zu bewahren, sprang ich zur Seite. Dabei rutschte der fleckige Kopf von meinem Fuß und verdrehte sich in eine anatomisch unnatürliche Lage. Mir wurde schlecht.

Das Nächste, an das ich mich erinnere, waren Jürgens lobende Worte zu einem sehr jungen Polizisten.

»Meine beiden Fahrgäste haben Zivilcourage bewiesen – wie im Lehrbuch!«

Jürgens wohlmeinende Interpretation unseres Verhaltens schmeichelte mir. Roswitha und ich waren eher aus Neugierde denn aus Zivilcourage in einen mittelgroßen Inseltumult geraten. Umringt von Sanitätern und Polizisten, hockten wir auf einer Bank neben dem Wartehäuschen. Roswitha schnäuzte sich und schüttelte ohne Unterbrechung den Kopf.

»Arme, arme Sina.«

»Ich muss dann mal weiter«, sagte Jürgen zu dem Polizisten und zeigte auf den Bus. »Die anderen Gäste – Sie verstehen schon –, die wollen in ihre Hotels.«

Mit großer Mühe versuchte er, unsere Mitreisenden im Bus zu halten. Die acht Zechschwestern klebten mit glasigen Augen hinter den Fensterscheiben.

»Kein Problem«, entgegnete der Polizist. »Wir bringen die beiden Damen dann später zu ihren Unterkünften. Falls wir noch Fragen haben, wissen wir ja, wie wir Sie erreichen können.«

Mit einem letzten Hupen bahnte sich Jürgen den Weg durch die Menschen.

»Sie kennen also die Tote?«, fragte der Polizist Roswitha.

»Sina Wurps, junger Mann!«, sagte Roswitha entrüstet.

Der junge Wachmann schluckte geräuschlos und warf einen langen Blick auf die Tote.

»Entschuldigen Sie«, gab er hüstelnd zurück. »Das ist meine erste Leiche auf Norderney. Da wollte ich lieber nicht so genau hinsehen. Natürlich kenne ich Sina.«

»Wer ist denn diese Sina?«, fragte ich matt.

Eine kleine Zwischenfrage war einer Nicht-Insulanerin hoffentlich erlaubt.

Roswitha drehte sich zu mir. Alle Fröhlichkeit war aus ihrem Gesicht gewichen. Dicke Tränen kullerten über ihre braungebrannten Wangen.

»Sina arbeitete in der Stadtverwaltung. Sie war ein richtiger Sonnenschein. Für alle Anliegen hatte sie ein offenes Ohr.«

Der junge Polizist nickte zustimmend und nahm Roswitha in den Arm.

»Umweltbewusst war sie auch«, fügte Roswitha hinzu. »In ihrer Freizeit half sie im Nationalparkhaus aus.«

»Und eine seltene Krabbenart hat sie auf Norderney auch gefunden«, schob der Polizist ein.

Roswitha schluchzte erneut und ergriff meine Hand.

»Als Sie mir heute früh sagten, dass Sie Muscheln erforschen, habe ich sofort an Sina gedacht.«

Die olle Muschelstory war doch jetzt unwichtig.

»Ich wollte Ihnen Sina unbedingt vorstellen. Sie hätte Ihnen so viel über Norderney erzählen können – sicher auch über die – wie hieß sie noch – Bellersen-Muschel.«

Das glaubte ich weniger.

Eine Stunde später hatte die Polizei alle Formalitäten geklärt. Roswitha und ich wurden am Fundort nicht mehr gebraucht. Die Anwesenden rätselten, wer ihr nach dem Leben getrachtet hatte, denn eine natürliche Todesursache schlossen alle aus. So wie es aussah, hatte Sina einen eingeschlagenen Schädel und ein gebrochenes Genick – so etwas zog man sich für gewöhnlich nicht im Bushäuschen zu. Mir war immer noch leicht übel, denn von einer Leiche auf der Insel begrüßt zu werden, davon hatte nichts in meinen Reiseunterlagen gestanden. Urlaub am Meer? Immer gern. Ab und zu Arbeitsergebnisse an den Verlag mailen? Wenn es sein muss. Blutflecken auf meinen neuen Schuhen? Das ging zu weit!

Unser junger Wachmann war sichtlich erleichtert, als er die Order bekam, Roswitha und mich zu unseren Quartieren zu bringen. Zuerst chauffierte er Roswitha zum Campingplatz *Dünenblick*, wo ihr Mann Richard sie liebevoll in die Arme schloss.

»Wenn Sie uns besuchen wollen, kommen Sie einfach vorbei. Wir freuen uns«, verabschiedete mich Roswitha. Danach ging es endlich Richtung *Hotel Nykamp*.

Mit knurrendem Magen stemmte ich mich gegen die schwere Glastür und steuerte geradewegs auf die Rezeption zu.

»Sie müssen sein neues Zimmermädchen«, plapperte mich eine dunkelhaarige Frau von der Seite an. Dabei sprach sie einen betont slawischen Akzent und nahm die Mühe eines Lächelns gar nicht erst auf sich.

Das fehlte mir noch. Da kam ich als Spezialagentin auf die Insel, fand als Erstes eine Leiche und wurde anschließend für eine Kammerzofe gehalten.

»Nicht Zimmermädchen«, gab ich barsch zurück. »Hotelgast.«

»Auch gut.«

Lahmen Schrittes verschwand sie hinter einer Schwingtür. Während ich fälschlicherweise glaubte, dieses Gastfreundschaftsbündel riefe jemanden für den Empfang, sah ich mich um. Der Rezeptionsbereich wirkte eine Nuance zu dunkel und überladen. Maritime Dekoration und kleine Souvenirs schmückten Regale und Empfangstresen. Putzige Plüschseehunde mit ausgeprägtem Kindchenschema lagen neben getrockneten Seesternen und – das konnte sogar ich erkennen – schlecht gestanzten Muschelimitaten. Auch wenn ich mit dem Nippes nicht viel anfangen konnte, fand ich das Hotel trotzdem gemütlich. Es gab sogar Postkarten, die in einem kleinen runden Ständer steckten. Ich zog ein besonders auffälliges Exemplar heraus und schaute es mir genauer an.

Vier Motive hatte man dicht um ein Gruppenfoto gesetzt. Alan hätte seine helle Freude an diesem Layout gehabt. Das erste Bild zeigte einen mit Strandkörben gespickten Sandstrand, das zweite den Leuchtturm, das dritte ein winkendes Robbenbaby, das vierte einen Fischkutter, der einem rotstichigen, unscharfen Sonnenuntergang entgegenschipperte. Auf dem Motiv in der Mitte entdeckte ich eine Menschengruppe, die stolz vor dem Hoteleingang posierte. Ich tippte auf die Inhaberfamilie Nykamp. Um das Bild besser erkennen zu können, beugte ich mich vor und hielt die Karte unter eine funzelige Leselampe auf dem Tresen. In der Mitte des Fotos standen zwei Herrschaften im Alter meiner Eltern, daneben drei Angestellte, die ich anhand einer einheitlichen Schürzenkluft identifizierte. Rechts neben dem Ensemble posierte ein großgewachsener, blonder junger Mann. Er grinste fröhlich in die Kamera. Warum wirkte er wie ein Fremdkörper auf dem Foto?

»Entweder ist das eine Fotomontage, oder der Typ sieht übernatürlich gut aus«, murmelte ich.

»Oder beides«, antwortete eine tiefe Männerstimme.

Ich schreckte hoch und stieß mit dem Kopf die Lampe vom Tresen. Einen Augenblick später zischte es hinter der hölzernen Theke. Mit einem süffisanten »Immer diese neugierigen Gäste«, bückte sich der junge Postkartenprotagonist nach der kaputten Leuchte.

»Fotomontage oder übernatürlich schön – das hat noch niemand zu meinem Antlitz gesagt.«

Er legte dasselbe freche Grinsen wie auf dem Foto auf und schüttelte meine Hand.

»Piet Nykamp. Herzlich willkommen.«

Wie war das noch? Irgendwo hatte ich gelesen, dass man sich in Ostfriesland mit *moin* begrüßte – egal zu welcher Tageszeit. Um nicht schon wieder in die Deppenfalle zu tappen, wandte ich mein Wissen sofort an.

»Moin, moin. Trixi, äh, Beatrix Gellert mein Name«, stotterte ich.

Das Grinsen des Mannes wurde noch breiter.

»Leider falsch. Auf Norderney sagen wir *he*! Aber das verwechseln viele.«

Was für ein Schnösel.

»Wir haben eigentlich schon früher mit Ihnen gerechnet. Hatten Sie eine Panne?«

Der Schönling schaute mich eindringlich mit seinen großen grünblauen Augen an. Ein Meter neunzig erfrischendes Selbstbewusstsein – und mindestens fünf Jahre jünger als ich.

Für einen kurzen Augenblick war ich perplex. Nach seiner Belehrung wollte ich ihm keine weitere Vorlage für den nächsten schlauen Kommentar bieten. Was sollte ich ihm sagen? Bestimmt nicht, dass ich gerade eine Leiche gefunden und schon zwei herrliche Urlaubsstunden mit einem Tross aus Polizisten und Sanitätern verbracht hatte.

»Ich habe mir ein wenig das Städtchen angeschaut«, schwindelte ich. »Hübsch haben Sie es hier auf Norderney. Besonders die vielen reetgedeckten Fischerhäuschen.«

Jetzt war Nykamp junior für einen kurzen Moment perplex. Gäste-Treffer! Eine Sekunde später hatte er sich wieder gefangen und grinste.

»Prima, dann kennen Sie sich schon ziemlich gut aus. Wie Sie wissen, sind wir ein Hotel *garni*. Falls Sie großen Hunger haben, gibt es genaugenommen nur zwei Möglichkeiten. Entweder Sie gehen mit leerem Magen zu Bett oder mit mir essen.«

Verlegen stand ich vor dem Tresen. Hatte mich da gerade ein wildfremder Mann eingeladen? Nach diesem verkorksten Tag hätte ich erst mal Alan anrufen und ihm von meiner unglaublichen Anreise berichten sollen. Auch Rahel und Florence wollten erfahren, wie es mir ergangen war. Ich wusste, sobald ich den beiden Hobby-Spürnasen von meinem Totenfund berichtete, würden sie mich mit Fragen bombardieren und die Telefonleitung heißlaufen lassen.

Angesichts meines enormen Hungers und schockbedingt fehlenden Denkvermögens entschied ich mich gegen mein Pflichtgefühl. Alan, Rahel und Florence mussten noch ein Weilchen warten.

»Ich möchte mich nur noch etwas frisch machen«, sagte ich zu Piet und blickte mich um. Wo war eigentlich mein Koffer?

NEULAND

Natürlich hatte der gute Jürgen meinen Koffer im Busladeraum gefunden und zum Hotel gebracht. Piet Nykamp drückte mir den Zimmerschlüssel in die Hand und schleppte meinen Koffer in die erste Etage. Ich öffnete die Tür zu Zimmer 12 und staunte. Im Gegensatz zur kitschigen Rezeption war das Zimmer schlicht und geschmackvoll eingerichtet. Mittelpunkt des kleinen Raumes war ein Doppelbett aus hellem Holz.

»Hier bitte abstellen«, sagte ich zu Piet und zeigte auf eine freie Stelle vor dem Bett. Dann marschierte ich zum Fenster, zog die Gardine zur Seite und schaute hinaus.

»Wo ist denn das Meer?«, fragte ich. Was hatte ich erwartet? Den rotstichigen Kuttersonnenuntergang direkt vor meinem Fenster?

»Ihr Zimmer liegt Richtung Westen, die Nordsee Richtung Norden. Sorry. Meerblick haben Sie nicht gebucht.«

Piet stellte den wuchtigen Koffer ab und blieb im offenen Türrahmen stehen. Seine markante Statur passte exakt hinein.

»Herr Nyyy-kamp«, hörte ich plötzlich eine hohe Stimme aus dem Flur rufen. »Gut, dass Sie da sind. Schauen Sie mal, in meinem Bad ist der Kosmetikspiegel locker!«

Piet zog einen Mundwinkel hoch und lehnte sich in den Gang.

»Kein Problem, Frau Seibert, ich komme sofort.«

Mit einem charmanten Lächeln wandte er sich wieder zu mir und sagte: »In zehn Minuten vor dem Haus, dann suchen wir uns ein Plätzchen in einer lauschigen Fischerkate.«

Prunkvolle Jugendstilvillen, leuchtende Bäderarchitektur und Bausünden aus den 60er Jahren, das alles fand man auf Norderney. Nur mit den urigen Fischerhäuschen wollte es nicht so richtig klappen. Piet Nykamp und ich schlenderten durch das kleine Städtchen, während er mir – nicht ohne triumphierenden Unterton – die Bebauung der Insel erklärte. Baustilapostel Rahel hätte das vielleicht vom Hocker gehauen, mir waren die Häuser in diesem Moment egal. Mein Magen schrumpfte gerade wie ein luftleerer Ballon zusammen.

Familien mit kleinen Kindern nutzten die Zeit vor dem Schlafengehen zu einem Bummel. Mit einer Eistüte in der Hand balancierten die Kleinen auf diversen Denkmälern und Figuren. Nicht zuletzt auf drei glatt polierten Kupferseehunden. Rüstige Rentner flanierten in pastellfarbenen Windjacken durch die Straßen. Eine friedliche Stimmung lag in der Abendseeluft. Wäre da nur nicht die Tote vom Wartehäuschen, deren starres Antlitz immer wieder vor meinen halluzinierenden Augen erschien.

In einer kleinen Seitengasse lotste Piet mich in ein Restaurant.

»Hier essen viele Insulaner«, flüsterte er mir zu.

»He, Piet«, rief der Wirt freundlich. »Wen haben wir denn heute an Bord?«

Aha. War ich also einem inselbekannten Frauenfischer ins

Netz gegangen? Bei seinem Aussehen hätte ich mir das denken können. In puncto Attraktivität stand er Alan in nichts nach. Doch wie kam ich dazu, die beiden zu vergleichen? Es musste an meinem Bärenhunger liegen.

»Kennen Sie Labskaus?«, fragte mich Piet, als wir uns an ein kleines Tischchen setzten. »Kann ich empfehlen.«

»Labskaus? Nein, danke«, gab ich prompt zurück. »Das Ohr isst mit. Wie klingt denn Labskaus? Irgendwie unappetitlich, oder? Ich hätte lieber ein Schnitzel. Hauptsache, es geht schnell.«

Zwanzig Minuten später fiel ich endlich über eine stattliche Portion Fleisch und Fritten her. Bis dahin hatte mir Piet Nykamp einiges über das Hotel seiner Eltern erzählt. Seit vier Generationen im Familienbesitz, gehörte das Haus zu den beliebtesten gutbürgerlichen Herbergen der Insel. Beim Wort *gutbürgerlich* musste ich sofort an meine Spezialmission denken. Zielgruppe meiner Recherchen war die sogenannte *Bürgerliche Mitte*. Offenbar hatte ich mit *Hotel Nykamp* ins Schwarze getroffen. Dass ich Piet an der Rezeption getroffen hatte, war nur dem Umstand zu verdanken, dass seine Eltern Anneke und Franz für einen Tag aufs Festland mussten. Er erklärte mir, dass er Wirtschaftswissenschaften studierte und nur in der vorlesungsfreien Zeit auf Norderney war. Offiziell hatte er mit der Hotelführung nichts am Hut.

Als er mich nach meinem Reisegrund fragte, beschloss ich, von meiner fragwürdigen Muschelexpertinnen-Version Abstand zu nehmen und erklärte ihm, ich sei eine ausgebrannte Redakteurin, die etwas Luftveränderung brauchte.

Eine weitere halbe Stunde später war ich zu nichts mehr zu gebrauchen. Ich wusste, es war unhöflich, aber während des

Desserts fielen mir die Augen zu, und ich schaffte es nur unter allergrößter Mühe, sie offen zu halten.

Auf dem Rückweg zum Hotel spazierten Piet und ich schweigend durch die Fußgängerzone. Aus mehreren Kneipen hallten dumpfe Schlagerklänge durch die kühle Abendluft. Als wir an einem Irish Pub vorbeikamen, flog krachend die Tür auf. In meinem leicht umnachteten Zustand erinnerte mich die Szene an eine Geburt. Wie bei einer letzten Wehe pressten die Kegelachtlinge sich gleichzeitig aus dem sicheren Schoß der Kneipe hinaus ins Freie. Und wie bei echten Babys stießen sie, kaum dass sie an der frischen Luft waren, auch schon ihren ersten befreienden Schrei heraus: »Jetzt geht's lohoos«.

NONCHALANCE

Als ich die Augen aufschlug, war es bereits hell. Durch mein Fenster drang spätsommerliches Tageslicht herein, und meine Nachttischlampe gab überflüssigerweise ebenfalls ihr Bestes. Ich lag in meinem Holzbett, schaute in die Runde und versuchte, meine Gedanken zu sortieren.

Nach der gespenstischen Geburtsszene in der Fußgängerzone waren Piet und ich kichernd ins Hotel zurückgekehrt. Zum Abschied hatte er mir einen Kuss auf die Wange gedrückt, den ich vor lauter Müdigkeit nicht abwehren konnte. Danach hatte ich mit letzter Kraft mein Zimmer angesteuert und mich aufs Bett geworfen, um kurz durchzuatmen. Dann musste ich eingeschlafen sein.

Alan!, schoss es mir durch den Kopf. Ich setzte mich auf und suchte mein Handy. Mucksmäuschenstill lag es in meiner Umhängetasche. Es zeigte 9.27 Uhr und acht verpasste Anrufe. Vier von Alan, einer von Rahel und drei von van Gendt. Letzter konnte mir gestohlen bleiben. Alan tat mir leid, weil ich meinen Anruf bei ihm schlichtweg verschlafen hatte. Bei Rahel war es anders. Falls Florence ihr inzwischen den Grund für meine Dienstreise verklickert hatte, würde sie mich wahrscheinlich über die Leitung vierteilen. Ich war froh, dass sie um diese Zeit in der Schule war. Halbwach fuhr ich mit meinen Fingern über den Bildschirm. Der Touchscreen war nichts für mich. Auch wenn das Handy schick und trendy war, liebte ich die guten, alten Tasten und ärgerte mich über den berührungsempfindlichen Schnickschnack. Warum musste man mit seinen Fingern auf einer kleinen, verschmierten Glasscheibe herumwischen? Als ich endlich Alans Nummer wählen wollte, drückte ich viel zu fest auf den kleinen Bildschirm und rutschte vom Bedienfeld ab.

»Notrufzentrale. Was kann ich für Sie tun?«, fragte eine Männerstimme.

»Alan?«, antwortete ich kichernd. »Lass die Scherze. Wie geht es dir?«

»Danke, mir geht es gut, aber Sie sind nicht in der Scherzzentrale gelandet, sondern tatsächlich in der Notrufzentrale. Haben Sie ein Problem?«

»Nein, oder doch?«, gab ich verdutzt zurück. »Tut mir leid, ich bin versehentlich auf die falsche Taste geraten.«

»Dann lassen Sie mich raten: Sie haben wahrscheinlich ein Smart Phone, stimmt's?«, grantelte die Stimme.

»Ja, aber noch nicht lange. Es kommt nicht mehr vor, ich versprech's.«

»Hoffentlich. Leute wie Sie blockieren mit ihren Wahlfehlern die Leitung. Auch wenn mir das manchmal lieber wäre, wir sitzen hier nicht zum Spaß.«

Ich hatte es ja verstanden.

»Trixi?«, sagte Alan in ernstem Tonfall.

»Guten Morgen, mein Schatz«, hauchte ich prophylaktisch in den Hörer. Ich ahnte, dass Alan sich über den Zeitpunkt meines Anrufs nicht freute.

»Hattest du eine gute Anreise?«, gab er knapp zurück.

So kannte ich Alan gar nicht. Wir waren seit einigen Monaten zusammen, und bis vor wenigen Wochen hatten wir ausschließlich Spaß mit- und aneinander gehabt. Ich liebte sein freies Wesen. Er war unkompliziert, großzügig und nicht nur im Berufsleben mit viel Phantasie gesegnet. Sein außergewöhnlich ansehnliches Erscheinungsbild vervollständigte das Bild vom perfekten Mann. Wollte er das etwa durch kleinliche Nachfragen beschädigen? Nach den schlimmen Erlebnissen vom Vortag gab es keinen Grund, mich für meinen verspäteten Anruf zu rechtfertigen.

»Die Busfahrt war der Hammer!«, schoss es aus mir heraus, und ich begann in schillernden Farben von meiner ersten Dienstreise und von dem skurrilen Leichenfund zu erzählen.

Geduldig lauschte er meinen Ausführungen.

»Ja, so war das«, sagte ich abschließend. »Und weil van Gendt mich mit seinen Kontrollanrufen nervt, hatte ich den Ton vom Handy abgeschaltet – bis jetzt.«

»Aber warum hast du dich abends nicht wenigstens kurz gemeldet? Ich hätte dir gern einen Gutenachtkuss geschickt. Oder warst du etwa nicht allein?«, juxte er.

»Wie kommst du denn darauf?«, gab ich entrüstet zurück. »Nach dem Abendessen bin ich einfach eingenickt.«

Das war nicht mal gelogen. Ich begann zu schwitzen. Mit seinen parapsychologischen Fähigkeiten könnte Alan bei einem Astro-Sender arbeiten.

»Schon okay«, sagte Alan versöhnlich. »Was steht denn heute auf deinem Programm?«

»Wenn ich das mal wüsste.«

Nach dem Telefonat mit Alan fühlte ich mich besser. Das Abendessen mit diesem Jungspund Piet hatte nichts zu bedeuten. Eine Erwähnung war überflüssig.

Ich sprang unter die Dusche und zog anschließend Jeans und T-Shirt an. Dem blauen Himmel nach zu urteilen, stand mir ein herrlicher spätsommerlicher Strandtag bevor.

Das Frühstück wurde in einem verandaähnlichen Wintergarten serviert. Zu meiner Überraschung erkannte ich einige meiner greisen Busmitreisenden, die mir freudig zuwinkten. Mit einem höflichen »Guten Morgen« winkte ich zurück und marschierte direkt zum Buffet. Ich lud mir ein Croissant und zwei Portionen Nutella auf und setzte mich an einen freien Tisch. Die Busleutchen würde ich ja spätestens bei meiner Rückfahrt wieder ertragen müssen.

»Kaffee oder Tee?«, fragte eine vertraute Stimme. Sie gehörte der Frau, die mich gestern mit ihrem umwerfenden Charme am Empfangstresen begrüßt und dann kommentarlos stehengelassen hatte.

»Einen Cappuccino, bitte«, gab ich betont freundlich zurück. »Und dazu ein Glas stilles Mineralwasser.«

Zehn Minuten später tunkte ich mein kalorientriefendes Backwerk in eine große Tasse mit Muschelmotiv und freute mich auf den Tag.

Als die nette Bedienung wieder an meinem Tisch vorbeilief, nutzte ich die Gunst des Augenblicks.

»Entschuldigung, wie heißen Sie eigentlich?«

»Dobronka.«

»Schöner Name«, sagte ich. »Sagen Sie, Dobronka. Haben Sie einen Tipp, was ich auf Norderney unternehmen kann? Ich kenne mich leider überhaupt nicht aus.«

»Sie wissen, dass wir auf Insel sind? Meer und Strand sind direkt vor Tür«, polterte sie unvermittelt zurück. Die anderen Gäste verstummten und beschlossen zu meinem Bedauern, unserem herzlichen Dialog zu folgen. Vielleicht glaubte Dobronka, ich wollte sie veräppeln.

»Wenn Nordsee nicht gefällt, warum sind Sie hier, hä?«

Sie stellte ihr Tablett auf meinen Tisch und stemmte die Hände in die Seiten. Ich konnte doch nicht ahnen, dass Dobronka touristische Fragen persönlich nahm, und versuchte sie zu beschwichtigen.

»Ich meinte natürlich außer Strand und Co. Sie wissen schon, also, Kultur, Sport, alles, was intellektuell Interessierte wie Sie und ich mögen.«

»Gehen zur Kurverwaltung. Da gibt Information.«

Heidewitzka. So viel Hilfsbereitschaft verschlug mir die Sprache. Dobronka räumte demonstrativ mein komplettes Geschirr auf ihr Tablett und ging.

»Junge Frau?« rief einer meiner Reisekollegen ungefragt. »Wattwanderungen kann ich nur empfehlen.«

Höchste Zeit für einen Strandspaziergang.

Voller Tatendrang trat ich vor die Hoteltür und schaute mich um. Bis zur Uferpromenade waren es nur zwei Minuten, und endlich sah ich die Brandung der See. Ein Glücksgefühl überwältigte mich! Die Kurverwaltung konnte ich am Nachmittag immer noch ansteuern. Zuerst war Sonnenbaden angesagt. Wer wusste schon, wie lange das sonnige Wetter hielt? Ausgestattet mit Handtuch, Sonnencreme und einem Krimi, marschierte ich Richtung Nordstrand. Es dauerte länger, als ich angenommen hatte. Zwanzig Minuten später erreichte ich den eigentlichen Badestrand und stellte fest, dass das Postkartenmotiv mit den unzähligen Strandkörben gar nicht bearbeitet worden war. Bis zum Horizont erstreckten sich die blau-weißen Sprenkel im Sand. Ich juchzte.

Völlig erschöpft von meiner frühmorgendlichen Wanderung ließ ich mich in den erstbesten freien Strandkorb fallen. Die Sonne wärmte mein Gesicht. Ich schloss die Augen und lauschte den Strandgeräuschen. Wellenrauschen, Kinderlachen, Möwenkreischen und der Klingelton meines Smart Phones.

Was wollte van Gendt denn nun schon wieder? Widerwillig nahm ich das Gespräch an.

»Frau Gellert. Seit dreißig Stunden sind Sie im Dienst, und ich habe weder einen Anruf noch eine Mail von Ihnen erhalten. Was glauben Sie eigentlich, wie so ein Projekt läuft?«, brüllte er mich an. »Machen Sie sich einen lauen Lenz, oder was? Ich brauche schnellstens erste Tex ...«

»Herr van Gendt«, würgte ich ihn ab. »Ich bin schon dabei. Meine gestrige Anreise war alles andere als ein lauer Lenz. Ich habe eine Leiche gefunden.«

»Bitte, was?«

Ui, da war van Gendt für einen kurzen Moment sprachlos!

»Eine mausetote, ermordete Frau ist mir quasi vor die Füße gefallen. Was glauben Sie, wo ich meinen gestrigen Tag verbracht habe? Richtig, auf dem Polizeipräsidium!«

So langsam fand ich Gefallen an meinen Ausreden.

»Na, dann hoffe ich, dass heute wieder alles in Ordnung ist, und Sie mir gleich die ersten Berichte zukommen lassen.«

»Natürlich, ich habe bereits damit begonnen, familientaugliche Kulturveranstaltungen zusammenzutragen.«

»Guten Moorgeen!«

Ein sonnengebräunter junger Mann unterbrach unser Gespräch. Vor seiner Brust hing eine lederne Börse.

»Ich möchte Sie ungern stören, aber haben Sie diesen Strandkorb gemietet?«

»Strandkorb?«, quäkte van Gendt durch die Leitung.

Ich schüttelte den Kopf und hielt in perfekter Pantomimenmanier meinen Zeigefinger auf den Mund. Der Mann sollte nur noch wenige Sekunden den Mund halten.

»Vorschrift ist Vorschrift«, fuhr er jedoch in gleicher Lautstärke fort. »Das macht acht Euro fünfzig. Wenn Sie ihn länger als eine Woche mieten wollen sieben Euro fünfzig. Wäre doch schade, die Tage bei diesem Traumwetter nicht am Strand zu verbringen.«

Aus dem Lautsprecher meines Handys hörte ich nur noch Wortfetzen, die klangen wie *Konsequenzen*, *vorsätzliche Täuschung* und *Arbeitsverweigerung*. Ich beschloss, mein Gespräch mit van Gendt zu beenden.

Der Rest des Tages verlief zunächst zu meiner vollsten Zufriedenheit. Ich unternahm einen ausgedehnten Spaziergang am Wasser, hörte Musik im Strandkorb, und in der Mittagspause genehmigte ich mir einen Planter's-Punch-Cocktail im *Surfcafé*. Leicht benommen schlenderte ich danach durch den Ort. Auf Norderney ließ es sich prima aushalten. Immer wieder dachte ich an Alan und stellte mir vor, er wäre bei mir. Dummerweise tauchte auch Piet Nykamp gelegentlich vor meinem geistigen Auge auf. Wenigstens hatten seine gastfreundliche Begrüßung und seine Spontaneität mich für die Horrorbusfahrt und das letale Fundstück entschädigt. Ob Piet später wieder am Empfangstresen Dienst schob?

Gegen vier Uhr erklomm ich die Marienhöhe. Auf einem Dünenhügel in direkter Meerlage betrat ich das gleichnamige

Café – ein rundes Gebäude mit breiter Glasfront und Spitzdach. Welch herrlicher Ort für ein Päuschen.

Ich suchte einen freien Platz am Fenster und genoss den Ausblick auf die weite See.

»Guten Tag, die Dame.«

Ein adrett gekleideter Herr in gestärkter Kellnermontur begrüßte mich aufs Freundlichste. Seine Haare hafteten in akkuraten Streifen auf dem schmalen Kopf.

»Guten Tag, der Herr«, antwortete ich überrascht. Trotz seiner speziellen Frisur war er mir auf Anhieb sympathisch. Hatte ich eine Zeitreise angetreten?

»Was darf ich Ihnen bringen?«, fragte er mit einem offenen Lächeln.

»Was haben Sie denn?«, gab ich etwas geziert zurück. Der kleine Epochensprung machte mir Spaß.

»An Heißgetränken führen wir erlesene Teesorten. Falls Sie eine Kaffeespezialität wünschen, kann ich Ihnen uneingeschränkt unseren hausgemachten Sanddornkaffee empfehlen.«

Dann beugte er sich so nah zu mir vor, dass mir der Geruch seiner Pomade in die Nase stieg, und flüsterte: »Oder möchten Sie einen Pharisäer?«

Gute Idee. Zu seinem Geheimtipp orderte ich den Klassiker aller Torten: Schwarzwälder-Kirsch.

Drei Tische weiter saß ein älteres Paar, das sich angeregt unterhielt. Die Frau hatte eine Zeitung vor sich liegen und zeigte immer wieder auf das Blatt. Der Mann schüttelte ununterbrochen den Kopf. Leider übertönte die charmante Walzermusik aus dem Cafélautsprecher ihr Gespräch, so dass ich nur Satzfetzen aufschnappte.

»Nirgends ... mehr sicher ... Wer tut denn so was? ... Hübsches junges Ding ... Eingesperrt gehört so einer ... Vielleicht ein eifersüchtiger Freund ... Früher wäre das nicht passiert ... Zur Bushaltestelle gehe ich bestimmt nicht mehr ... Schlimm, ganz schlimm ...«

Wie die beiden so dasaßen und sich über den Inselmord ereiferten, erinnerten sie mich an Florence und Rahel. Wären die beiden hier gewesen, hätten sie sich allerdings nicht einschüchtern lassen und wären schon längst auf dem Weg zum Bushäuschen, um nach Spuren zu suchen, die die Polizei übersehen hatte.

Als der Kellner mit einem vollbeladenen Tablett an meinen Tisch zurückkehrte, kam mir die Idee, Florence zu bestechen. Wenn ich ihr frische Informationen lieferte, würde sie die Diskussion mit Rahel vielleicht noch ein paar Tage aufschieben. Ich setzte einen unschuldigen Gesichtsausdruck auf und winkte den Ober zu mir heran.

»Sagen Sie, Herr ..., Herr ...«

»Brinkmann.«

»Herr Brinkmann. Wissen Sie etwas über die junge Frau, die gestern tot an der Bushaltestelle gefunden wurde?«

Herr Brinkmann zuckte kurz zusammen und sah mich traurig an.

»Ich bekomme Gänsehaut, wenn ich nur daran denke. Arme Sina«, sagte er leise.

»Kannten Sie Frau Wurps persönlich?«

»Natürlich. Jeder auf der Insel kannte sie. Ein bezauberndes Ding, geradezu herzerfrischend.«

Mister Nostalgie beherrschte sein Metier. Mit verklärtem Blick schaute er aufs Meer und erstarrte für einen kurzen Moment. Dann fand er seine Contenance wieder und beugte sich erneut vor.

»Sind Sie von der Polizei?«, wisperte er.

»Nein«, tuschelte ich zurück. »Ich habe Frau Wurps gefunden.«

»Schock schwere Not!«

Herr Brinkmann beschloss, die anderen Gäste für einen Moment ihrem unbetreuten Schicksal zu überlassen und setzte sich zu mir.

»Sina war ein Ausbund an Lebensfreude. Hilfsbereit und sehr klug. Sie arbeitete in der Stadtverwaltung.«

»Das habe ich auch schon gehört. Können Sie sich vorstellen, wer ihr nach dem Leben getrachtet haben könnte?«

Wow, ich passte mich perfekt an. Florence wäre stolz auf mich!

Herr Brinkmann schüttelte energisch den Kopf.

»Sie war eigenwillig, aber durchaus wohlerzogen. Von Zeit zu Zeit kam sie mit ihren Kollegen auf einen Friesentee zu uns. Sie hatte bessere Manieren als manch Älterer.«

Wegen guter Manieren war noch niemand umgebracht worden. Ich hakte weiter nach.

»Was meinen Sie mit eigenwillig?«

»Wenn sie sich etwas in den Kopf setzte, dann kämpfte sie dafür. Selbst die Obrigkeiten zollten ihr dafür Respekt. Das habe ich selbst erlebt. Letzte Woche erst. Fräulein Wurps, einige Herren der Administration und – ich glaube – von der Nationalpark-Behörde trafen sich dort drüben.«

Herr Brinkmann zeigte verstohlen auf einen großen Tisch. »Ich glaube, es ging um das Naturschutzgebiet. Es versteht sich von selbst, dass ich die Gespräche unserer Gäste nicht belausche.«

Das galt vielleicht für einen galanten Oberkellner, aber nicht für mich. Ich nickte höflich.

»Die Unterredung wurde immer lauter, und schließlich ergriff Frau Wurps das Wort. Am Ende der Diskussion sprachen alle Beteiligten Frau Wurps ihre Anerkennung aus. *C'est ça.*«

Herr Brinkmann stand auf und zupfte seine steife Weste zurecht, die sich im Sitzen hochgeschoben hatte. Mit einer angedeuteten Verbeugung verabschiedete er sich lächelnd.

»Sie entschuldigen mich. Die Herrschaften an Tisch vier möchten bezahlen.«

C'est ça war das Stichwort. Ich zog mein Handy aus der Tasche und wählte Florences Nummer.

Rahel hob ab. Heiliger Bimbam. Ich hatte vergessen, dass sie freitags nachmittags meistens bei Florence und Gerd hockte.

»Danke, dass du mein Projekt als deins ausgegeben hast«, lautete ihre kurze, sarkastische Begrüßung.

Mein Bestechungsversuch kam zu spät.

»Ähm, Rahel, das muss ich dir in Ruhe erklären.«

»Nicht nötig. Hab's schon kapiert. Ist ja nichts Neues.«

Rahels Enttäuschung traf mich vollkommen unvorbereitet. Verzweifelt suchte ich nach einer Ausrede, doch mir war klar, dass meine Notlügen bei Rahel nichts nützten. Sie durchschaute sowieso alles. Dies wäre ein guter Zeitpunkt für eine Eingebung gewesen, doch Rahel ließ mir keine Zeit zum Überlegen.

»Für diese mega-fiese Aktion hab ich aber jetzt mehr als Einen bei dir gut«, sagte Rahel betont cool.

»Wie bitte?«, fragte ich irritiert.

»Wirst schon sehen.«

Hörte ich da einen Anflug von Versöhnlichkeit?

»Ich tue, was du willst, Rahel. Versprochen!«, stimmte ich

bei. »Wenn ich zurück bin, gehen wir zusammen ein Eis essen. Oder in den Zoo.«

»Hä?«

»Na schön. Du kannst dir alle meine DVDs ausleihen. Oder noch besser: Ich besorge dir auch ohne Konzept einen Praktikumsplatz bei Bellersen.«

»Das wollte ich hören.«

Am anderen Ende wurde gekichert, und ich schöpfte Hoffnung, dass Rahel mir verziehen hatte.

»Immerhin meldest du dich. Wir wollten dich schon bei RTL als vermisst melden«, fuhr sie in typischer Rahel-Manier fort. »Hab gestern Alan angepostet, und der hatte auch nichts von dir gehört. Warte, ich schalte den Lautsprecher an. Florence macht sich übelst krasse Sorgen. Obwohl ich ihr gesagt hab, du würdest schon nicht im Wattenmeer versinken. Bei deiner Größe ragst du doch selbst bei Sturmflut aus dem Wasser.«

Fast hätte ich mir eingestanden, dass ich meine freche Nichte vermisste. Fast.

Im Hintergrund vernahm ich Florences liebevolles Stimmchen.

»*Ma chère*, ist alles in Ordnung? Wir 'aben uns wirklisch gefragt, ob dir etwas zugestoßen ist. Immer wenn du auf Reisen ge'st, droht Gefahr.«

Dass Florence mit dieser leichtfertigen Prophezeiung recht behalten sollte, wusste ich zu diesem Zeitpunkt noch nicht. Ich wusste nur, dass das, was ich zu berichten hatte, sie nicht nur beschwichtigen, sondern hoch erfreuen würde. Ich erzählte den beiden von meinen gestrigen Erlebnissen und fügte die neuesten Informationen über Sina Wurps hinzu. Wie ich vermutet hatte, leckten Florence und Rahel augenblicklich Blut und spekulierten phantasievoll über Sina Wurps' Tod. Ich lehnte mich zurück und nahm einen großen Schluck Pharisäer.

Ob es an der Überdosis Sahne oder dem ungewohnten Mischungsverhältnis von Kaffee und Alkohol lag, weiß ich nicht. Jedenfalls wurde mir nach meinem Cafébesuch übel. Eigentlich wollte ich erste kleine Projektrecherchen durchführen, um van Gendt zu befriedigen. Doch mein Magen befahl mir den direkten Weg ins Hotelzimmer. Der Wind hatte in der Zwischenzeit zugelegt und wehte mir böig entgegen. Als ich in die Friedrichstraße einbog, hörte ich altbekannte Klänge. Das Kegelgrüppchen hatte wahrscheinlich mehr intus als ich, fühlte sich aber offensichtlich deutlich besser. In einheitliche pinkfarbene Windjacken gehüllt, hatten die Damen erste zarte Bande zu männlichen Pendants geknüpft. Jede der Frauen stolzierte neben einem Typen her. Einige hakten sich juchzend unter, andere gingen bereits Arm in Arm. Die Frau, die schon Busfahrer Jürgen mit einem Begrüßungskuss beglückt hatte, hing am Ärmel eines schmierigen Kerls mit offener Lederjacke. Alle zehn Meter blieben die beiden stehen, um herumzuknutschen. Absolut unästhetisch! Dieser Anblick verstärkte mein Unwohlsein, und ich war froh, die Tür zu *Hotel Nykamp* aufzustemmen.

Am Empfang saß leider kein Piet. Eine Aufmunterung à la Nykamp junior hätte mir jetzt gutgetan. Es war seine Mutter, die, als sie mich erblickte, sogleich aufsprang und mir die Hand gab.

»Sie müssen Frau Gellert sein«, begrüßte sie mich herzlich. Anneke Nykamp hatte die gleichen grünblauen Augen wie ihr Sohn und trug einen flotten Pagenkopf. Leider konnte ich ihre Herzlichkeit nicht erwidern, denn ich musste dauernd aufstoßen und hatte Angst, sie könne das missverstehen.

»Entschuldigung, ich habe etwas Falsches gegessen«, sagte ich knapp und torkelte Richtung Treppe.

»Aber doch hoffentlich nicht von unserem Frühstücksbuffet?«, rief Anneke besorgt hinter mir her.

»Zu viele Pharisäer«, versuchte ich sie zu beruhigen.

»Ich lasse Ihnen einen Kamillentee aufs Zimmer bringen!«

NATURAPOSTEL

Am frühen Morgen weckte mich lautes Knurren. Einen Wachhund hatte ich im Hotel nicht entdeckt. Also tippte ich auf meine Verdauungsorgane, die in der Nacht ganze Arbeit geleistet hatten. Ich fühlte mich zwar nicht ausgeruht, war aber heilfroh, den Abend ohne weitere Nahrungszufuhr verbracht zu haben.

Das Frühstück brachte meine Lebensgeister zurück. Ich bestellte bei der fröhlichen Dobronka eine Portion Rührei und futterte drei Brötchen. Als ich satt war, schmierte ich mir noch eine Scheibe Brot und packte sie samt Apfel und Banane als Tagesproviant ein. Pharisäer und Sahnetorte gehörten definitiv nicht auf meinen morgendlichen Speiseplan. Ohne Hast spazierte ich eine halbe Stunde später durch das Städtchen Richtung Kurverwaltung. Dabei überlegte ich, welche Freizeitaktivitäten Menschen der *Bürgerlichen Mitte* auf dieser Insel suchten.

Ideen- und lustlos schaute ich in die Schaufenster. Der Gedanke, van Gendt fertige Texte liefern zu müssen, blockierte mich.

»Hallo, Frau Gellert!«, tönte es plötzlich hinter mir. Ich drehte mich um, und da stand Roswitha. Ehe ich weiter über familientaugliche Veranstaltungen nachdenken konnte, erhielt ich eine spontane Einladung zum Kaffee auf den Campingplatz *Dünenblick*. Roswitha war mit dem Bus zum Einkaufen in der Stadt. Ich half ihr bei den Besorgungen und beschloss, meinen Besuch bei der Kurverwaltung auf den Nachmittag zu verschieben. Glücklich über unser Wiedersehen, machten wir uns auf zum Campingplatz.

»Welch ein Anblick«, rief Richard bei unserer Ankunft.

»Ich war doch nur zwei Stunden weg«, scherzte Roswitha.

»Ich meine doch das junge Fräulein.«

Richard nahm mich gleich in den Arm und drückte mich fest an sich. Er war nur wenig größer, aber kräftiger als ich, und sein Körper hatte eine deutlich erhöhte Kerntemperatur. Als Deo-Fetischisten konnte man diesen Naturburschen jedenfalls nicht bezeichnen.

»Hab grad die Hecke geschnitten. Hättste mal was gesagt, dann wäre ich schnell unter die Dusche gesprungen und hätte schon mal den Grill angeworfen.«

Grillen? Ich fragte mich, ob die beiden noch weitere Camper-Klischees erfüllten.

»Ich setze erst mal Kaffee auf«, zwitscherte Roswitha und hievte ihre Einkäufe in den Wohnwagen. »Zeig doch Frau Gellert in der Zwischenzeit unser Reich.«

Richard freute sich und lotste mich im Schnelldurchgang über den Campingplatz.

Wann hatte ich das letzte Mal gezeltet? Als Jugendliche war ich mit einigen Freundinnen quer durch Frankreich gefahren. Unerklärlicherweise befanden sich aber nur noch Erinnerungsfragmente in den Untiefen meines Stammhirns. Außer launigen Sommerabenden mit holländischen Jungs, bei denen wir auf einem mickrigen Gaskocher romantisch eine

Dose Ravioli nach der anderen erhitzten, die durch regelmäßige Mückeninvasionen beendet wurden, fiel mir nicht mehr viel ein.

Als Richard mir zum Abschluss die sanitären Anlagen präsentierte, war ich beeindruckt. Statt versiffter Nasszellen glänzten hier geflieste Duschkabinen.

»Alles picobello!«, protzte Richard. Er stand in kurzer Hose und verklebtem T-Shirt auf dem Platz und zeigte strahlend in die Runde. Sein Gesicht war ebenso sonnengebräunt wie das seiner Frau. Ich mochte das rüstige Pärchen.

»Eins-a-Platz«, sagte ich anerkennend und beschloss, meine bevorstehende Camping-Dienstreise hier zu verbringen. Leider durfte ich vorerst nichts verraten, und so hielt ich mich mit einem *Wer weiß, vielleicht komme ich ja mal zum Zelten hierher* bedeckt.

Am Ende unserer kleinen Führung klopfte Richard an die Tür des Nachbarwohnwagens. Der Mann, der daraufhin seinen kleinen Kopf herausstreckte, war Richards Bruder Jupp, von dem Roswitha mir bereits erzählt hatte. Auch seine Haut hatte den Farbton *lederbraun*. Neben Richard und Roswitha wirkte er deutlich betagter, jedoch nicht minder herzlich.

»Gestatten, Jupp Abramczik«, stellte er sich galant vor.

Geschlagene vier Stunden verbrachte ich mit meinen neuen Campingfreunden. Im Windschatten ihres stattlichen Wohnwagens hatte Roswitha ein komplettes Verköstigungsprogramm aufgefahren. Schonkaffee, Fertigwaffeln, eine prächtige Kekskollektion, Erfrischungsstäbchen und Schokolinsen.

Natürlich kam die Sprache auf Sina Wurps. Ich hatte keine Lust, schon wieder über die arme Inseltote zu sprechen. Außerdem tauchte das Bild ihres blutigen Kopfes noch immer in regelmäßigen Abständen vor meinem geistigen Auge auf. Schockiert über die unbegreifliche Gewalttat diskutierten die drei zuerst darüber, wer der jungen Frau etwas antun könne, danach über die Verrohung der Gesellschaft im Allgemeinen und der Jugend ganz speziell. Ich lauschte geduldig und ließ mir ein Erfrischungsstäbchen nach dem anderen auf der Zunge zergehen. Nach einem Gläschen Schaumwein wechselten sie endlich das Thema, und Richard und Jupp gaben Geschichten aus ihrer Ruhrgebietsheimat zum Besten. In jungen Jahren war Richard Schichtführer *auf'm Pütt* gewesen. Zum Glück hatte er nach der Schließung der Zeche einen Job als Hausmeister in einem Kraftwerk gefunden. Roswitha war offensichtlich die immergute Seele der Familie, denn sie blieb, wie es sich damals gehörte, nach der Geburt ihrer zwei Kinder zu Hause und versorgte Heim und Hof. Richards älterer Bruder Jupp musste um die fünfundsiebzig sein und hatte als Schlosser gearbeitet, bis seine Frau Ilse am Tag seiner Pensionierung einem Herzinfarkt erlag. Nicht ohne Stolz berichtete Jupp von seinem täglichen Sportprogramm. Eine Stunde Laufen für die Ausdauer, 45 Minuten gymnastische Dehnübungen für die Beweglichkeit und anschließend ein halbes Stündchen Krafttraining mit Hanteln. Für diese Aktivitäten hatte er ein eigenes Fitnesszelt neben seinen Wohnwagen gestellt. Wenn das Wetter es zuließ, trainierte er »open air« auf einem großen runden Trampolin vor dem Zelt.

Ich erfuhr, dass die drei, seit sie in Rente waren, die meiste Zeit des Jahres in ihrer Wahlheimat Norderney verbrachten. Richard, der Praktiker, hatte inzwischen die Funktion des stellvertretenden Platzwarts übernommen.

»Der Karl ist im Moment selbst auf Reisen«, erklärte er mir. »Ideen sammeln für neue Kinderattraktionen. Der guckt sich den Europapark Rust an. Solange kümmere ich mich hier um alles.«

Jupp und Roswitha nickten lobend und genehmigten sich noch ein Gläschen.

Was für ein herrliches Seniorenleben, dachte ich.

»Auf diese wunderschöne Insel! Schade, dass du morgen schon wieder abreisen musst«, prostete Roswitha mir zu. Richard sprang auf und reihte sich ein.

»Schön, dich kennengelernt zu haben.«

»Ganz meinerseits«, pflichtete Jupp bei und schenkte sich gleich noch mal nach.

»Wer weiß, vielleicht komme ich ja bald wieder«, rief ich verheißungsvoll in die Runde. »Ich glaube, ich habe mich jetzt schon in Norderney verliebt.«

Die drei würden Augen machen.

Als ich in die Stadt zurückkehrte, stellte ich fest, dass die Touristeninformation bereits um dreizehn Uhr geschlossen hatte. Samstagnachmittag, und es gab niemanden, der sich um die Belange hilfesuchender Urlauber kümmerte?

Enttäuscht über die Arbeitsmoral der Verwaltungsangestellten verbrachte ich den Rest des Tages mit passiver Recherche. Ich setzte mich in die Fußgängerzone und beobachtete Familien, joggte am Strand entlang und gönnte mir frische Waffeln mit Kirschen. Zwischendurch studierte ich Plakate und Aushänge, die auf meinem Weg lagen.

Bis zum Sonntagmorgen hatte ich die wichtigsten Stichworte zu Papier gebracht. Um mir nicht gleich bei Dienstantritt eine van Gendt'sche Standpauke einzufangen, beschloss ich, ihm die Datei noch vor meiner Abreise zu mailen. Zwischen Frühstück und Busabfahrt blieb mir eine halbe Stunde. Ich hockte mich aufs Bett und klappte mein High-Tech-Notebook auf. Blöderweise brauchte ich mehrere Anläufe, um das oberschlaue Passwort *sPeZi@l_nOrDflUegElLeRt007*, das mir van Gendt zugeteilt hatte, fehlerlos einzutippen. Die Arbeitsuhr tickte. Endlich öffnete ich das Mailprogramm und – hatte keine Internetverbindung.

Ich kramte den Surfstick aus der Tasche und steckte ihn, amüsiert über das maritime Wortspiel, in das passende Laufwerk. Nichts passierte. Hallo? Verzweifelt tippte ich verschiedene Tastenkombinationen ein, die auf meinem privaten Computer funktionierten. Doch dieser Rechner arbeitete nach mir völlig unbekannten Regeln. Cooles Design schön und gut, aber was nützte es mir, wenn ich ein Informatikstudium brauchte, um van Gendt meine Ergebnisse zu mailen? Nach dem zehnten Versuch wählte ich Rahels Handynummer. Meine allroundtalentierte Nichte wusste schließlich immer Rat.

»Vollmeise, oder was?«, murrte mich eine verschlafene Stimme an.

Ich schaute auf die Uhr und stellte fest, dass bereits in fünf Minuten Busfahrer Jürgen vorfuhr.

»Halb acht ist doch nicht früh«, entgegnete ich so freundlich ich konnte. Von meiner professionellen Freundlichkeit hätte Dobronka sich ein Scheibchen abschneiden können.

»Sonntags schon«, gab Rahel grantig zurück.

»Ich habe nur eine ganz, ganz kurze Frage. Wie komme ich mit diesem Scheiß-Stick ins Internet? In drei Minuten muss ich am Bus sein und vorher noch eine E-Mail an van Gendt abschicken.«

»Klingt irgendwie nach verpennter Arbeit«, hörte ich am anderen Ende.

»Hast du eine Idee, oder hast du keine Idee?«

»Brauchst wahrscheinlich ’ne Pin-Nummer, um dich einzuloggen.«

»Och, nö!«, fluchte ich. »Ich weiß nix von einer Pin-Nummer.«

»Dann kann ich dir auch nicht helfen.«

Klick.

Na warte. Ich wählte noch einmal.

»Boah, Trixi, du nervst. Ich muss schlafen. Gestern Abend war es mega-spät. Gustavs Geburtstagsparty.«

Was war plötzlich mit Rahel los? Es musste an diesem Gustav liegen, dass sie aus heiterem Himmel Allüren bekam. Alberne Teenie-Launen konnte ich jetzt wirklich nicht gebrauchen. Da halfen nur stärkere Geschütze.

»Wenn du mir nicht hilfst, kann ich meinen Job vergessen«, maulte ich vorwurfsvoll.

»Quatsch!«

»Doch, doch. Und du dein Praktikum.«

Kurzes Schweigen auf Rahels Seite.

»Das ist voll die Erpressung! Echt, das Letzte. Also schön, was soll ich tun?«

Braves Mädchen.

Ich erklärte ihr, dass ich van Gendt meine Stichworte zukommen lassen musste. Praktischerweise hatte Rahel die Königsidee.

»Sag mir einfach, was du dir notiert hast, und ich mach dir ’ne schöne Excelliste draus, die ich dann von deinem Mail-Account an van Gendt maile. Bis du das hinkriegst, sind wir alle längst in Rente.«

»Du bist ein Schatz!«, juchzte ich. »Pass auf, das sind meine wichtigsten Freizeitaktivitäten und -orte für Familien:

- Kinderspielpark *Kap Hoorn*, ideal auch bei Schietwetter
- Wattwanderungen für die ganze Familie
- Nordic Walking und sonstige Fitnesskurse, kostenlos für Kurkarteninhaber
- Inselkino
- Kurkonzerte
- Sonntags Gottesdienste

Fertig.«

»Das ist alles?«, entrüstete sich Rahel. »Mehr hast du nicht recherchiert?«

»Na hör mal, ich musste mich erst mal akklimatisieren und auf der Insel orientieren«, verteidigte ich mich.

Aus meinem Handy dröhnte lautes Lachen und vor meinem Zimmerfenster Jürgens durchdringende Bushupe.

»Ich muss auflegen, Rahel«, rief ich in den Hörer. »Danke, dass du die Liste an van Gendt mailst.«

»Das glaube ich jetzt nicht«, prustete Rahel. »Für die mickrigen sechs Angebote bist du doch nicht allen Ernstes auf die Insel gereist? Die hätte ich dir auch in zwei Minuten über die Inselwebsite zusammenkopiert. Wie peinlich. Du wirst dich wundern, was Florence und ich in derselben Zeit über deinen Kriminalfall herausgefunden haben.«

Was fiel Rahel ein, sich über meine Rechercheergebnisse lustig zu machen? Mir fehlten die Worte.

»Steig du mal in deinen Bus. Ich mach dir gleich ’ne vernünftige Liste. Boah, nee …«

Klick.

Mit Sack und Pack hastete ich durch den Empfangsbereich aus dem Haus.

Die anderen Gäste, die mit *Rüschkötter Reisen* den Heimweg antraten, saßen bereits streberhaft auf ihren Sitzen. Kein Wunder, die betagten Herrschaften hatten ja schließlich keinen beruflichen Spezialauftrag zu erledigen, sondern auf der faulen Haut gelegen. Wie ein wartender Bräutigam vor dem Altar stand Jürgen in Hemd und Krawatte vor seinem gelbvioletten Gefährt und wippte demonstrativ mit dem Fuß. Ich drückte ihm meinen Zentner-Koffer in die Hand und zwinkerte ihm zu. Dann sprang ich in den Bus, suchte in echter Busreiseprofimanier meinen Platz und schaute aus dem Fenster. Da stand Piet mit seinen leuchtenden türkisfarbenen Augen und seinem schönsten Lächeln in der Hoteltür, winkte und sorgte für einen unerwarteten Doppelherzschlag.

Auf der Fahrt nach Gütersloh blieb der Sitzplatz neben mir frei. Natürlich hatte Roswitha keine Rückfahrkarte gekauft. Ihr Ziel war schließlich diese schöne und quirlige Insel gewesen, die sie seit 32 Jahren liebte, und auf der ich mich bei meiner ersten Dienstreise mehr als pudelwohl gefühlt hatte. Ich freute mich verhalten über die gewonnene Beinfreiheit und spürte einen Anflug von Traurigkeit. Nach der geselligen Hinfahrt, unserem bizarren Leichenfund und dem Kaffeekränzchen hatte ich Roswitha inklusive ihrer Camping-Männer schon richtig liebgewonnen. Mit ihr an meiner Seite hätte ich sogar die lange Rückfahrt genießen können. Schließlich erinnerte mich die Atmosphäre im Bus an die Heimreisen früherer Klassenfahrten. Bis auf gelegentliche Hüsteleien und leises Tuscheln herrschte fast gespenstische Stille – so als wollten alle das bevorstehende Ende der schönen Zeit durch kollektives Schweigen verhindern. Selbst das Kegeloktett gab bis auf Schnarchgeräusche keine Laute von sich. Ich schnappte mein Handy und schrieb eine SMS an Alan: *Freue mich auf dich, Busankunft geplant für 20.30 Uhr. Holst du mich ab?*

NOMADENEMPFANG

Um Viertel vor neun passierte Jürgen das Gütersloher Ortsschild. Mein Po war in den letzten Stunden in einen komatösen Zustand gefallen, während meine Beine mit leichten Zuckungen gegen alle mir möglichen Sitzpositionen protestierten. Alan hatte nicht geantwortet. War er etwa immer noch beleidigt, weil ich mich am ersten Abend nicht gemeldet hatte?

Mit einem abgefederten Schaukeln steuerte Jürgen seinen Bus auf den Marktplatz. Als er meinen Koffer aus dem Laderaum wuchtete, warf ich einen Blick in mein Portemonnaie. Mit einem wohlwollenden Lächeln drückte ich Jürgen meine letzte Zwei-Euro-Münze in die Hand. Nachdem er sich artig für das großzügige Trinkgeld bedankt und kopfschüttelnd seinen Bus in Bewegung gesetzt hatte, stand ich mutterseelenallein auf dem Schotterplatz. Zu allem Überfluss setzte ein kühler Nieselregen ein. Solche Ankünfte waren so gar nicht nach meinem Geschmack. Ich fühlte mich wie ein ausgesetzter Hundewelpe und hätte am liebsten angefangen zu jaulen.

Wütend und traurig zugleich kramte ich mein Handy hervor. Bevor ich wählen konnte, hörte ich hinter mir ein Brummen. Dann ein dreifaches Hupen. Ich drehte mich um; ein

Riesengefährt steuerte geradewegs auf mich zu. War das ein weißer Panzer? Mit einem beherzten Sprung hechtete ich zur Seite. Es folgte lautes Bremsenquietschen. Wie in einem Actionfilm kam das Ungeheuer wenige Zentimeter vor meinem Koffer zum Stehen. Das Gefährt war kein Panzer. Es war ein Mega-Wohnmobil!

Ich kniff die Augen zusammen, um hinter den abgedunkelten Fensterscheiben den Fahrer zu erkennen. Was, um Himmels willen, machte Gerd hinter dem Lenkrad? Neben ihm thronte Florence. In dem hohen Fahrerhaus wirkten die beiden wie Spielzeugfiguren. Mit lässigem Grinsen ließ Gerd die Fensterscheibe herunter.

»Da staunst du, was?«, rief er gut gelaunt.

Florence befreite sich vom Gurt, öffnete die Beifahrertür und kletterte über einige kleine Stufen aus dem Riesenmobil. Ihre Haare hatte sie zu einem Bauernzopf geflochten, in dem verschiedene Blüten steckten.

»*Bienvenue, ma chère!*«, rief Florence, lief um die Wohnmobilschnauze und drückte mich an sich, als wäre ich von einer mehrjährigen Amazonasexpedition heimgekehrt.

»Eine Traum von eine Wohnmobil, *n'est-ce pas?*«

Ich nickte stumm.

»Das ist unser neuer – wie sagst du immer, Gerd?«

»Campingbulli XXXL!«

»Ja, genau. Dieses Auto 'at alles, was wir brauchen. Es ist *très chic* und rollstuhlfahrergerescht umgebaut.«

Gerd winkte hinter seinem Steuer und drehte für einen kurzen Moment die Musikanlage auf. Es klang, als säße ein komplettes Konzertorchester im Wageninnern. So ausgelassen hatte ich die beiden noch nie gesehen.

»Wahnsinn!«

Mehr brachte ich nicht hervor, denn dieses Wohnmobil stellte alles Caravanähnliche, das ich je gesehen hatte, in den Schatten. Es war mindestens zehn Meter lang, so breit wie ein Mähdrescher und an den Seiten mit bunten Rosendekors verziert. Florence und Gerd gehörten zweifellos zur Generation Blumenkinder, aber musste es denn gleich die King-Kong-Size sein?

»Wir sind gekommen, um disch abzu'olen«, sagte Florence und wedelte einladend mit den Armen. »'ereinspaziert.«

Sie öffnete die Seitentür, ich stieg die Stufen hinauf und betrat ein neues Universum. Mitten in diesem Universum saßen Alan und Rahel wie zwei Raumschiffkommandeure in riesigen Ledersesseln. Als sie mein verdattertes Gesicht sahen, sprangen sie auf.

Alan schloss mich in die Arme. Zum Glück bekam er nicht mit, wie ich mit einer Überraschungsträne kämpfte. Anschließend gab er mir einen langen, leidenschaftlichen Kuss, der meine Emotionen noch mehr in Wallung brachte. Ich streichelte seine dunklen Haare und spürte, wie sehr ich ihn vermisst hatte.

Rahel reihte sich ein und legte ihr breitestes Grinsen auf.

»Ihr könnt ja später weitermachen. Jetzt bin ich dran«, sagte sie schelmisch und schob Alan zur Seite. »Die Aktion war meine Idee.«

»Mega-krass«, antwortete ich auf *Rahelisch*.

Florence bestieg wieder ihren Thron und rief: »*Attention!*« Sie und Gerd drückten gleichzeitig auf zwei Knöpfe und drehten ihre üppig gepolsterten Sitze Richtung Innenraum, so dass eine komplette Wohnzimmerlandschaft aus Sesseln, einem

Sofa und einem schmucken Holztisch entstand. Ich war begeistert.

»Seeluft macht hungrig, oder?«, fragte Rahel.

Ohne meine Antwort abzuwarten, schleppte sie aus einem Schrank, der sich weiter hinten im Küchentrakt befand, Teller und Gläser heran. Alan half ihr beim Tischdecken und stellte einen großen Topf mit dampfenden Nudeln auf den Tisch.

»Spaghetti al pesto genovese«, sagte er stolz.

»Vergiss nicht den Barolo«, ermahnte ihn Gerd. Ich musste wohl noch verdutzter in die Runde geschaut haben, als Alan eine kleine Hintertür öffnete, wenige Stufen in einen dunklen Raum hinunterstieg und kurze Zeit später mit einer Flasche zurückkehrte.

»Weinkeller musste sein«, sagte Gerd knapp, und ich wusste, diese Idee konnte nur auf seinem grenzenlosen Tüftlermist gewachsen sein.

So saßen wir, eine Gruppe halbverrückter Menschen, an einem Sonntagabend mitten auf dem Gütersloher Marktplatz bei Pasta und Wein in einem Megamobil.

Natürlich sollte ich noch einmal minuziös den Leichenfund auf der Insel beschreiben. Rahel und Florence blieben vor Spannung die Münder offen stehen. Gerd und Alan schauten sich ungläubig an.

»Warum musst eigentlich ausgerechnet du diese tote Frau finden?«, fragte Alan.

Ich zuckte mit den Schultern.

»Trixi hat eben einen Riecher für Leichen«, antwortete Rahel. Statt Wein schlürfte sie Cola.

»Wahrscheinlich nur ein dummer Zufall«, sagte ich.

»Zufälle gibt es nischt«, entgegnete Florence. »Ra'el und isch, wir 'aben *directement* geforscht.«

Dabei blickte sie verheißungsvoll in die Runde und übergab das Wort an Rahel.

»Genau. Sina Wurps war nicht nur Verwaltungsangestellte.«

»Ich weiß, sie half im Naturparkhaus aus. So schlau bin ich auch.«

»Nein, sie hat eine seltene Krabbenart auf Norderney entdeckt«, konterte Rahel, doch auch damit konnte sie mir keine Neuigkeiten liefern.

»Meinst du, die anderen Krabben waren darüber so sauer, dass sie sie gleich in die Zange genommen haben?«, witzelte ich.

»Sehr lustig. Wenn du nicht eins und eins zusammenzählen kannst, selbst schuld.«

Rahel warf sich zurück und verschränkte die Arme.

»Sorry, war nur ein Scherz. Also, was hat es mit den Krabben auf sich?«

»Sina entfachte mit ihrem Fund eine Grundsatzdebatte. Ich habe in einem Naturschutzblog gelesen, dass diese Krabben aus dem Mittelmeer in die Nordsee gelangt sind und Meeresforscher jetzt darüber streiten, ob sie geschützt werden sollen oder für die heimischen Arten eine Gefahr darstellen.«

»Huu, wie unheimlich! Killerkrabbenalarm vor Norderney«, sagte ich beschwipst.

Rahel warf mir einen bösen Blick zu, und ich riss mich zusammen.

»Es geht darum, das Naturschutzgebiet auf der Insel zu vergrößern. Ich bin aber nicht sicher, ob Sina dieses Projekt wirklich befürwortete, nur weil sie diese komischen Viecher gefunden hat.«

Rahel überraschte mich immer wieder. Wenn sie erst mal Blut geleckt hatte, verwandelte sie sich in Sherlocks kleine Schwester.

»Das finde ich aber auch noch raus«, sagte sie selbstbewusst. »Ich weiß auch schon, wie.«

»Rahel, du bist zu jung für kriminalistische Alleingänge. Es reicht doch, wenn Trixi bei ihrem nächsten Besuch ihre Fühler ausstreckt«, gab Gerd zu bedenken.

»Aber Gerd, Ra'el und isch recherchieren aus sischerer Entfernung. Isch garantiere dir, das ist absolument nischt gefährlisch«, beruhigte ihn Florence.

Rahel zog eine Schnute und murmelte ein leises *leider.*

Nach unserem köstlichen Mahl steuerte Gerd seinen XXXL-Bulli nach Hause. Als er das Gefährt in die Hofeinfahrt rollte, touchierte er versehentlich einige Äste.

»Pardon, ich habe zwar eine Einparkhilfe, aber was links und rechts oben passiert, habe ich noch nicht im Blick«, scherzte er.

Alan, Rahel und ich stiegen aus und bewunderten noch einmal die Ausmaße dieses Vehikels. Ich überlegte, warum die beiden Senioren sich für diesen Koloss entschieden hatten und wie viel Geld er kostete, traute mich aber nicht zu fragen. Ihr Traum vom Campingmobil ging mich schließlich nichts an.

Alan lud meinen Koffer aus und rollte ihn zum Nachbarhaus, in dem meine leere Wohnung auf mich wartete. Plötzlich fiel mir etwas ein.

»Sag mal, Rahel. Hast du van Gendt meine Liste geschickt?«, fragte ich vorsichtig.

Rahel drehte sich zu mir um und grinste.

»Lass dich überraschen«, sagte sie nur und verschwand in der Haustür.

Eine innere Stimme sagte mir, dass ich mich auf meine clevere Nichte verlassen konnte, und weil ich leicht angetütert war, hakte ich nicht mehr nach und folgte Alan.

»Warum erinnert mich dein Apartment bloß an eine verlassene Goldgräberstadt?«, fragte Alan.

Auf so eine doofe Frage antwortete ich lieber nicht und schaltete meine funzelige Wohnzimmerglühbirne ein, die von der Decke baumelte.

»Ist dir eine überladene Kitschwohnung lieber?«, stellte ich die Gegenfrage und hatte unwillkürlich den Empfangsbereich des *Hotel Nykamp* vor Augen. Dabei dachte ich kurzzeitig an die kleinen Plüschseehunde, die getrockneten Seesterne und an Piet.

»Trostlose Bude«, meckerte Alan. Seinen aufmunternden Kommentar konnte er sich sparen. Ich wusste, schon bald würde dieses Domizil sich in einen Ort größter Behaglichkeit verwandeln. Den Anfang machte der Teppich, der in den nächsten Tagen geliefert werden sollte.

Als Alan mir vorschlug, ihn in seine Wohnung zu begleiten, hätte ich ihn fast rausgeworfen. Ich stellte ihn vor die Wahl. Wenn er die Nacht mit mir verbringen wollte, musste er mit meiner Minimalistenunterkunft vorliebnehmen.

»Schade«, sagte Alan mit seinem unwiderstehlichen Lächeln und zog mich zu sich heran. »Dann bleibt mir nichts anderes übrig, als das Beste daraus zu machen, obwohl ich etwas Schönes für dich vorbereitet hatte.«

Während er dies sagte, hatte er uns bereits von einer ersten Kleiderlage befreit, und ich stellte fest, dass es keine üppige Möblierung brauchte, um ein behagliches Gefühl zu erzeugen.

Um halb acht klingelte mein Wecker. Alan drehte sich noch einmal um, und ich kuschelte mich an seinen Rücken. Wie gut er duftete. Nach unzähligen Versuchen war Alan der erste Mann, der es schaffte, mich länger als drei Wochen zu faszinieren. Er sah nicht nur gut aus, sondern war dazu auch noch witzig, schlagfertig und ungemein zärtlich. Eine Mischung, die erstens selten war und zweitens leider auch bei anderen Frauen gut ankam. Bis auf sein lästiges Hobby Rennradfahren gab es nichts, das wir nicht gemeinsam genossen. Wenn das mit uns so weiterging, würde ich womöglich bald seine in Dublin lebenden Eltern kennenlernen. Fünf Minuten später startete der Wecker einen neuen Versuch. Plötzlich setzte Alan sich auf.

»Shit. Ich habe die Vorschaubesprechung vergessen. Die fängt heute schon um halb neun an.«

»Dann haben wir doch noch Zeit für ein gemütliches Frühstück«, beruhigte ich ihn.

»Gut, ich geh duschen. Kochst du Kaffee?«

Mit diesen Worten sprang Alan aus dem Bett und verschwand ins Bad.

Beim Blick in den Kühlschrank holte mich die Realität ein. Im Gemüsefach lag eine einsame Käsepackung mit blaugrauem Innenleben.

»Auf den jungen Gouda von heute ist auch kein Verlass mehr«, murmelte ich und warf das Päckchen in den Mülleimer. Sofort stieg mir ein modriger Duft in die Nase. Alan pfiff unterdessen ein Lied unter der Dusche. Leicht irritiert huschte ich von einem Schrank zum anderen und suchte vergeblich nach etwas Essbarem. Minimalismus in Vollendung. Bevor Alan seinen Kommentar dazu abgeben konnte, musste ich mir etwas einfallen lassen. Im Schlafzimmer lag mein Handy. Hektisch tippte ich an den Einstellungen herum, bis ich bei den Klingeltönen landete. Ich drückte die erstbeste Taste, und aus meinem Handy erklang eine dudelnde Melodie. Dann rannte ich ins Bad, schaltete den Ton aus und hielt mir augenrollend den Hörer ans Ohr.

»Wer ruft denn jetzt an?«, rief ich und schmachtete Alan an, der gerade in seine Klamotten schlüpfte.

»Ach, Rahel, du bist es – was gibt's so früh? – Erdkundehausaufgaben? – das fällt dir aber spät ein – Drucker kaputt? – kein Problem – mach ich gern – ich muss nur gerade an meinen Rechner.«

Ich rannte ins Wohnzimmer und setzte mich an den Schreibtisch. Alan kam hinter mir her und sah mich fragend an, als ich den Bildschirm einschaltete.

»Rahel braucht ganz schnell meine Hilfe. Das Frühstück müssen wir leider ausfallen lassen«, flüsterte ich Alan zu, während ich so tat, als hielte ich Rahel auf Abstand.

Alan zuckte nur kurz mit den Schultern und schnappte sich seine Jacke von der Fensterbank. Dann drückte er mir einen langen Kuss auf den Mund und verabschiedete sich mit einem leisen »Bei mir wäre uns das nicht passiert«.

Als Alan die Tür hinter sich ins Schloss zog, ließ ich das stumme Handy sinken und holte tief Luft.

NÄCHSTENLIEBE

Bevor ich um halb zehn ins Büro radelte, packte ich meinen Koffer aus und staunte, wie wenig Kleidung ich in vier Tagen verbraucht hatte. Trotzdem fragte ich mich, wann ich die Zeit finden sollte, sie zu waschen. Dank Bettys Nachsicht durfte ich weiterhin ihre Waschmaschine nutzen. Doch ohne Wohnungsschlüssel war das schwierig. Den hatte meine liebe Schwester jetzt ihrer neuen Mitbewohnerin, der grundabscheulichen Sibylle, vermacht. Ich verschob den Waschgang auf den Abend und machte mich auf den Weg ins Büro – mit einem Abstecher über meine Lieblingskonditorei am Rathaus, wo es die besten belegten Brötchen gab.

Der Bellersen Verlag stand wie eine alte Festung an der Hohenzollernstraße und überragte die angrenzenden Gebäude. Alle Freunde erstarrten vor Ehrfurcht, wenn ich ihnen von meinem Job erzählte. Meine Ehrfurcht beschränkte sich allenfalls auf die Mitarbeiter, die in ihren winzigen Bürokatakomben tapfer ihren Dienst verrichteten.

Ich betrat den dunkelroten Backsteinbau durch den Haupteingang und durchquerte das Erdgeschoss. Im Parterre befanden sich die Büros der Redakteure, auch das meines sympathischen Projektpartners van Gendt. Ich verspürte einen starken Drang, es zu ignorieren und stattdessen eine Etage höher Alan einen Besuch abzustatten.

Leider wurde in diesem Moment van Gendts Tür aufgerissen, und Robert höchstpersönlich stürmte an mir vorbei.

»Reingehen und warten«, lautete sein knapper Befehl.

Schnellen Schrittes sprang er die Treppe hoch, und ich vermutete als Grund einen von Bellersens Überfallterminen, denen alle Mitarbeiter sofort und ausnahmslos Folge zu leisten hatten.

Van Gendts Büro hatte ich seit Wochen nicht betreten, und ich stellte fest, dass er sich das Zimmerchen in der Zwischenzeit äußerst gehoben hatte einrichten lassen. Wie kam van Gendt zu dieser Sonderausstattung?

Neben seinem überdimensionierten Schreibtisch stand ein eleganter Besprechungstisch mit vier Stühlen. Ich setzte mich hin, packte meinen Laptop aus und startete das Mailprogramm. Innerhalb des Verlagsgebäudes war ich automatisch online. Ich entdeckte eine E-Mail von Rahel.

Hi Trixi,
habe es leider nicht mehr geschafft, die Liste an deinen Kollegen zu mailen.

Deine Rahel

PS: Kleiner Scherz. Schade, dass ich dein Gesicht jetzt nicht sehen kann. Ich habe alles Wichtige zusammengeschrieben und von deinem privaten Mail-Account verschickt. Wie gut, dass ich dir damals den Zugang eingerichtet und mir alle Passwörter gemerkt habe. ☺ Jetzt sieh zu, was du damit machst.

Bussi, Rahel

Im Anhang fand ich besagte Excelliste. Als ich sie öffnete, hastete van Gendt herein. Er schmiss einen Stapel Blätter auf seinen Schreibtisch und trat vor ein Tischbein.

»Guten Morgen, Herr van Gendt«, sagte ich höflich. »Alles in Ordnung?«

»Schön wär's«, antwortete er. Dann wühlte er in seinen Schubladen.

Ich nutzte die Zeit und warf hastig einen Blick auf die Liste. Meine Augen überflogen die Zeilen, und ich schickte ein Dankesgebet Richtung Rahels Klassenzimmer, in dem sie um diese Uhrzeit zu sitzen pflegte.

Van Gendt weitete seine Suche auf die Bücherregale aus.

»Kann ich Ihnen helfen?«, fragte ich zögerlich.

»Ich finde meine verdammte Brille nicht«, murrte van Gendt. Dabei riss er einen Bücherstapel um.

»Hat Ihre Brille grünbraune Bügel?«, gab ich zurück.

Ich wusste nicht, mit welcher Dioptrienzahl van Gendt mich eine Sekunde später musterte, aber auch ohne seine Augengläser sandte sein Blick eine klare Botschaft.

Hilfsbereit hielt ich ihm seine Brille hin, die auf dem kleinen Besprechungstischchen neben meinem Laptop gelegen hatte.

Ohne ein Wort des Dankes schnappte van Gendt sich die Lesehilfe und ließ sich auf einen Stuhl plumpsen. Seine Atmung war kurz, und er schwitzte.

So kannte ich meinen sonst so beherrschten Kollegen gar nicht. Zwar trug er, passend zu seinem Wesen, ein kleinkariertes Hemd. Dies war aber knitterig und hing hinten aus der Hose. Hatte van Gendt schlecht geschlafen oder Bellersen ihm den Hintern versohlt?

»Wie ich sehe, haben Sie sich prächtig erholt«, legte er los.

Seinen herausfordernden Tonfall hatte er jedenfalls nicht verloren. Ich fühlte mich wach genug für ein kleines Wortgefecht.

»Wenn Sie sich meine Arbeitsergebnisse angesehen hätten, Herr van Gendt, wüssten Sie, was ich auf Norderney geleistet habe.«

En garde. Winzige Schweißperlen überdeckten van Gendts Glatze und erinnerten mich an die Lichternetze, die zur Weihnachtszeit in den Büschen und Bäumen hingen. Mit einem schiefen Lächeln zog van Gendt sich die Brille von der Nase und nuckelte an eben dem Bügel, den ich gerade noch in der Hand gehalten hatte.

»Mhm, mhm. Natürlich habe ich mir Ihre Datei bereits angesehen. Meine kleine Anspielung bezog sich auf Ihre Hautfarbe. Der frische Teint steht Ihnen. Hatten Sie schönes Wetter?«

Van Gendts Ablenkungsmanöver irritierte mich für einen Moment. Nettigkeiten kamen ihm doch sonst nicht über die Lippen. Ich nickte nur kurz und lehnte mich zurück.

Lass ihn nur kommen, Trixi, dachte ich.

»Wie soll ich sagen? Das sind beachtliche erste Ergebnisse. Nach unserem Telefonat am Freitag hatte ich die Befürchtung, Sie lägen lieber am Strand, als zu arbeiten. Als ich jedoch gesehen habe, wie viel Sie zusammengetragen haben, musste ich mein vorschnelles Urteil revidieren. Und glauben Sie mir, es ist mir nicht leichtgefallen.«

Wenn das kein Sieg auf ganzer Linie war. Ich genoss meinen Triumph – für wenige Sekunden.

»Dann lassen Sie uns ins Detail gehen.«

Eine Stunde später war ich nass geschwitzt. Zeile für Zeile ackerten van Gendt und ich Rahels Aufzeichnungen durch. Schließlich musste ich so tun, als wüsste ich, worüber wir sprachen.

Rahel hatte Unglaubliches geleistet. Aus meinen sechs Freizeitempfehlungen hatte sie so etwas wie ein Reisestandardwerk gezaubert. Über vierzig Veranstaltungstipps, daneben ausführliche Informationen zu An- und Abreise sowie eine Liste mit gutbürgerlichen Restaurants und Kneipen. *Chapeau*, mein kleiner Schatz.

Plötzlich wurde van Gendt stutzig.

»Ich weiß ja nicht, an welcher Hochschule Sie Ihr Journalistenhandwerk gelernt haben, aber es gibt Passagen, die ich mehr als bedenklich finde. Warum legen Sie zum Beispiel so großen Wert auf die Nennung von Kleidungspreisen?«

»Kleidungspreise? Nun ja – ob in Form von Mitbringseln oder aus der unbeschwerten Ferienlaune heraus, sind Urlaubseinkäufe für Familien der bürgerlichen Mitte ein wichtiger Planungsfaktor«, antwortete ich.

»Und warum schreiben Sie es dann nicht genauso? Oder hier: Formulierungen wie *Mit einem mittelmäßigen Taschengeld kann man sich auf der Insel mega-wenig leisten*. Was soll das?«

Ich schluckte kurz. Hätte Rahel sich nicht besser ausdrücken können? Bevor ich antworten konnte, fuhr van Gendt fort.

»Unfassbar. Wortlaute wie *Angesagte Shoppingmalls sucht man auf Norderney vergeblich* sind vollkommen deplatziert. Auch die albernen Smileys können Sie sich sparen. Man könnte meinen, Sie schreiben für die *Bravo*.«

Mit allem mir möglichen Improvisationstalent versuchte ich, die subjektiven Teenageransichten, die Rahel herausgerutscht waren, zu erklären.

»Für den Fall, dass der gutbürgerliche Nachwuchs den Reiseführer in die Hand bekommt, wollte ich eine zielgruppengerechte Ansprache formulieren«, schwadronierte ich.

Am Ende gab ich van Gendt recht. Rahels Shoppingkommentare waren albern. Trotzdem fühlte ich mich als Gewinnerin unseres ersten Projektscharmützels, stand auf und packte meine Unterlagen zusammen.

»Wie sieht es denn mit der nächsten Reise aus?«, fragte ich van Gendt.

»Bevor Sie am Freitag wieder aufbrechen, korrigieren Sie die gerade besprochenen Texte und verpassen ihnen den nötigen Feinschliff. Das ausformulierte Kapitel sollte 50 Normseiten umfassen.«

Das könnte van Gendt so passen.

»Ich dachte, ich reise herum und schicke Ihnen die nötigen Informationen – und Sie bringen dann alles in Form«, sagte ich trotzig.

»Mache ich auch, aber selbstverständlich nur satzreif verfasste Artikel. Bevor ich es vergesse. Frau Heyster hat Ihre nächste Tour bereits gebucht. Bitte gehen Sie ins Sekretariat, und holen Sie sich Ihre Unterlagen. Die genaue Planung besprechen wir am Donnerstag um elf. Ebenso die Bildauswahl.«

Van Gendt winkte mich aus dem Büro, und mir fehlten die Worte.

Auf dem Weg zum Chefsekretariat klopfte ich an Alans Bürotür. Nach dem unerfreulichen Gesprächsabschluss mit van Gendt brauchte ich eine sinnliche Aufmunterung.

Ich öffnete die Tür einen kleinen Spalt und säuselte

Alans Namen. Die Antwort folgte direkt und in gleichem Tonfall.

»Ist nicht daha.«

Irritiert stieß ich die Tür auf und schluckte. Ein junges blondes Ding saß auf Alans Stuhl und lächelte mich an.

»Alan ist in einer Besprechung. Ich bin Cilia, die neue Praktikantin«, sagte sie gut gelaunt. Dabei blitzte mich eine Reihe außergewöhnlich großer weißer Zähne an.

»Bitte entschuldigen Sie mich. Ich habe zu tun«, fügte sie kess hinzu. Dann drehte sie sich wieder um und tippte irgendetwas in Alans Graphikrechner. Ich konnte mich nicht erinnern, dass Alan eine Praktikantin erwähnt hatte.

Missmutig setzte ich meine Verlagswanderung zu Frau Heysters Büro fort. Die Assistentin des Verlagschefs beäugte mich mit gewohnt undurchdringlicher Miene. Sie trug ein sandfarbenes Kostüm und war, wie immer, perfekt gestylt. Wie hielt eine derart professionelle Sekretärin die Launen des Wirrkopfs Bellersen aus? Brauchte sie jeden Tag eine Dosis Unberechenbarkeit?

»Frau Gellert, Sie sehen wirklich gut erholt aus. Wie gefällt Ihnen Norderney?«

»Sehr gut«, sagte ich beflissen.

»Herr van Gendt hat uns heute früh von Ihrem exzellenten Arbeitsergebnis berichtet. Wir waren zunächst nicht sicher, ob wir von derselben Frau Gellert sprechen«, gab sie mit einem leisen Lacher zurück.

Wie witzig!

Prompt zügelte Frau Heyster ihren Gefühlsausbruch und stand von ihrem Profidrehstuhl auf.

»Er erwähnte auch einen Todesfall.«

Dann warf sie mir einen erwartungsvollen Blick über den

Rand ihrer bekordelten Brille zu. »Sie haben eine Leiche gefunden?«

»Kann man so sagen. Sogar eine relativ frische und junge«, antwortete ich. »Mit sehr viel Blut am Kopf.« Als ich merkte, dass meine Schilderung Frau Heyster beeindruckte, fuhr ich ungeniert fort. »Deutet alles auf Mord hin. Die Frau ist mir auf den Fuß gefallen. Dabei hat sich ihr Kopf verdreht. Wissen Sie, wie Leichenflecken aussehen?«

Erschrocken schlug Frau Heyster sich mit der Hand vor die Brust und taumelte einen Schritt zurück.

»Nein, und das möchte ich auch gar nicht wissen. Ein Kapitalverbrechen auf so einer bezaubernden Ferieninsel. Das kann ich nicht glauben«, sagte sie kopfschüttelnd.

»Hätte ich auch nicht gedacht. Die Welt ist grausam und ungerecht«, pflichtete ich ihr bei. »Womit wir beim Thema sind. Am Freitag muss ich wieder los. Haben Sie meine Unterlagen schon zusammengestellt?«

»Natürlich.«

Sie trippelte zu einem Wandschrank und zog eine Mappe aus einem Hängeregister. Ich bewunderte ihr elegantes Ensemble, das ihrer Figur schmeichelte und eine ideale Kontur verlieh. Von hinten hätte man sie zwanzig Jahre jünger schätzen können.

»Dienstreise II, Beatrix Gellert, Norderney, 13. bis 19. September. Thema: Kururlaub mit Bahnanreise, Unterkunft: *Kurhotel Seefrieden*, Zielgruppe: Traditionsverwurzelte. Bitte schön.«

Als ich mir die Mappe genauer anschaute, beschlich mich ein Anflug von Vorfreude. Die Traditionsverwurzelten konnten mir gestohlen bleiben – aber Kururlaub klang nach chillen, Wellness und leichter Küche. Hätte ich nicht noch die

Ausarbeitung der ersten Reise vor mir gehabt, wäre das Glücksgefühl perfekt gewesen.

50 Normseiten. Das war so viel wie zwei Uni-Hausarbeiten – und für die hatte man Monate Zeit. Mir blieben nur noch vier Tage. Rahel konnte ich nicht noch einmal um Hilfe bitten, sie saß schließlich vormittags in der Schule. Andererseits hatte sie mir den Stress eingebrockt. Hätte sie die eine oder andere Ausführung weggelassen, wäre van Gendt womöglich auch mit weniger zufrieden gewesen. Als ich mein Rad aufschloss und darüber nachdachte, wie ich die Arbeit schaffen konnte, klingelte mein Handy.

»Frau Gellert?«

»Am Apparat.«

»Herbert Keller von der Firma Keller. Ihr Teppichboden ist eingetroffen. Wenn es Ihnen passt, kommen wir Dienstagvormittag zur Verlegung.«

NAHERHOLUNG

Meine Ausarbeitung beginnt stets mit der Formatierung des Dokuments. Immer wenn es mir an der nötigen Arbeitsmotivation mangelte, hatte ich mich schon während meines Studiums voller Hingabe der Festlegung von Rändern, Druckbereichen, Zeilenabständen, Schriftgrößen und Aufzählungszeichen gewidmet. Hochkonzentriert kämpfte ich mit dem Schreibprogramm, bis mir die Optik meiner Textvorlage gefiel. Als ich fertig war, schaute ich auf und betrachtete frustriert die Optik meiner Wohnung. Ich hockte an meinem Schreibtisch, der vor dem ungeputzten Fenster meines Wohnzimmers stand. Auf der Fensterbank fristeten zwei minderbeblätterte Ficus-Bäumchen ihr obligatorisches Dekorationsdasein. Als Mitarbeiterin bei einer Einrichtungszeitschrift hätte ich es nicht einmal bis zur Kopieraushilfe gebracht. Ich überlegte, ob ich mich mit meiner Wohnung bei *Hübscher wohnen* als Kandidatin für eine Vorher-Nachher-Story bewerben sollte.

Missmutig versuchte ich, Rahels Auflistungen auszuformulieren. Dann schaute ich mir an, wie die anderen Bellersen Reiseführer geschrieben waren. Woher, um Himmels willen, hatten die Redakteure ihr umfangreiches Wissen? Man konnte sich schließlich nicht in jedem Hotel einquartieren und auch nicht alle *Spezialitäten des Hauses* in sämtlichen Restaurants probieren. Unwillkürlich stellte ich mir die Frage, wie Rahel ihre Informationen gesammelt hatte – ohne auch nur einen Fuß auf die Insel gesetzt zu haben. Hatte sie wirklich all die vielen Details im Internet aufgestöbert?

Eine Stunde später stellten sich erste Anzeichen von Überarbeitung ein. Hinter meinem rechten Auge verspürte ich ein dumpfes Pochen. Vor lauter Arbeitsstress hatte ich vergessen einzukaufen. Bevor ich auch nur ein weiteres Wort in die Tasten tippen konnte, brauchte ich einen Imbiss. Ich hastete aus der Wohnung, schwang mich auf meinen roten Drahtesel und radelte zum nahe gelegenen Einkaufszentrum. Für Hochleistungsarbeiter wie mich war die Mini-Shopping-Meile ideal. Was brauchte ich für einen leckeren Salat? Ich lief durch die Gänge des Supermarktes und ließ in hungriger Vorfreude alle Lebensmittel, die mir einfielen, in den Wagen fallen. Tomaten, Gurken, Paprika, Kopfsalat. Spontan warf ich noch Äpfel, Birnen und eine frische Mango dazu. Meine Vitaminzufuhr war gesichert. Ich erinnerte mich daran, dass ich auch kein Toilettenpapier, keine Butter, keine Wurst, keinen Käse und keine Marmelade hatte – eigentlich fehlte so gut wie alles. Dummerweise musste ich den gesamten Einkauf mit dem Fahrrad transportieren. Und so versuchte ich mich auf die wichtigsten Artikel zu beschränken.

Nass geschwitzt kehrte ich nach Hause zurück. Ich schleppte die ausgebeulten Tüten in meine Wohnung und begann sofort mit der Zubereitung des Salats. Immerhin hatten Mama und Florence mir eine kleine Küchenerstausstattung geschenkt. Sie bestand aus einigen Tellern, Tassen, Gläsern, drei Töpfen, einer Pfanne, sowie Besteck, einem Apfelentkerner –

und einer Blumenvase. Die hatte Florence mir feierlich überreicht. Sie vertrat die Ansicht, ein Mensch könne zwar wochenlang ohne feste Nahrung auskommen, aber nicht einen Tag ohne frische Blumen. Welch ein Schöngeist!

Gut gelaunt schnippelte ich das Gemüse – bis mir auffiel, dass ich das Dressing vergessen hatte. Immer diese lästigen Kleinigkeiten!

Da ich keine Zeit verlieren wollte, beschloss ich, die Zutaten für das Dressing bei Florence auszuborgen und marschierte nach nebenan.

»Du bist blass und 'ast eine große Schüssel unter die Arm. Lass misch raten: Der kleine 'unger treibt disch zu uns.«

Florences siebter Sinn war erstaunlich. Sie bat mich herein, und ich erzählte ihr voller Stolz von meiner vorbildlichen Haushaltsführung. Lächelnd drückte sie mich an sich und streichelte meine Wange. Ihre Wärme und ihr zartes Rosenparfum taten mir gut.

»Ich brauche nur Essig und Öl. Ansonsten habe ich alles im Griff. Die erste eigene Wohnung ist doch gar nicht so schwierig, wie alle sagen«, prahlte ich. »Und wenn morgen erst mal der Teppichboden liegt, wird es ruckizucki gemütlich. Dann lade ich euch gern auf eine Apfelsaftschorle ein.«

Florence nahm mir die Salatschüssel aus der Hand und marschierte in die Küche. Ich folgte ihr wie ein Welpe, der von Frauchen eine Belohnung erwartete. Am Herd werkelte Gerd. Er trug seine schwarze Lieblingsschürze, auf der in roten Lettern *Maître de Cuisine* prangte. Seine körperliche Einschränkung hatte seinen Erfinderdrang nie gebremst. Im Gegenteil. Bereits wenige Monate nach seinem tragischen Arbeitsunfall und der niederschmetternden Diagnose Querschnittlähmung begann für Gerd eine kreative Phase der Umgestaltung. Voller Tatendrang passte er sein häusliches Umfeld den neuen Bedingungen an. So waren in der Küche sämtliche Arbeitsplatten unterfahrbar. Sein größter Stolz war die *Gerd'sche Hubkonstruktion*. Um an die Gegenstände in den höheren Schränken zu gelangen, rollte er auf eine Metallplatte, die auf einem umfunktionierten Gabelstapler befestigt war. Je nach Tageszeit und Weinkonsum steuerte Gerd per Fernbedienung die kleine Hebebühne mehr oder weniger souverän durch die Küche. Dass er mit dem Stapler bereits einige Türen und Schrankelemente demoliert hatte, störte ihn nicht.

»Danke für den Salat«, sagte er lächelnd. »Bei uns gibt es heute Rotkohl und Bratwürste. Das passt prima zusammen.«

Mein Magen knurrte lauter als die brummende Dunstabzugshaube, und ich beschloss, Gerd beizupflichten.

Florence lachte und deckte den Tisch im Wintergarten. Ich half ihr und fühlte mich großartig. Die Aussicht auf ein feines Essen in netter Gesellschaft hätte fast die Gedanken an die Arbeit verscheucht. Leider bereitete Rahels Ankunft dem perfekt relaxten Ambiente ein Ende.

»Hey, Trixi«, rief sie freudig und pfefferte ihre Schultasche auf Florences Blümchensofa. »Wie kommst du mit deiner Arbeit vorwärts? Hat van Gendt eigentlich schon was zu meinen Texten gesagt?«

»Rahels Texte?«, funkte Gerd dazwischen.

»Trixi ist mal wieder nicht alleine klargekommen«, zwitscherte Rahel.

Die kleine Angeberin fixierte mich mit einem frechen Grinsen. »Sie braucht halt länger beim Schreiben. So ist das eben im Alter.«

Das reichte.

»Meine liebe Rahel«, setzte ich so pädagogisch wie möglich an. »Deine kleine Überarbeitung meiner Textgrundlage kam zwar inhaltlich gut an, allerdings weist sie deutliche Ausdrucksmängel auf.«

Rahel klappte der Unterkiefer runter. Ihre großen grünen Augen funkelten. Einen Moment später zog sie ihre Mundwinkel nach unten. Sie nahm das Salatbesteck und schaufelte sich fast den ganzen Schüsselinhalt auf ihren Teller. Dann stocherte sie mit der Gabel im Salat herum, dass die Zinken auf dem Porzellan quietschten.

»Dann mach deinen Mist demnächst selber«, grummelte sie ohne aufzusehen.

»So war das nun auch wieder nicht gemeint. Deine Ausarbeitung war super«, gab ich klein bei. »Van Gendt und die anderen Kollegen haben mit den Ohren geschlackert und nur an ganz wenigen Stellen konstruktive Kritik geübt.«

Jetzt musste ich aber schnellstens wieder die Kurve kriegen, sonst würde ich es mir für immer mit Rahel verscherzen. Ich tätschelte ihre Hand und lächelte aufmunternd.

»Stell dir vor, van Gendt dachte, ich hätte auf Norderney nur faul im Strandkorb gelegen.«

»Hast du ja auch.«

Empathiemeisterin Florence erfasste die angespannte Lage und versuchte mit einer kleinen Finesse, Rahel zu beschwichtigen. Sie lenkte das Gespräch auf Sina Wurps. Der Trick funktionierte, und Rahel sprang sofort auf das Thema an. Florence erzählte fast enttäuscht, dass es noch keine weiteren Erkenntnisse über den Todesfall gab. Allerdings schlug der *Mord im Inselparadies* hohe Wellen in der Presse. Sogar der *Westfalenkurier* hatte einen langen Artikel gebracht.

Nach dem Essen beschlossen Rahel und Florence, weiter zu recherchieren, und Gerd fuhr kopfschüttelnd nach draußen, um neue rollstuhlgerechte Baumaßnahmen am Wohnmobil vorzunehmen. Mich überkam eine plötzliche Mittagsmüdigkeit. Die ständige Luftveränderung und der *Ship-lag* forderten ihren Tribut. Ich schlurfte zurück in meine Wohnung und legte ein Schaffenspäuschen auf dem Sofa ein. Zwei Stunden später wachte ich zerknirscht auf. In meinem Traum war Alan mit einem überdimensionierten Gabelstapler durch die Flure des Bellersen Verlags kutschiert. Vor seinem Büro hatte er das Gefährt gestoppt und mit den Hubarmen an die Tür gehämmert. Als die blonde Praktikantin in einem geblümten Négligé heraustrat, hatte Alan gefragt: »Na, Cilia. Hast du schon mal so einen großen Gabelstapler gesehen? Wie wäre es mit einer Probefahrt?«

Das alberne Gespinst empörte mich so sehr, dass ich aufstand und sofort zum Hörer griff.

»Hallo, Trixi. Wie sieht's aus?«

Alans Stimme hatte denselben betörenden Klang wie in meinem Traum. Doch anstatt ihm meinen Traum zu erzählen, ging ich sofort in die Offensive.

»Blendend«, schwindelte ich. »Hast du heute Abend schon was vor? Ich habe eingekauft, und wir könnten zusammen essen. Oder wollen wir ins Kino gehen? Oder gemütlich auf dem Sofa abhängen? Ich könnte auch noch in die Stadt fahren und mir was Hübsches zum Anziehen kaufen. Vielleicht ein Négligé.«

»Hast du getrunken?«, fragte Alan.

»Noch nicht«, gab ich zurück und merkte, dass ich leicht überreagiert hatte.

»Du im Négligé, das klingt verlockend, aber leider stehen

heute Überstunden auf dem Programm. Cilia und ich müssen das Layout für die Reihe *Italien auf dem Motorroller* fertigstellen. Danach fahre ich zum Training.«

So lief also der Bürohase. Gut, dass Alan meinen Schmollmund nicht sehen konnte. Bevor ich ihm den jedoch zeigen wollte, würde mir schon etwas anderes Aufregendes für den Abend einfallen. Zum Beispiel das Schreiben von 50 Seiten, die darauf warteten, redigiert zu werden.

»Okay. Falls du nach dem Training Hunger hast, wirst du staunen, wie gut ich jetzt alles im Griff habe. Der Kühlschrank ist voll. In Sachen Haushaltsführung macht mir niemand was vor. Moment, es klingelt gerade. Bleib dran.«

Vor meiner Tür stand ein rundlicher Mann. Erst starrte er auf mein Handy, dann versuchte er, an mir vorbei in die Wohnung zu schielen.

»Guten Tag. Ich komme von der GEZ. Zahlen Sie schon Gebühren?«

Ich schickte ihn weg; noch so ein lästiger Nebeneffekt der eigenen Wohnung. Alan sandte mir noch einen Kuss durch die Leitung, und dann war ich mit mir allein.

Am nächsten Tag stand ich extra früh auf. Bis Dienstagmittag wartete ich vergeblich auf den Teppichverleger. Wollte er nicht am Vormittag liefern? Wie konnte ein Dienstleistungsunternehmen eine derartige Arbeitsmoral an den Tag legen? Was wäre gewesen, wenn ich pünktlich im Büro hätte sein müssen?

Zum Glück musste ich das nicht, und so schrieb ich notgedrungen weiter an meinen Texten. Um halb eins war es endlich so weit. Vor dem Haus parkte ein Lieferwagen der Firma Keller, und heraus sprangen zwei Männer in pinkfarbenen Latzhosen. Was mochten die beiden Teppichleger verbrochen haben, dass man sie mit dieser Kluft strafte?

»27,5 qm *Hochflor Eschnapur* in Flieder«, begrüßte mich der Ältere der beiden gut gelaunt.

»Hereinspaziert«, gab ich genauso fröhlich zurück. In wenigen Minuten würde mein Teppichboden liegen und endlich den kathedralenhaften Hall verschlucken.

»Wo soll der Boden denn hin?«, fragte der Jüngere. Sein rotblonder Haarton biss sich mit der Farbe der Latzhose.

»Flur und Wohnzimmer.«

Die beiden Herren schleppten zwei Teppichrollen herein und warfen sie auf den Boden.

»Sie haben Ihr Wohnzimmer gar nicht leer geräumt. Wie sollen wir denn den Boden verlegen?«, murrte der Ältere.

»Fangen Sie doch schon mal im Flur an. Wissen Sie, ich arbeite an einem sehr wichtigen Projekt. Da habe ich bis heute keine Zeit gehabt, die Möbel zur Seite zu räumen.«

Die beiden Männer warfen sich einen kurzen Blick zu. Mit einer taffen Undercoveragentin wie mir hatten sie nicht gerechnet. Der Rothaarige grinste.

»Ist ungünstig, im Flur zu beginnen. Dann müssten wir hinterher immer drüberlaufen. Sorry, wir starten im Wohnzimmer.«

In kurzer Zeit verteilten wir die wenigen Möbelstücke, die ich besaß, auf Küche und Schlafzimmer.

»Ich werde dann wohl nicht mehr gebraucht«, sagte ich höflich. Eine kleine Arbeitspause kam mir sehr gelegen. Seit meiner Rückkehr aus Norderney hatte ich keinen Sport getrieben. Ich huschte ins Schlafzimmer, zog meine Laufklamotten an und verstaute meinen Laptop unter dem Bett.

»Na, dann viel Spaß«, rief ich den beiden zu, während sie

im Wohnzimmer den fliederfarbenen *Hochflor Eschnapur* entrollten.

Eine Dreiviertelstunde später war ich zurück und keuchte die Treppen hinauf. Während meiner Joggingrunde hatte ich an Alan gedacht. Er war am Vorabend nicht mehr zu mir gekommen. Stattdessen hatten wir später noch einmal telefoniert. Natürlich hatte ich es nicht geschafft, die Frage, wer denn bitte schön Cilia war, zu unterdrücken. Alan hatte sich über meine Eifersucht amüsiert und mir erklärt, dass Cilia Bernold Bellersens Großnichte war und sich nach dem Abitur in der Berufsorientierung befand. Großzügig, wie er war, hatte Bellersen ihr angeboten, sich das Verlagsleben anzusehen, und wie der nicht existierende Zufall es wollte, gefiel es Cilia bei Alan am besten.

»Schon zurück?«, begrüßte mich der ältere Teppichleger. »Ich möchte Ihnen nicht zu nahe treten, aber wer hat Ihre Bodenflächen vermessen?«

»I-hich«, antwortete ich atemlos.

»Sehr gut! Dann übernehmen wir keine Haftung.«

Die Arme in die Seiten gestemmt, schaute ich zuerst die beiden Herren in Pink und dann meinen *Hochflor Eschnapur* in Flieder an. Alle hatten etwas Unzulängliches. Den Herren fehlte ein maskulines Outfit und meinem Teppich an drei Seiten jeweils ein halber Meter.

Waren meine Beine geschrumpft, oder warum hatte ich mich beim Abmessen des Bodens dermaßen verschätzt?

»Da wir Sie nicht erreichen konnten, haben wir den Boden jetzt bündig an die Eingangswand verlegt.«

»Hm ja. Genau richtig«, pflichtete ich dem Jüngeren bei. »So hatte ich es auch geplant. Die Stellen da hinten sollten unbedingt bleiben. Das ist der Platz für meine Kunstinstallationen. Minimalistisches Wohnkonzept nennt man das in der Fachsprache.«

Wieder warfen die beiden sich ihren Teppichlegerblick zu.

Ich beschloss, mir meinen Ärger nicht anmerken zu lassen und lief an den beiden vorbei ins Schlafzimmer. Als ich unter mein Bett griff, fühlte ich nur den kalten PVC-Boden. Wie dreist konnten die zwei Teppichspezies sein?

Ich stürmte in den Flur und gab alles.

»Wer von Ihnen hat meinen Laptop gestohlen?«

»Wie bitte?«

»Nichts wie bitte? Raus mit der Sprache. Halten Sie mich für dumm?«

Der Ältere schüttelte schweigend den Kopf und grinste. Der Jüngere blieb ernst und stellte sich vor mir auf.

»Vorhin war ein Mädel hier. Die hatte einen Wohnungsschlüssel und meinte, sie müsste sich was ausborgen. Sah nett aus, die Kleine. Hinter ihr stand so ein Riese mit blonden Haaren. Konnten wir doch nicht ahnen, dass die beiden Ihren Rechner klauen. Wir arbeiten schließlich nicht beim Wachdienst.«

Jetzt verzog auch der Rothaarige seinen Mund zu einem Lächeln.

Ich fühlte, wie meine Nasenflügel zitterten.

Rahel, mach dich auf was gefasst, schoss es mir durch den Kopf.

Zum krönenden Abschluss erklärten mir die beiden Barbie-Handwerker, dass ich den geklebten Boden bis zum nächsten Tag nicht betreten durfte. Warum hatten sie mir das nicht vorher gesagt? Ich steckte jedem einen 5-Euro-Schein in die fesche Latztasche und schob sie aus der Wohnung. Dann drehte ich mich um und betrachtete das fliederfarbene Stückwerk. Beim Anblick des mickrigen Teppichfragments stieß ich einen dumpfen Fluch aus.

NIPPES

Von einem Augenblick zum anderen war ich also obdachlos. Alan verbrachte den Tag auf einer Fortbildung und wusste nicht, wann er zurück sein würde. Leider besaß ich noch keinen Schlüssel zu seiner Wohnung. Ich packte die wenigen Habseligkeiten, die ich für eine Nacht brauchte, in meine Sporttasche und durchquerte die Hofeinfahrt. Dabei hörte ich Gerd im Wohnmobilinneren pfeifen. Der Umbau dieses Monstrums machte ihm hörbar Spaß. Ich drückte den Klingelknopf zu der Wohnung, in der ich viele Jahre zusammen mit meiner Schwester Betty und meiner neuerdings kleptomanischen Nichte Rahel gewohnt hatte.

In der Küche brannte Licht. Also war jemand zu Hause.

Zu meiner Enttäuschung öffnete Sibylle, meine bornierte Nachmieterin, die Tür.

»Ich muss eine Nacht bei euch schlafen«, sagte ich bestimmt. Mit Sibylle würde ich meine Übernachtungsmöglichkeit sicher nicht diskutieren.

»Und in welchem Zimmer?«, zwitscherte sie mit einfältigem Stimmchen hinter mir her. Ich marschierte die Treppen hinauf und geradewegs in die Küche.

»Entweder im Wohnzimmer oder in Rahels Zimmer«, antwortete ich knapp. Sibylle würde niemals meine beste Freundin werden. Bereits einen Tag nach meinem Auszug hatte sie sich mein altes Zimmer zu eigen gemacht. Wie meine Schwester arbeitete sie als Krankenschwester im Städtischen Klinikum und war einfach nur eine besserwisserische Nervensäge. Besonders wurmte mich, dass Rahel, Florence und Gerd sie offensichtlich mochten.

»Wohnzimmer geht nicht«, krächzte Sibylle. »Da habe ich mein Kunsthandwerkszubehör untergestellt. Staffelei, Töpferscheibe, Webrahmen. Ist leider voll.«

Ich ließ meine Tasche auf den Boden fallen, zog weiter Richtung Rahel und klopfte zweimal laut an ihrer Tür. Natürlich wartete ich kein freundliches Herein ab und drückte sofort die Klinke herunter. Hätte ich noch mehr Schwung gehabt, wäre ich mit dem Kopf gegen die verschlossene Tür gerummst.

»Raheel?«, rief ich mit wuterstickter Stimme.

Ein unfreundliches *Keine Zeit!* tönte zwischen wummernden Bässen aus ihrem Zimmer. Ich ließ nicht locker und hämmerte noch einmal gegen die Tür.

»Wo ist mein Reechneer?«

Eine Minute später wurde von innen der Schlüssel gedreht. Rahel streckte ihren Kopf heraus und schaute mich grimmig an. Was waren das für Sperenzchen? Mitten am Tag wollte Rahel nicht gestört werden? Kurz danach erschien des Rätsels Lösung auf der Bildfläche. Der coole Gustav winkte mir hinter Rahel zu. Im Dämmerlicht des abgedunkelten Zimmers erkannte ich, dass seine Surferfrisur nach einem ziemlich stürmischen Wellengang aussah.

Auch wenn mir schlagartig bewusst wurde, dass Rahel gerade dem Kindesalter entwuchs, ignorierte ich das Tête-à-

Tête, stellte meinen Fuß in Rahels Türrahmen und wiederholte meine Frage.

»Entspann dich! Du wolltest doch, dass ich dir neue Programme aufspiele. Und weil ich nicht ewig Zeit habe und du nicht zu Hause warst, habe ich ihn mir geholt. Guck, die Programme laufen in der Zwischenzeit.«

»In welcher Zwischenzeit?«, hakte ich nach, obwohl es keiner Antwort bedurfte. Rahel schaute sich verlegen zu Gustav um, der sich gerade ein T-Shirt über seinen wohlproportionierten Oberkörper streifte.

»Woher hast du einen Schlüssel zu meiner Wohnung?«, fragte ich mit strengem Blick.

»Von Florence«, antwortete Rahel und schien sich keiner Schuld bewusst zu sein. »Soll ich dir nun helfen, oder nicht?«

Rahel legte ihren Kopf schief und zog ihre ebenmäßig geschwungenen Augenbrauen hoch.

»Du hättest mich fragen können«, antwortete ich.

»Wollte ich ja, aber du bist nicht an dein Handy gegangen.«

Wie bitte? Ich kramte mein Smart Phone aus der Tasche und entdeckte einen verpassten Anruf. Irgendwer musste das Telefon lautlos gestellt haben.

»Sag mal, Trixi«, fuhr Rahel nicht ohne triumphierenden Unterton in der Stimme fort. »Haben die pinkfarbenen Trolle deinen Teppich vor dem Verlegen bei 90 Grad gewaschen? Gib's ruhig zu. Du hast dich vermessen. Mit 'ner vernünftigen Vermessungs-App wäre das nicht passiert.«

Gustav kam näher und legte seinen Kopf auf Rahels zarte Schulter.

»Stimmt. Die Vermessungs-App ist geil. Dein fusseliger Teppich nicht.«

Das reichte. Auf zwei altkluge Teenagerkommentare hatte

ich keine Lust. Ich wusste, Rahel hatte es gut gemeint, aber das Eindringen in meine Privatsphäre war nicht akzeptabel. Das musste *Tante Trixi* ihr beibringen.

»Meine liebe Rahel«, gab ich zurück. »Bevor du das nächste Mal in meine Wohnung einfällst, fragst du mich, klar? Und Florences Schlüssel nehmen geht gar nicht.«

Rahel verdrehte die Augen und nickte. Dann schlurfte sie in ihr Zimmer zurück und löste den Rechner von der Verkabelung.

»Warte! Wenn du aber schon mal dabei bist, können die Programme gern weiterlaufen«, sagte ich. »Ich brauche übrigens für heute Nacht einen Unterschlupf bei euch.«

»Sonst immer gern«, sagte Rahel und schmiegte sich an Gustavs männliche Schulter.

Ich verstand ihren Wink und ging zurück in die Bastelkammer des Grauens.

»Das war erziehungstechnisch aber nicht gerade wertvoll«, meckerte Sibylle hinter mir her. »Du bist Rahels Tante und hast ihr gegenüber einen Erziehungsauftrag. Solange Betty nicht da ist, solltest du wenigstens konsequent sein. Also, wenn sie ohne meine Erlaubnis einfach bei mir ...«

Ich ließ das pädagogische Kreativgenie stehen und verließ die Wohnung.

Isoliert in einem winzigen, geschlossenen Raum, die Zimmerdecke keine 50 Zentimeter über mir – normalerweise hätte mir allein der Gedanke an ein solches Schlafquartier Angstzustände bereitet. Da ich mich aber im Alkoven des größten Wohnmobils Ostwestfalens befand, fühlte ich mich geborgen und sicher. Nachdem mein eigen Fleisch und Blut mir das Schlafasyl verwehrt hatte, war ich in meiner Verzweiflung zu Gerd und Florence marschiert. Ohne eine Sekunde zu zögern, hatte Gerd mir angeboten, seinen Caravan auf Schlaftauglichkeit zu testen. Das große Doppelbett durfte ich allerdings nicht benutzen, denn diesen Ort sparten Gerd und Florence sich für ihre erste große Fahrt auf. Immerhin war mir das kleine Kabuff über dem Führerhaus geblieben, und ich hatte mich wie ein Kind über das großzügige Angebot gefreut. Glücklich und entspannt war ich die schmale Empore hinaufgeklettert, hatte es mir in dem Vakuum zwischen Matratze und Wohnmobildach gemütlich gemacht und war augenblicklich in einen tiefen, erholsamen Schlaf gefallen.

Gegen halb acht klopfte Florence an die Tür. Ich brauchte ein Weilchen, um zu erkennen, wo ich mich befand. Es war Mittwochmorgen, die Sonne schickte ihre ersten Strahlen durch die Kunststofffenster, und meine liebste Nachbarin erwartete mich höchstwahrscheinlich mit einem köstlichen Frühstück. So mussten sich Hollywoodschauspieler fühlen, die während der Dreharbeiten in ihren Caravans verhätschelt wurden.

Doch statt eines Gläschens Champagner erreichte mich nur ein ungewohnt harsches *Trixi!* aus Florences Mund.

Ich kraxelte von meinem Hochsitz und öffnete die Tür. Vor mir stand eine zappelige Florence. Sie hielt ihren großen Cellokoffer im Arm. Hollywood-Atmosphäre immer gern, aber ein Streicherständchen war doch nicht nötig.

»Isch muss disch leider ’inauswerfen«, sprudelte Florence los. »Meine Freundin Waltraud ist krank.«

»Und dann braucht sie heilende Cello-Klänge?«, gab ich lachend zurück.

Florence verdrehte die Augen und quetschte sich samt Instrument durch den schmalen Einstieg.

»*Mais non*! Isch muss sie bei einem Konzert vertreten und zur Probe fahren«, brachte sie schnaufend hervor. Dann öffnete sie eine hohe Schranktür, hinter der sich Haken und Riemen befanden. Mit flinken Handgriffen zog sie kreuz und quer Gurte um das Cello und befestigte sie an den passenden Vorrichtungen. Meine Güte, Gerd hatte nicht nur einen Weinkeller konstruiert, sondern auch einen eigenen Cello-Halter entwickelt.

»Isch 'abe es wirklisch eilig. *Au revoir, ma chère*«, hauchte Florence, als ich meine Klamotten in meiner Tasche verstaut hatte und sie mich aus dem Mobil schob. Ich fühlte mich nicht nur heimatlos, sondern auch noch vertrieben.

NEBENMÄNNER

Zwei Tage später sah die Welt schon wieder anders aus. Während der Kleber meines *Hochflor Eschnapur* vor sich hin trocknete, verbrachten Alan und ich eine perfekt romantische Nacht in seinem Apartment. Rahel hatte indes einen wahren Installationsmarathon absolviert und meinen Laptop mit unglaublich interessanten Programmen bestückt. Als besonderen Clou hatte sie den *Crime Explorer 4.0* aufgespielt. Hätte ich es nicht besser gewusst, ich wäre sicher gewesen, Florence und Rahel wären die Chefprogrammierer gewesen. Im *Crime Explorer 4.0* konnte man alle Details einer kriminalistischen Untersuchung festhalten. Woher Rahel dieses angeblich kostenfreie Programm hatte, verriet sie mir nicht. Stattdessen prahlte sie damit, bereits die wichtigsten Eckdaten im Fall Sina Wurps eingetragen zu haben. Dazu gehörten der Fundort, natürlich versehen mit GPS-Angaben, Berufs- und Familienstand der Toten, vermuteter Todeszeitpunkt, sämtliche vorliegenden Zeugenaussagen, die sich allerdings auf meine und Roswithas Erzählungen beschränkten, sowie eine Tabelle mit den häufigsten Mordmotiven wie Habgier, Eifersucht, Rache, Hass. Ich fand das Programm irgendwie putzig, bis zu dem Moment, als Rahel mir befahl, auf meiner nächsten Reise im Falle neuer Erkenntnisse zeitnah alle Ergebnisse einzutragen. Das wäre ja wohl das mindeste, was ich ihr schuldete.

Bei meinen noch immer nicht ganz fertigen Texten hatte ich mehr Glück. Die Ausarbeitung hatte sich als aufwendiger als geplant herausgestellt. Ich hatte gerade mal 30 Seiten geschafft, mir aber schon einen Ausredenplan für mein Gespräch mit van Gendt zurechtgelegt. Doch den brauchte ich gar nicht, da mein werter Kollege der ersten Erkältungswelle zum Opfer gefallen war und sich krankgemeldet hatte. Gut gelaunt packte ich meinen Koffer und wagte einen Blick auf die Wettervorhersage. Das freundliche Azorenhoch, das die vergangenen Wochen mit herrlichem Sonnenschein versüßt hatte, drohte von einem Herbsttief verdrängt zu werden. Umso mehr freute ich mich auf die bevorstehende Wellness-Reise ans Meer. Ich würde es mir auch bei Sturm und Regen auf Norderney gutgehen lassen. Was stand in den Unterlagen, die mir Frau Heyster zusammengestellt hatte? Bahnfahrt und sechstägiger Aufenthalt in einem Kurhotel. Wer hätte je gedacht, dass es Aufgaben gab, die Trixi Gellert Spaß machten?

Die erste Spaßbremse begegnete mir im Güterloher Bahnhof – nicht in menschlicher Person, sondern in Form eines defekten Fahrstuhls. Wie schon bei meiner ersten Reise hatte ich meinen Koffer üppig befüllt. Da mich ausgiebige Sport- und Schwimmaktivitäten erwarteten, hatte ich noch eine extra Reisetasche mit Flipflops, diversen Handtüchern und einer besonders flauschigen Leihgabe von Florence gepackt – einem langen geblümten Bademantel mit Kapuze.

»Meinst du nicht, dass dieser ganze Badekram im Kurhotel bereitliegt?«, fragte Alan schnaufend.

Während er meinen Trolley die Stufen zum Bahnsteig hinauf wuchtete, mühte ich mich mit der Reisetasche und meinem Proviantrucksack ab, in dem ich auch noch meinen Laptop verstaut hatte.

»Weiß man's?«, prustete ich. »Stell dir vor, ich komme da an, und alle Bademäntel sind aus.«

»Stell ich mir gern vor«, konterte Alan. »Wenn ich dich begleiten könnte, dürften sogar Handtücher, Badehosen und Bikinis fehlen.«

Wie konnte Alan um 7.21 Uhr zwischen Kofferschleppen und verschnarchten Pendlern auf einem der schäbigsten Bahnhöfe diesseits des Urals an so was denken?

»Hast du deine Sitzplatzreservierung und die Fahrkarte?«, fragte er oben angekommen.

Ging das schon wieder los?

»Ja, Mami«, antwortete ich betont schnippisch. »Und meine Butterbrotdose und die Thermoskanne habe ich auch. Wenn du auf meine kreative Haushaltsführung anspielen willst: Strumpfhosen, Pudelmütze und Nierenwärmer sind ebenfalls im Koffer. Danke der Nachfrage.«

»Dann ist ja gut«, sagte Alan gelassen. »An deiner Haushaltsführung gibt es nichts auszusetzen. Du brauchst nur noch etwas mehr Coolness bei den Notlügen. Zum Beispiel, wenn du, um von deinem leeren Kühlschrank abzulenken, Rahel am Telefon bei den frühmorgendlichen Hausaufgaben hilfst, während sie draußen mit dem Fahrrad zur Schule aufbricht – und zwar handyfrei.«

Bitte? Alan musste meine kleine Improvisation durchschaut haben, als er sich die Jacke von der Fensterbank geholt hatte. Na gut: Coolness konnte er haben. Ich biss mir auf die Lippen und drehte mich zur Seite. Aufkleinliche Richtigstellungen stand mir am frühen Morgen nicht der Sinn. Stattdessen betrachtete ich lässig die vielen Frühaufsteher, die auf die Eurobahn warteten. Erstaunlich viele Raucher hielten sich an die Vorschriften und standen, dicht aneinandergedrängt, in ihrem visuellen, gelb umrandeten Qualmquader. Ihre Rauchschwaden nahmen es mit den Vorschriften weniger genau und waberten in Richtung der anderen Reisenden. Bis auf zwei Geschäftsmänner, die bereits lautstark diskutierten, verharrten die meisten in frühmorgendlicher Starre.

Um 7.28 Uhr öffneten sich zischend die Türen der Eurobahn 8990. Bevor Alan meinen Koffer in den Zug hieven konnte, drängelten die aussteigenden Fahrgäste heraus. Ich staunte, wie viele Menschen allmorgendlich nach Gütersloh einfielen, um in dieser kleinen, nicht pulsierenden Metropole ihrer Arbeit nachzugehen. Noch mehr staunte ich über eine junge Blondine, die aus dem Waggon hopste. Woher kannte ich dieses Gesicht?

»Guten Morgen, Alan!«, rief sie grinsend.

Alan staunte ebenfalls und begann mit der Verladung meines Gepäcks.

»Hallo, Cilia«, gab er keuchend zurück. Ich warf mir meinen Rucksack über die Schulter und kletterte an Alan vorbei.

»Fährst du auf Dienstreise?«, fragte Cilia mit ihren globusgroßen Augen.

»Nein, ich helfe Trixi nur beim Einladen.« Dann richtete er sich auf und strich sich den Schweiß aus der Stirn.

Cilia schien sich über die Begegnung zu freuen und fragte: »Soll ich auf dich warten?«

»Kannst du machen«, antwortete Alan höflich. »Dann nehme ich dich gleich mit ins Büro. Dauert nicht lange.«

Hallo?

Mein schöner Alan verfrachtete mich gerade in einen *Zug nach Nirgendwo*, und vor dem Waggon lauerte die fesche Praktikantin.

Die Türenanlage piepste. Alan drückte mich kurz an sich und presste mir einen festen Kuss auf die Lippen. In der Eile wäre er dabei fast abgerutscht. Dann sprang er aus dem Zug und plauderte fröhlich mit Cilia.

Ein romantisches Winken konnte ich mir sparen.

Ich mühte mich ab, meine Taschen nacheinander zu einem freien Sitzplatz zu bugsieren. Für die Eurobahn gab es keine Reservierungsmöglichkeit, und weil ärgerlicherweise nicht alle Fahrgäste in Gütersloh den Zug verlassen hatten, waren viele Plätze belegt. Ein junger, südländisch aussehender Mann sprang unvermittelt auf und half mir beim Schleppen. Einige Minuten später hing ich total verschwitzt in meinem Sitz und starrte aus dem Fenster. Die Eurobahn tuckerte im Schneckentempo Richtung Münster. Gefühlte zehn Mal pro Minute stieß sie tutende Warnsignale aus, während sie auf der parallel verlaufenden Landstraße von sämtlichen Autos, LKW und Mofas überholt wurde.

Der Weg ist das Ziel, munterte ich mich auf. Doch weder die Mutter aller Binsenweisheiten noch die Aussicht auf einen kostenlosen Wellnessurlaub am Meer hoben meine Laune.

Zu meiner Überraschung schaffte das Unmögliche der hilfsbereite Südländer, der sich als Reisebegleitung mit großem Unterhaltungspotential entpuppte. Er hieß Halil, promovierte gerade in Viszeralchirurgie und pendelte nach Münster zur Uni. Da ich mir unter seinem Studienfach wenig bis gar nichts vorstellen konnte, fragte ich ihn einfach. Hätte ich geahnt, in welchen bildhaften Details Halil über die operativen Behandlungsmöglichkeiten von Nebenschilddrüse, Gallenblase und Leistenbruch referierte, hätte ich mir die Frage geschenkt. Doch dank Halils Anwesenheit verging die einstündige Fahrt ruck, zuck, und als die Eurobahn in den Münsteraner Bahnhof gondelte, war ich nicht nur hellwach, sondern auch sicher, kleinere minimalinvasive Bauchoperationen selbst durchführen zu können.

Nachdem Halil mir auch noch kavaliersgleich den Koffer bis zum Umstiegsbahnsteig hinterher gezogen hatte, bedankte ich mich überschwänglich und schenkte ihm zum Abschied einen Gratis-Winker.

Eine halbe Stunde später saß ich deutlich besser gelaunt in einem Abteilwagen des IC 2333 und freute mich über die belebende Wirkung der medizinischen Lehrstunde. Ich beschloss, der frühmorgendlichen Begegnung mit Alans Praktikantin keine Bedeutung beizumessen. Diese jugendliche Frohnatur konnte mir nicht das Wasser reichen, da war ich mir zu achtzig Prozent sicher. Und die restlichen zwanzig waren mir egal.

Bis auf einen sympathischen, Zeitung lesenden älteren Herrn, der offensichtlich keinen Wert auf Reisekonversation legte, war das Abteil unbesetzt. Während ich zur Ruhe kam, spürte ich ein erstes intensives Hungergefühl. Zum Glück gehörte die Nutzung sämtlicher reiserelevanter Einrichtungen zu meinem Auftrag, und das Spesenkonto erlaubte mir, das Bordbistro zu testen.

Ich bat meinen stummen Sitznachbarn, ein Auge auf mein

Gepäck zu werfen, und schlenderte durch den Zug. Nachdem ich für unschlagbare zwölf Euro meinen lang ersehnten Latte macchiato und ein Baguettebrötchen verschlungen hatte, ließ ich mich wieder im Abteil nieder. Mister Sprachlos nickte nur und vertiefte sich wieder in seine Lektüre. Ich folgte seinem Schweigebeispiel und schlief ein.

»Frau Gellert?«

Kaum verdrängte ich Alans misslungenen Abschiedskuss, erschien mir im Schlaf ein neuer Mann. Die Stimme klang wie Piet Nykamps. *Freud lässt wieder grüßen*, analysierte ich traumsicher und zog einen Mundwinkel nach oben.

»Tun Sie nur so, oder schlafen Sie wirklich?«

Ich öffnete die Augen und blickte geradewegs in Piets erstauntes Gesicht.

Prompt verlagerte ich meine schlaffe Hängehaltung in eine aufrechte Sitzposition.

»Darf ich?«, fragte Piet und zeigte auf den freien Sitzplatz neben mir.

»Klar«, antwortete ich. Plötzlich beschlich mich das Gefühl, die Farbe meiner Gesichtshaut nicht mehr beeinflussen zu können. Meine Wangen glühten.

»Sie hier und nicht im Büro?«, fragte Piet, während er seinen schwarzen Rucksack ins Gepäckfach warf und sich in das verschlissene Polster fallen ließ.

»Wieso Büro?«, gab ich, noch immer nicht ganz bei mir, zurück.

»Sie haben mir doch erzählt, dass Sie als Redakteurin arbeiten. Soviel ich weiß, sitzen Redakteure meistens in kleinen, stickigen Büros und brüten entweder über einer Top-Story, die ihnen den ganz großen Durchbruch verschaffen soll, oder sie schreiben verkrampft an einem Artikel, den ihr Chef ihnen aufgebrummt hat.«

Ich grinste ihn an und überlegte. Genau genommen arbeitete ich gerade an einer Top-Story, die mir mein Chef aufgebrummt hatte. Und hätte ich nicht das Glück gehabt, dies auf einer Wellnessreise erledigen zu dürfen, säße ich tatsächlich in einem kleinen, stickigen Büro mitten in der Bellersen-Bastei.

»Resturlaub«, warf ich spontan ein. »Ich habe noch einige Tage frei.«

»Und die müssen Sie jetzt abfeiern?«, hakte Piet nach.

»Ganz genau.«

»Im September? Das Abfeiern von Resturlaubstagen kenne ich aus der Wirtschaft nur zum Jahresende oder im Frühling. Spätestens bis Ostern.«

»Dann kennen Sie die Wirtschaft wohl nicht gut«, gab ich patzig zurück. Ging Piets *Wer-ist-der-Schlauere-Spiel* schon wieder los? Das war mir einfach zu anstrengend.

»Wenn Sie es genau wissen wollen. Norderney hat mir so gut gefallen, dass ich noch mal für sechs Tage auf die Insel fahre.«

»Wusste ich es doch: Sie kommen meinetwegen zurück, stimmt's?«

Piets Mixtur aus Überheblichkeit und Attraktivität verschlug mir für einen Augenblick die Sprache. Ausgerechnet mein Sitznachbar rettete die Situation, indem er einen kurzen Lacher von sich gab.

»Das hätten Sie wohl gern«, sagte ich und stimmte ins Lachen ein. »Ich bin einfach nur urlaubsreif.«

»Na, dann helfe ich Ihnen gern bei der Erholung. Als Erstes sollten wir das Siezen lassen. Ich bin Piet.«

»Trixi.«

»Günter.«

Nachdem Piet es sich bequem gemacht hatte, versuchten wir den Umstand unseres Zusammentreffens zu klären. Von unserer ersten Begegnung wusste ich, dass Piet Wirtschaftswissenschaften studierte. Aber ich hatte nicht gewusst, dass seine Universität quasi *um die Gütersloher Ecke* war, nämlich in Bielefeld. Gut gelaunt berichtete er, dass er häufig zwischen Norderney und Bielefeld pendelte – entweder mit der Bahn oder mit dem familieneigenen Kleinflugzeug. Beim Stichwort *Kleinflugzeug* nickte der stumme Günter anerkennend mit dem Kopf.

Piet hatte gerade Semesterferien, aber da er an einer wichtigen Hausarbeit werkelte, kehrte er selbst in der vorlesungsfreien Zeit an die Uni zurück. Ich lobte seinen Fleiß, schließlich kannte ich die Studienzeiten. Auf die Idee, in den Ferien die Unibibliothek zu besuchen, wäre ich nie gekommen.

Piet schien sich über mein Kompliment und meine Gesellschaft zu freuen. Er plauderte munter weiter. Nach einer knappen halben Stunde wusste ich, dass er im achten Semester war, keine Freundin hatte und seine Bielefelder Stammkneipe das *Café Amsterdam* war. Während der Zug durch die ostfriesische Weite schaukelte, erwischte er mich eiskalt mit einer Frage, auf die ich nicht vorbereitet war.

»Und, Trixi, wohnst du wieder bei uns im Hotel?«

Piet war ein so eloquenter Redner, dass ich ihm gebannt zugehört und keinen Gedanken daran verschwendet hatte, welche Reiseversion ich ihm auftischen würde.

»Leider nicht«, gab ich etwas beschämt, aber wahrheitsgetreu zurück. Piet schaute mich ungläubig aus seinen grünblauen Augen an. Auch Günter blickte kurz über den Rand seiner Zeitung zu uns herüber. Ich schenkte Piet ein versöhnliches Lächeln und versuchte, schnellstmöglich eine passable Erklärung zu formulieren.

»Total komische Geschichte. Meine Buchung hat jedenfalls überhaupt nichts mit eurem Hotel zu tun …«, plapperte ich los.

»Sondern?«

Der Stimme nach zu urteilen, fühlte Piet sich in seiner Hoteliersehre gekränkt. Er konnte ja nicht wissen, warum ich ein anderes Domizil bevorzugte. Heiliger Mist, hatte ich meine Schlagfertigkeit am Münsteraner Bahnhof gelassen?

»Dann lag es an Dobronka! Ich sag ja immer zu Muddern, sie soll sie rauswerfen. Mit ihrer Mauligkeit vergrault sie die nettesten Gäste – und die hübschesten dazu.«

»Quatsch«, unterbrach ich Piet. »Dobronka ist super. Zu mir war sie sehr freundlich, fast mütterlich.«

Piet stutzte und starrte mich an.

»Und ihre Inselkenntnisse! Ohne ihre Tipps hätte ich gar nicht gewusst, was ich auf Norderney alles unternehmen kann. Es liegt einfach nur daran, dass ich so viel zu tun hatte und eine gute Freundin die Unterkunft für mich reserviert hat.«

Jetzt sah nicht nur Piet verdattert drein. Auch Günter schielte kurz herüber.

»Schade«, sagte Piet knapp. »Welches Haus hat deine Freundin denn für dich gebucht?«

»*Kurhotel Seefrieden*.«

Bis der Zug den Anleger in Norddeich erreichte, hüllte sich Piet mit der Begründung, er müsse einen Text über *Grundlagen des Risk Managements* lesen, in beleidigtes Schweigen. Ich sah abwechselnd aus dem Fenster und zu Piet hinüber. Mein Improvisationstalent hatte seine Grenzen erreicht, und es tat mir fast leid, Piet eine so plumpe Ausrede aufgetischt zu haben. Zum Glück gehörte er nicht zur Spezies der ewig Nachtragenden. Als wir uns von Günter verabschiedeten und gemeinsam die Fähre bestiegen, taute er wieder auf und half mir beim Verladen des Gepäcks.

Wir suchten uns Sitzplätze am Fenster und lächelten uns an. Eine patente Frau in *Frisia*-Montur und mit kunstvoll toupiertem Haar begrüßte Piet zwinkernd.

Wenig später brachte sie zwei Pötte Kaffee sowie die Inselzeitung. Gleichzeitig fielen unsere Blicke auf die Titelseite.

Tod im Bushaltehäuschen
Wer hat Sina W. (†) auf dem Gewissen?

Nacheinander lasen Piet und ich den Artikel. Neben dem Text prangte ein großes Foto, das eine strahlende blonde Frau in Latzhose und Gummistiefeln im Watt zeigte. So hübsch hatte Sina also zu Lebzeiten ausgesehen. Mir lief ein kalter Schauer über den Rücken, denn natürlich hatte ich Sinas starres blutverkrustetes Totenantlitz wieder vor Augen.

Der Artikel enthielt zunächst nicht viel Neues. Die Polizei arbeitete mit Hochdruck an den Ermittlungen. Nachbarn und Arbeitskollegen wurden zitiert. Sie beschrieben Sina als lebenslustige und beliebte Insulanerin. Am Ende des Textes stand jedoch ein Satz, der mich aufhorchen ließ: *Sabotage, Brandstiftung, Mord – das Norderneyer Kriminalitätskontigent für dieses Jahr ist eindeutig überschritten.*

Ich verstand die kryptische Formulierung nicht und fragte Piet: »Gibt es etwa noch mehr Todesfälle auf der Insel?«

»Morde nicht, aber einige unschöne Ereignisse.«

Eine halbe Stunde später war ich schlauer. Im Januar hatten Unbekannte einen Mobilfunkmast in der Nähe des Wäldchens zerlegt. Es hatte sogar ein Bekennerschreiben gegeben, das allerdings nur wirre Anschuldigungen gegen den Bürgermeister enthielt. Schlimmer als den Funkmast hatte es eine Großbaustelle am Strand getroffen. Heiner Koopmann, Besitzer von fünf Hotels und Appartementanlagen der gehobenen Kategorie, verfolgte seit Jahren das Ziel, Sylt den Rang abzulaufen. Dafür hatte er den Bau eines exklusiven Restaurants auf einer riesigen Pfahlkonstruktion am Nordstrand geplant. Koopmanns Vorhaben hätte nicht nur einen zahlungskräftigen Investor, den Nobelgastronomen Zockertz auf die Insel geholt, sondern auch das Bild des Naturstrandes verfälscht.

Da Koopmann ein großzügiger Förderer sozialer Einrichtungen war, hatte die Stadtverwaltung den Bau genehmigt. Und wenn im März nicht ein Feuer die fast fertige Holzkonstruktion zerstört hätte, säßen bereits die ersten Austern schlürfenden Sylt-Exilanten auf Norderney.

Einer der Ersten, auf den der Verdacht der versuchten Brandstiftung gefallen war, war Piets Vater, der sich öffentlich gegen die »Versyltung« ausgesprochen und mehrmals mit Heiner Koopmann angelegt hatte. Nykamp senior wollte Norderney familienfreundlich und bezahlbar lassen. Piet ereiferte sich über die Anschuldigung und erklärte mir, dass sein Vater nichts mit der Sache zu tun habe.

Von anderer Seite gab es Vermutungen, Koopmann selbst hätte sich finanziell übernommen und den Bau in letzter Minute verhindert.

»So viel zum Thema Kriminalität auf unserer beschaulichen Insel«, sagte Piet mit einem leicht bitteren Unterton.

»Ich kenne deinen Vater zwar nur vom Postkartenfoto«, antwortete ich mitfühlend, »aber ich finde, eure Familie sieht nicht gerade wie eine Horde zündelnder Vandalen aus.«

Piet lächelte.

»Gibt es denn irgendeine Verbindung zwischen Funkturm, Seepavillon und Sina Wurps?«

Ich hatte gedacht, meine sachlich-investigative Zwischenfrage würde Verständnis und Interesse signalisieren, doch an Piets energischem Kopfschütteln erkannte ich, dass ich einen wunden Punkt getroffen hatte. Ich beschloss, nicht weiter nachzuhaken und presste verlegen meine Lippen aufeinander.

Mit leichtem Ruckeln legte wenig später die *Frisia VI* am Anleger an. Vom oberen Fährdeck rollten die Autos auf die Insel, die Fußgängerpassagiere betraten über einen langen Steg festen Boden. Piet mühte sich tapfer mit unseren Gepäckstücken ab. Ich schlurfte hinter ihm her und fand seinen Balanceakt von Rollkoffer und Sporttasche sehr gelungen. Den kurz aufkeimenden Gedanken, dass Alan dieses Bild nicht gefallen würde, versenkte ich im Hafenbecken.

Auf dem großen Platz vor dem Anleger warteten Taxen und Busse auf ihre Fahrgäste. Ich zählte fünf Linien.

»Mit welcher komme ich zum *Kurhotel Seefrieden?*«, fragte ich Piet.

»Mit der Linie Nykamp«, konterte Piet selbstbewusst und zeigte auf einen großen Geländewagen, der auf dem Platz parkte. Am Steuer erkannte ich Piets Mutter Anneke.

In perfekter Gentlemanmanier öffnete Piet mir die Beifahrertür, und ich stieg ein.

»Frau Gellert«, begrüßte Anneke Nykamp mich mit ihrer

natürlichen Herzlichkeit. »Schön, dass Sie wieder auf der Insel sind. Ich bin gerade etwas irritiert, denn wir haben gar kein Zimmer für Sie reserviert. Reisen Sie unter anderem Namen?«

»Trixi nächtigt nicht bei uns«, erklärte Piet süffisant. »Sie zieht es vor, im *Kurhotel Seefrieden* Quartier zu beziehen.«

»Im *Seefrieden*?«, platzte es aus Anneke heraus.

In diesem Moment merkte ich, dass ich mich, wie schon bei meinem ersten Inselbesuch, nur suboptimal vorbereitet hatte. In meinen Reiseunterlagen hieß es schlicht *Kururlaub im Hotel Seefrieden*, und ich fand daran nichts Ungewöhnliches.

»Was ist denn so schlimm an diesem Hotel?«, fragte ich nach.

Anneke und Piet kicherten unisono.

»Lassen Sie sich überraschen.«

Anneke gab Vollgas und brauste Richtung Stadtkern. Auf unserer Fahrt verscheuchte sie laut hupend Gäste von den schmucken Sträßchen.

»Nur weil der Autoverkehr eingeschränkt ist, glauben die Gäste, ganz Norderney sei eine einzige Fußgängerzone«, versuchte mir Piet das Fahrverhalten seiner Mutter zu erklären.

Eine Minute später brachte Anneke den Wagen zum Stehen.

»Da sind wir«, rief sie fröhlich und zeigte auf eine Villa in klassischer Bäderarchitektur.

Ich bedankte mich überschwänglich bei Anneke für ihren Taxidienst, stieg aus und bewunderte das prächtige Anwesen. *Kururlaub vom Feinsten* schoss es mir durch den Kopf.

Piet wuchtete meinen Koffer und meine Reisetasche aus dem Kofferraum und schleppte die Gepäckstücke zum Eingang.

»Den Rest musst du selbst schaffen«, ermutigte er mich.

»Sieht vielleicht ein bisschen komisch aus, wenn der Hotelerbe des Nykamp-Clans einen Gast zur Konkurrenz begleitet. Sei froh, dass deine Freundin dich nicht in einem der Koopmann-Hotels einquartiert hat. Dorthin hätten wir dich sicher nicht chauffiert. Und eins noch: Deine Geschichte mit dem Resturlaub glaube ich dir nicht. Ich habe das Gefühl, dass du mir etwas verschweigst. Wollen wir doch mal sehen, wie lange es dauert, bis ich dein Geheimnis herausbekomme.«

Piet hauchte mir einen freundschaftlichen Kuss auf die Wange.

»Falls ich dir noch mehr von der Insel zeigen soll, sag Bescheid. Ich habe leider nur morgen und übermorgen Zeit, da ich Sonntagabend schon wieder nach Bielefeld aufbreche. *Risk Management*, du weißt schon!«, rief er im Abflug.

Edle dunkelbraune Holztöne, großzügige lederne Sitzlounges, die nach Zitronengras und Bergamotte dufteten – dies alles gab es im *Kurhotel Seefrieden* nicht. Statt eines trendigen Wellnesstempels befand ich mich auf einer Zeitreise in die *Belle Epoque* oder wie auch immer die Ära von Rundbögen, Veranden und plüschigen Ohrensesseln hieß. Als ich das Foyer meiner neuen Unterkunft betrat, fühlte ich mich um Jahrzehnte zurückversetzt. Von irgendwoher vernahm ich Klaviermusik im Dreivierteltakt. Auch wenn ich noch nie in einem ähnlichen Ambiente residiert hatte, dieses Anwesen war ein Kracher.

Tja, mein lieber Piet, dachte ich, *dein überhebliches Grinsen hättest du dir sparen können. In diesem Haus werde ich jeden Moment genießen.*

Eine sehr schlanke Dame empfing mich stilecht gekleidet an einem verschnörkelten Empfangstresen. Sie stellte sich als

Gerda Bewemeyer vor, trug ein dunkelblaues Kostüm und eine weiße Rüschenbluse. Ich konnte nicht umhin, einen verstohlenen Blick über den Tresen zu werfen, um zu prüfen, ob auch ihr Schuhwerk zu ihrer Aufmachung passte. Alles war perfekt in dieser Kulisse. Frau Bewemeyer mochte Ende fünfzig sein. Ehrfürchtig nannte ich ihr meinen Namen.

»Wunderbar, Frau Gellert«, sagte sie manierlich. »Wir haben alles für Sie vorbereitet. Ihr Gepäck wird auf Ihr Zimmer gebracht. Sie beziehen Nr. 246 in der zweiten Etage. Ich möchte Sie darauf hinweisen, dass das Rauchen in unserem Hause generell untersagt ist.«

»Kein Problem«, antwortete ich neunmalklug. »Qualmen und Wellness, pardon, Kururlaub – passen eh nicht zusammen.«

Mit einem zufriedenen Nicken überreichte Frau Bewemeyer mir den Zimmerschlüssel und drückte mir einen Umschlag in die Hand.

»Dies ist Ihr Anwendungsplan für die nächsten Tage. Bitte bringen Sie ihn zu jeder Kurbehandlung mit.«

»Sie haben mir bereits ein Programm zusammengestellt?«, fragte ich perplex. »Ich dachte, ich könnte mir das Beste aussuchen.«

»Ich bitte Sie!«

Mein Zimmer war eine überdimensionierte Puppenstube in Schneeweiß. Möbel, Tapeten, Wäsche und sogar der Teppichboden waren in verschiedenen Weißabstufungen gehalten. Mitten im Raum stand ein Himmelbett mit weißen Stoffbahnen. Wäre da nicht der Anwendungsplan gewesen, ich hätte an eine Zeitreiseverschwörung geglaubt.

Das helle Interieur und ein sanfter Rosenduft benebelten

mich. Nachdem ich einen Blick aus meinem Fenster hinaus auf den ebenfalls weiß getünchten Holzbalkon geworfen hatte, ließ ich mich aufs Bett plumpsen und schloss die Augen.

In meinem Geiste flogen in wilder Reihenfolge Bildsequenzen der letzten Tage an mir vorüber. Erst als jemand an meine Zimmertür klopfte, unterbrach ich die innere Diashow und rief *Herein*.

Nicht auch noch so etwas. Der Page, der sich eifrig mühte, mein Gepäck durch die knarzende Tür zu hieven, konnte gut und gern mein Urgroßvater sein.

»Lassen Sie auf der Stelle den Koffer los«, entfuhr es mir. »Sie heben sich ja einen Bruch!«

»Das glaube ich nicht«, antwortete der Mann mit heiserer Stimme.

Ich sprang vom Bett, riss ihm das Gepäck aus der Hand und zog danach meine Reisetasche vom Flur in mein Zimmer.

Der Mann schaute mich ungläubig an. Ich überlegte, was zu tun war. Wie viel Trinkgeld bekam eigentlich ein Kofferträger? Vielleicht erwartete der Mann sogar einen Seniorenzuschlag. Ich schnappte meinen Rucksack und kramte mein Portemonnaie hervor.

»Nein, nein«, sagte der Page. »Das ist zwar überaus wohlwollend gemeint, aber für Aufgaben, die ich mit Freude erledige, nehme ich grundsätzlich kein Salär an. Mein Name ist Wilhelm Jobski, und ich wünsche Ihnen einen angenehmen Aufenthalt.«

Mit diesen Worten schlurfte Herr Jobski aus dem Zimmer und zog die schwere Holztür ins Schloss.

Ich verspürte das heftige Bedürfnis, mit jemandem zu sprechen und blickte auf die Uhr. Alan saß um diese Zeit in der Graphikabteilungsroutine.

Schließlich fiel mir ein, wer seine helle Freude an meinem Erlebnisbericht haben würde und wählte die Nummer.

»Florence Phillippi *à l'appareil*«, meldete sich die vertraute Stimme meiner Vermieterin.

»Bin ich froh, dich zu sprechen«, legte ich los und berichtete Florence vom *Kurhotel Seefrieden*. Ihre obligatorische Frage nach Neuigkeiten zu Sina Wurps beantwortete ich mit einer kurzen Zusammenfassung der Inselverbrechensstatistik.

NEBENWIRKUNGEN

»Ich soll mich in Algen wälzen?«

Meine Rückmeldung erschien Frau Bewemeyer überreagiert. Nach dem Telefonat mit Florence hatte ich voller Vorfreude meinen Anwendungsplan überflogen und war sofort in die Empfangshalle gestürmt.

»Kann es sein, dass Sie noch nicht allzu viele Kururlaube gemacht haben?«, gab Frau Bewemeyer in ihrer taktvollen Art zurück.

»Ja, das kann sein. Aber bisher brauchte ich so was auch noch nicht«, antwortete ich barsch und hielt ihr trotzig meinen Plan unter die Nase. »Was soll das hier alles bedeuten?«

Zu meiner Überraschung waren die nächsten Tage von frühmorgens bis abends mit obskuren Behandlungen verplant. In meiner Vorstellung hatte ich von der einen oder anderen Massage geträumt. Dazu eventuell noch eine entspannte Saunaeinheit. Mehr nicht. Ich wollte schließlich meine Freizeit genießen und mich mit meinen neuen Freunden Roswitha und Richard treffen – oder auch mit Piet.

»Es ist schön für Sie, dass Sie bisher keine Anwendungen in Anspruch nehmen mussten. Jetzt scheint das anders zu sein. Die Dame, die die Reise für Sie gebucht hat, sagte mir, Sie leiden unter einem Erschöpfungssyndrom.«

»Wie bitte?«

»Burn-out. Das kennen wir schon. Nicht-akzeptieren-wollen der Erkrankung gehört zu den typischen Reaktionen. Machen Sie sich keine Sorgen, wir haben Ihnen ein wohldosiertes, auf Ihr Krankheitsbild abgestimmtes Programm zusammengestellt.«

So lief also der Auftragshase. Offenbar hatte Frau Heyster sich einen kleinen Scherz erlaubt und mich als Burn-out-Kandidatin angemeldet.

»Wenn ich Ihnen das Programm erklären darf?«, fragte Frau Bewemeyer rhetorisch.

»Ich bitte darum«, gab ich murrend zurück.

»Da haben wir zunächst unseren beliebten Wachmacher. Den Barfuß-Taulauf um 7 Uhr 30. Nach dem Frühstück geht es weiter mit Meditation und Stressbewältigung im Yogazentrum. Klaus Kovananda ist eine Koryphäe auf diesem Gebiet.«

»Klaus Kovananda? Heißt der wirklich so?«, platzte ich dazwischen.

»Darüber habe ich noch nie nachgedacht«, wischte Frau Bewemeyer meinen Einwand beiseite und fuhr unbeirrt mit ihrer Auflistung fort.

»Aromatherapie, Ernährungsschulung und Nordic Walking muss ich Ihnen wahrscheinlich nicht näher erläutern. Und dann haben wir noch die besonders beliebten Anwendungen in unserem Thalasso-Zentrum. Ich denke, diese Behandlungen werden Ihnen zusagen: Sie bekommen eine Meersalz-Tee-Massage, nehmen ein Meeresalgenbad zur Entwässerung und sollten die Aquagymnastik nicht verpassen.«

»Wenigstens eine Sache, die ich kenne.«

Nach dieser knappen Einweisung schluckte ich trocken. Hätte ich geahnt, wie sehr mich das *auf mich zugeschnittene* Programm in den nächsten Tagen beanspruchen würde, ich wäre auf der Stelle heulend auf mein Zimmer gerannt und hätte mich unter den klinisch weißen Laken versteckt. Extrem-Relaxing für Gestresste? In meinen Ohren klang das paradox.

Auf den ersten Kurschrecken brauchte ich eine anständige Mahlzeit. Ich zog meine warme Jacke über und schlenderte durch den Ort. Zuerst lief ich zur *Milchbar.* Ein Szene-Treff wie aus dem Lehrbuch. In dem halbrunden Glaspavillon in bester Meereslage trafen sich weniger urige, Pfeife rauchende Seebären als erfolgsorientierte Vertreter meiner Generation. Yuppies, Bobos, Dinks, Yetties und wie sie alle hießen. Bevor ich mich dem Vollzeit-Sanatoriumsdrill unterzog, musste ich mich noch ein Weilchen unter Gleichaltrigen tummeln. Der kaum nennenswerte Unterschied zwischen den anderen Gästen und mir bestand nicht nur darin, dass mir jegliche Erfolgsorientierung fehlte, sondern auch dass ich die Kosten für mein Menü von einem gut gefüllten Spesenkonto namens *Nordflügel Spezial* begleichen durfte.

Ich bestellte eine Portion Matjesfilet mit Sauerrahm und suchte mir ein ruhiges Fleckchen in der Kaminecke. Im eleganten Glasofen brannte ein heimeliges Feuerchen, während melodiefreie Loungemusik die Anwesenden in einen kollektiven Dämmerzustand beförderte.

Gehörte diese Art der Restauration zu dem, was Piet mit »Versyltung« gemeint hatte? Ich fand die *Milchbar* extrem lässig und blickte versonnen auf die Brandung.

»Scheiß auf die Ökos!«, grölte jemand am Nebentisch.

Ich fragte mich, warum dieser Mensch die friedliche Atmosphäre mit einer derartigen Lautstärke störte und sandte ihm einen bösen Blick. Leider war dieser Mensch, ein unrasierter, riesiger Kerl um die vierzig, emotional so sehr in das Gespräch mit seinen Sitznachbarn verstrickt, dass er mein dezentes Signal gar nicht bemerkte. Ihm gegenüber saß eine attraktive Brünette, die, in einen wollenen Poncho gehüllt, demonstrativ ihren Latte macchiato zum Wärmen ihrer Hände benutzte und dem Grobian nickend zustimmte. Ein weiterer Mann gehörte zum Anti-Öko-Ensemble. Er war deutlich jünger und trug seine längeren Haare in gegelten Wellen über den Kopf gelegt. Ob ich wollte oder nicht – ich konnte mich dem lauten Wortwechsel nicht entziehen. Als dann auch noch der Name Sina Wurps fiel, schalteten meine Lauscher auf Vollempfang.

»Ist doch selbst schuld, dass sie jetzt da liegt, wo sie hingehört – unter der Erde.«

»Fridjof, das ist pietätlos.«

»Wieso? Mit ihrer Muscheltour ging sie doch allen auf die Nerven.«

»Das stimmt. Stellt euch vor, was passieren würde, wenn noch mehr von solchen Müsli-Spinnern das Sagen hätten.«

»Die würden glatt noch die Stadt unter Naturschutz stellen. Dann können wir einpacken.«

»Wer bringt denn die Kohle auf die Insel? Die knauserigen Vogelfuzzis, die bei Wind und Wetter in den Dünen liegen und mit ihren Ferngläsern übers Watt glotzen, bestimmt nicht.«

Gelächter.

Junge, Junge, was war hier bloß los? Das Gespräch am Nachbartisch stimmte mich nachdenklich. Offenbar hatte Sina Wurps doch nicht nur Bewunderer. Nach den Ausführungen des redseligen Trios war das sogar nachvollziehbar.

Die Ausweitung eines Naturschutzgebietes auf kleinem Raum musste zu Spannungen führen, und so langsam bekam ich ein Gefühl für die Interessenskonflikte auf dieser schönen Insel. Allerdings gefiel mir die Art, wie die drei Schnösel über die Tote sprachen, überhaupt nicht.

Ich fläzte mich tiefer in mein Polster, tat so, als würde ich eine Zeitschrift lesen, und lauschte gespannt weiter.

»Wenigstens eine Querulantin weniger. Was sie wohl zu den Umbauplänen der alten Mühle gesagt hätte – oder zum Seepavillon? Jedenfalls glaube ich nicht, dass Heiner wegen Sina in tiefe Trauer verfällt.«

»Meint ihr, er versucht einen zweiten Anlauf mit Zockertz?«

Diese Frage blieb leider unbeantwortet, denn just in dem Moment betrat Piet Nykamp die *Milchbar*. Sein Blick fiel sofort auf das feinfühlige Trio und verfinsterte sich. Die drei verstummten kurz, dann stimmte der Rudelführer eine lautstarke Begrüßung an.

»He! Da haben wir ja noch so einen Aktivisten.«

Piet verzog keine Miene, dann entdeckte er mich und kam direkt auf mich zu.

»Schön, dich zu sehen«, sagte er und umarmte mich. Strich er mir dabei übers Haar? Leicht irritiert starrte ich in der *Milchbar* umher. Als mein Blick dabei auf das versnobte Dreiergespann fiel, erhoben sie sich von ihren Plätzen, zogen ihre Jacken an und musterten Piet und mich ausgiebig.

»Na, dann noch einen erfolgreichen Tag«, sagte der Schmierhaarige. »Schönen Gruß an Peer! Wir haben ihn beim letzten Stammtisch vermisst.«

Interessanterweise erwiderte Piet nichts und setzte sich lächelnd zu mir.

»Wer waren die Knalltüten?«, fragte ich ihn.

»Wichtigtuer«, antwortete er knapp.

»Sie haben sich über Sina Wurps ausgelassen«, sagte ich, noch immer betroffen über die abfälligen Äußerungen.

»Lass mich raten. Ihr Urteil fiel negativ aus.«

»Genau. Der Dicke hat gesagt, Sina wäre jetzt dort, wo sie hingehört und dass Heiner Koopmann hoffentlich sein Bauvorhaben wieder aufnimmt. Und von einer alten Mühle haben sie auch gesprochen.«

»Von der Mühle?«, murmelte Piet, dann stand er auf, ging zur Theke und bestellte eine Flasche Chardonnay.

Drei Gläser fruchtiger Weißwein am frühen Nachmittag blieben nicht ohne Wirkung. Vielleicht lag es an Piets Charme und meiner Aussicht auf die nächsten Tage, dass ich mir widerspruchslos nachschenken ließ. Um vier hingen wir lachend in den Polstern und fachsimpelten über die Bielefelder Kneipenlandschaft. Als aus meinem Rucksack ein dumpfer Klingelton drang, erhob sich Piet und wankte zur Toilette. Ich kramte im Innenfach herum und angelte mein Handy heraus.

»Hallöchen?«, kicherte ich.

»Wo sind Sie gerade?«, näselte van Gendts malade Stimme durch den Hörer.

»Auf Norderney, wo denn sonst?«, rief ich fröhlich.

»Das will ich hoffen. Ich meine, wo genau dort?«

»In der *Milchbar.*«

Hicks.

»Haben Sie getrunken?«, fragte van Gendt unwirsch.

»Natürlich. Milch. Wie der Name schon sagt.«

»Sie wissen, ich bin schwer erkältet. Mein Arzt hat mich krankgeschrieben. Bevor ich Montag auf Dienstreise gehe, muss ich noch einiges mit Ihnen besprechen.«

»Dann schießen Sie mal los«, jubilierte ich.

»Frau Gellert. Ich habe keine Ahnung, welchen Gärungsgrad Ihre Milch hatte, aber für wie dumm halten Sie mich?«

Woher wusste van Gendt, dass ich ihn für dumm hielt? Ich schwieg lieber.

»Unter diesen Bedingungen macht ein Gespräch keinen Sinn. Ich rufe Sie morgen an, und dann klären wir alles Weitere.«

»Aber – van Gendt«, sagte ich so klar wie möglich. »Ich habe morgen den ganzen Tag über Anwendungen. Volles Programm. Das hat mir Frau Heyster eingebrockt. Fragen Sie sie selbst.«

»Ich werde Sie schon erwischen«, maulte van Gendt, dann nieste er und legte auf.

NEW AGE

Als ich die Augen aufschlug, wusste ich sofort, wo ich war. Und das, obwohl ich am Vortag den Alkoholgehalt meines Blutes auf einen respektablen Promillewert gebracht haben musste. Nach meinem Telefonat mit van Gendt hatte mir Piet selbstlos eine gratis Übernachtungsmöglichkeit bei sich zu Hause angeboten. Mit meinem letzten Rest Denkvermögen durchschaute ich seinen Plan und lehnte dankend ab. Immerhin begleitete er mich noch zum *Kurhotel Seefrieden* und verabschiedete sich züchtig. Danach fiel ich in mein schneeweißes Himmelbett.

Im Gegensatz zu meiner ersten Reise zeigte sich das Wetter am nächsten Morgen von seiner typischen Herbstseite. Vor meinem Fenster wehten Schwaden von bräunlichen Blättern vorbei. Schwere Regentropfen prasselten auf das Dach meiner Veranda.

Vielleicht ist es gar nicht schlecht, heute gemütlich zu meditieren, dachte ich – bis mir einfiel, dass ich zuerst den Taulauf absolvieren sollte. Ein Blick aus dem Fenster genügte mir. Die erste Anwendung durfte ohne mich stattfinden. Trotzdem war ich neugierig, kletterte aus meinem Wolkengemach und linste mit kleinen Augen hinaus. Im Garten des Hotels stand ein

Grüppchen Todesmutiger im Regen. Alle Teilnehmer trugen Bademäntel mit riesigen Kapuzen und drängten sich dicht unter hoteleigenen Regenschirmen zusammen. Auf Zuruf einer jungen Kommandeurin zogen alle ihre Socken und Badelatschen aus und stelzten barfuß über den laubbedeckten, nassen Rasen. Auf so eine Idee musste man erst mal kommen. Wenn das der beliebte Wachmacher war, wie sahen dann die unbeliebten aus?

Mir fiel kein anderes Wort als *Speisesaal* für den mehr als prunkvollen Frühstücksraum ein. An den hohen Zimmerdecken hingen Kronleuchter, und die Wände zierten Brokattapeten. Ich fühlte mich wie im *Sissi-Schloss*. Als ich mich am Buffet in die Schlange der Hungrigen einreihte, merkte ich jedoch schnell, wie wenig ich ins Sissi-Bild passte. In Vorbereitung auf den bestehenden Meditationskurs bei Klaus Kovananda hatte ich mir meine graue Jogginghose und einen schwarzen Kapuzenpulli angezogen. Um mich herum standen Damen um die siebzig, von denen keine einen schlabbrigen Trainingsdress trug. Mit ihren toupierten Haaren und den bonbonfarbenen Hausanzügen musterten sie mich ungeniert!

Was hatte Frau Heyster sich dabei gedacht, mich hier einzumieten? Ich war mit Abstand die Jüngste. Sogar Empfangsdame Bewemeyer wirkte neben den Pastelldamen wie ein Küken.

»Essen Sie makrobiotisch oder vegan?«, fragte eine winzige Frau mit leuchtendem Violettstich im silbernen Haar.

»Makro- was?«, sagte ich irritiert.

»Welches ist Ihre bevorzugte Ernährungsphilosophie?«

Wenn ich das mal wüsste, lag es mir auf der Zunge. Stattdessen antwortete ich beflissen: »Gern mal ein Schnitzel und dazu ein Weißbier.«

Beim Stichwort Weißbier bemerkte ich einen Anflug von Nachdurst und schaute mich suchend nach Kaffee und Tee um. Die Frau nickte nur kurz und belud ihren Teller. Als ich alle Frühstückszutaten zusammengestellt hatte, setzte ich mich zu der netten Dame an den Tisch und stellte mich artig vor.

»Trixi Gellert. Ich habe Burn-out, und was machen Sie hier?«

»Armes Ding«, sagte die Frau mitfühlend. »So jung und schon überarbeitet.«

So hatte ich das noch gar nicht betrachtet. Die Frau hieß Eleonore Thielk, verbrachte ohne gesundheitsbedingten Anlass seit zweiundzwanzig Jahren ihren Kururlaub auf Norderney, und ich mochte sie auf Anhieb.

Eleonore fand meine Anwesenheit erfrischend und erklärte mir, was mich erwartete. Um einer möglichen Verwirrung vorzubeugen, spielte ich mein Burn-out-Spielchen weiter. Einerseits durfte niemand von meinem wirklichen Besuchsgrund wissen, andererseits hatte ich dank Frau Heyster einen Stempel aufgedrückt bekommen, der sich selbst mit salzigem Nordseewasser nicht abwischen ließ.

»Bei der Meditation bin ich ebenfalls dabei«, sagte Eleonore. »Wollen wir zusammen hingehen?«

Ich freute mich über die Einladung und leerte eine große Karaffe Wasser.

Eine schönere Lage als die des Yogaraums gab es nicht. Direkt an der Strandpromenade, mit freiem Blick auf die offene See, bot der Ort das perfekte Abschalt-Ambiente. Eleonore hatte nach dem Frühstück den anderen Teilnehmerinnen euphorisch von dem erschöpften jungen *Ding* erzählt und darum gebeten, mich zu unterstützen. Diese Unterstützung formierte sich als quirliger Konvoi aus zwölf quietschbunten Omis. Welch ein Begleitschutz für eine junge Simulantin!

»*Namasté*, ihr Lieben!«

Mit diesen Worten stürmte Klaus Kovananda an unserer Gruppe vorbei und warf schwungvoll Matte und Sitzkissen auf den hellen Boden. Er trug ein buntes Flattergewand und stellte seine grünen Filzpantoffeln neben die Tür.

»*Namasté*, Meister Kovananda«, antworteten zwölf Damenstimmen im Chor.

Ich hielt mich dezent zurück und hockte mich in eine Ecke des Raumes.

»Nicht so schüchtern«, rief Klaus und meinte natürlich mich. »Auch du bist hier, um dein inneres Gleichgewicht zu finden. Das liegt sicher nicht im hintersten Winkel des Raums. Du findest es in der Entsagung von allem Materiellen und in der geistigen Versenkung.«

Hoho. Meister Kovananda gehörte offenbar zu den Typen, die mehr über ihre Mitmenschen wussten als sie selbst. Mit seinem ausgeprägten Sendungsbewusstsein lag Kovananda haarscharf neben meiner Wellenlänge.

»Ich bin nicht schüchtern, sondern neu«, sagte ich bockig. Dann stellte ich mich auf mein linkes Bein, kippelte absichtlich hin und her und sagte: »Aber Sie haben recht – mit meinem Gleichgewicht stimmt etwas nicht.«

Diesen Satz hätte ich besser nicht sagen sollen. Eleonore sprang zu mir herüber und flüsterte: »Trixi, der Klaus meint das im übertragenen Sinn.«

»Wenn du meine Lehre erst einmal verstanden hast, wird es dir besser gehen. Übe dich in Geduld und Entsagung – und du wirst erweckt.«

Missionsexperte Klaus drehte sich mit dem Rücken zur Gruppe und machte eine tiefe Verbeugung Richtung Meer. Die anderen taten es ihm gleich. Ich versuchte mein Bestes, war aber zu sehr damit beschäftigt, ihn zu mustern. Dieser Mann ergab kein homogenes Bild, und ich überlegte, was mich an ihm störte. Er musste um die vierzig sein. Seine Haut war sonnengegerbt, die gefärbten schwarzen Haare hatte er mit einer Wollkordel zu einem Zopf zusammengebunden. Ein Gewand wie seines fand sich in jedem gutsortierten India-Shop. Auf den ersten Blick eine fast zu perfekte Hippie-Dublette. Ich hatte mich während meines Studiums eine Zeitlang mit asiatischen Philosophien beschäftigt und war zu dem Schluss gekommen, dass die östlichen Weltanschauungen ziemlich interessant, aber äußerst komplexe Angelegenheiten waren. Meister Kovanandas schlichtes Patentrezept machte mich skeptisch.

Jede Teilnehmerin bekam ein Sitzkissen zugewiesen. Ich nahm im Schneidersitz Platz, zuckte aber augenblicklich zusammen, da meine Knie schmerzten und meine Wirbelsäule einknickte. Irritiert blickte ich mich um. Die anderen, allen voran Eleonore, saßen wie im Lehrbuch auf ihren Kissen. Die Rücken kerzengrade, die Beine locker überkreuzt auf dem Boden, die Hände über dem Schoß gefaltet und die Augen in Versenkung auf den Boden gerichtet.

Nach zehn Minuten waren nicht nur meine unteren Extremitäten eingeschlafen. Ich schaffte es kaum, meine Augen offen zu halten und mich länger als drei Sekunden auf Klaus Kovanandas Anweisungen zu konzentrieren. Stattdessen dachte ich an Piet und Alan und fragte mich, ob ich den Klingelton meines Handys stumm geschaltet hatte und was es zum Mittagessen geben würde.

Meister Einfühlsam bemerkte meine Zappelei und schlich sich leise an mich heran. Als er mir zur Hilfe zwei knubblige Kissen unter die Knie schieben wollte, entdeckte ich den Stilbruch. An seinem rechten Handgelenk prangte eine Armbanduhr mit einem Logo, das Pfeil und Bogen zeigte. Ich schlug seinen behaarten Arm beiseite und schaute ihn strafend an. Mir war eingefallen, woher ich die Uhr kannte. Bernold Bellersen, statusverliebt bis zum Verlegerhorizont, trug das gleiche Modell. Alan, der ein Faible für Schweizer Uhren hatte, hatte mir erklärt, dass das Prachtstück der Marke Villebergue im fünfstelligen Preissegment lag.

Der güldene Hauch von Materialismus trübte die Aura der Entsagungsleuchte Kovananda gehörig.

Um 11 Uhr 30 war die Stunde endlich vorbei. Ich bewunderte die Virtuosität, mit der die alten Damen ihre Körper verbogen. Nach der Versenkung hatte Klaus noch einige Yoga-Figuren vorgeturnt, die bei den Damen durchweg eleganter ausfielen. Ich hatte nach der Hälfte der Übungen einen leichten Schwächeanfall vorgetäuscht, mit der Begründung, die Anreise habe mich zu sehr belastet.

»Endlich bist du erreichbar«, stöhnte Alan am anderen Ende.

»Was heißt hier endlich?«, gab ich leicht gereizt zurück und berichtete ihm von Frau Heysters hinterhältigen Buchungstricks. Was konnte ich dafür, dass ich kaum Zeit zum Durchatmen hatte? Alan lachte laut und schickte mir einen langen Kuss durch die Leitung. Ich nutzte die kurze Mittagspause, um ihm in allen Einzelheiten meine Erlebnisse zu schildern. Die Reisebegleitung von Piet ließ ich allerdings aus.

»Und wie geht es weiter?«, wollte er am Ende wissen.

»Zuerst ein Vortrag über Trennkost, danach gibt es Aquagymnastik.«

»Na dann viel Spaß!«

Zu gern wäre ich in diesem Moment bei Alan gewesen – schließlich war es Samstagmittag. Normalerweise schliefen wir um diese Zeit noch, oder wir versüßten uns das Wochenende mit unserem ganz persönlichen Ertüchtigungsprogramm. Alan erzählte, dass er mit den Kollegen einen abendlichen Abstecher zum Gütersloher Oktoberfest plante.

»Mit Lederhosen und allem Drum und Dran?«, fragte ich scherzhaft.

»Was dachtest du denn? Wenn schon, dann richtig.«

Ja, mei. Kaum war ich einen Tag unterwegs, spielte Alan die Party-Karte ohne mich aus. Der hübscheste Mann Ostwestfalens wollte ohne seine Freundin im feschen Burschenoutfit losziehen?

»Das ist ja eine ganz ausgefallene Idee«, sagte ich und bemühte mich, nicht schnippisch zu klingen. »Oktoberfest in München ist vielleicht noch witzig. Aber in Gütersloh ist das doch peinlich. Ein mickriges Festzelt auf dem Marktplatz, bayerische Blasmusik auf dem platten Land. Hallo?«

»Ist doch super. Lederhose und Hemd habe ich schon gekauft«, antwortete Alan unbeschwert. »Wenn du willst, trinke ich gern ein Bier für dich mit.«

Ich merkte, dass Alan meinen Einwand nicht verstand, denn das eigentliche Problem lag weniger an der pseudobajuwarischen Festlichkeit, sondern vielmehr darin, dass ich nicht dabei sein konnte.

»Lieb von dir. Dann grüß mal die Kollegen. Ist Cilia auch dabei?«

»Klar, war ihre Idee.«

Teil eins der Mittagspause war gelaufen. Meine Gedanken kreisten nicht mehr um innere Einkehr, sondern um des Strohwitwers Einkehr in eine laute, blau-weiß karierte Schunkelhöhle, in der blonde Praktikantinnen in eng geschnürten Dirndln auf Holztischen tanzten. Gerade als ich anfing, mir eine angemessene Gegenstrategie auszudenken, klingelte mein Smart Phone.

»*Bonjour, Mademoiselle*«, säuselte Florence in ihrer beschwingten Art.

»Hi, Florence«, antwortete ich. »Geht es euch gut?«

»*Naturellement*. Und selbst?«

»Blendend«, log ich. Meinen energischen Tonfall erzeugte ich nicht durch die frisch gewonnene Kraft der Meditation, sondern durch den Adrenalinschub, den Alan mir verpasst hatte. »Ich könnte gerade bayerische Fichten ausreißen.«

»*Oh, là, là*«, freute sich Florence. »Das klingt nach Neuischkeiten. *Attend*. Isch stelle das Telefon laut. Ra'el ist gerade bei uns. Es wird sie brennend interessieren.«

Ich begrüßte Rahel, deren Stimme seltsam heiser klang und plapperte drauflos. Dabei beschränkte ich mich auf die Informationen, die ich in der *Milchbar* erhalten hatte. Rahel und Florence blieben stumm.

»Seid ihr noch da?«, rief ich in den Hörer.

»Klar doch«, krächzte Rahel. »Du muss dich unbedingt an die Fersen dieser drei Schmierlappen hängen.«

»Warum sollte ich?«, hielt ich ihr entgegen.

»Weil du mir noch was schuldest. Basta. Als Erstes will ich wissen, wie sie heißen.«

»Ich kann mich zwar nicht erinnern, dass du jetzt meine Auftraggeberin bist. Aber okay. Die Namen finde ich heraus.«

»Und wie?«

»Ich frage Piet.«

Rahel und Florence, denen ich lediglich die sachliche Seite meiner Begegnungen mit Piet geschildert hatte, waren mit den neuesten Informationshappen zufrieden, und ich hatte mich wieder einigermaßen beruhigt.

»Wenn du die Namen weißt, schick mir 'ne SMS«, forderte Rahel. »Die Recherche übernehme ich.«

Ich freute mich, die beiden Hobbyspürnasen zufriedengestellt zu haben und gab ihnen noch ein Kompliment mit auf den Weg.

»Florence, dieses Hotel wäre genau dein Fall. Es ist so stilvoll wie du. Und – Rahel?«

»Mh«, brummte es.

»Deine Stimme ist cool. Du klingst wie ein echter Privatdetektiv.«

»Liegt vielleicht daran, dass wir gestern Abend auf dem Oktoberfest waren.«

Ich schluckte kurz.

»Gustav findet's jedenfalls mega-sexy.«

Wenn das kein Zeichen war.

»Auf dem Oktoberfest? Mensch, toll!«, heuchelte ich. »Was gäbe ich dafür, auch dabei sein zu können. Die Schunkelzeit sollte man voll ausnutzen. Habt ihr nicht Lust, heute Abend noch einmal hinzugehen? Ich zahl euch auch den Eintritt.«

»Alles klar bei dir?«, fragte Rahel misstrauisch.

»Ich dachte, so als kleines Dankeschön, weil du mir beim Schreiben geholfen hast. Oktoberfest gibt's doch nur einmal im Jahr. Ich liebe das.«

Rahel hüstelte krächzend.

»Lass mal stecken. Gustav und ich haben genug geschunkelt. Heute bleiben wir lieber zu Hause.«

NIEDRIGWASSER

Beim Ernährungsvortrag über Trennkost bekam ich endlich meinen wohlverdienten Schlaf. Wie zu Schulzeiten hatte ich mir ein Plätzchen möglichst weit entfernt von der Referentin gesucht. Die kunstvoll hochgesteckte Frisur einer massigen Dame bot idealen Sichtschutz. Ich lümmelte mich auf einen Klappstuhl und stützte den Kopf auf die Hände. Dabei tat ich so, als vertiefte ich mich in die ausgeteilten Unterlagen und schlummerte ein Stündchen.

Gut erholt schlenderte ich zum Badehaus. Leider musste ich auf Eleonores Anwesenheit verzichten, da sie eine gesellige Bridgerunde dem Planschen im warmen Wasser vorzog.

Das Schwimmbad im Kurzentrum übertraf meine Erwartungen. Mich empfing keine verkalkte, blau gekachelte Nasszelle aus der Nachkriegszeit, sondern eine elegante Badelandschaft, die aus verschiedenen Schwimm- und Ruhebecken bestand und mit einladenden Rattanliegen bestückt war. Die Luft war warm und nur leicht chlorig. Aus dem angrenzenden Heilbäderbereich strömte ein ätherisches Aroma. Von so viel Ästhetik überwältigt, machte ich innerlich einen Luftsprung. Neugierig schaute ich mich um und bestaunte die planerischen Details. Nicht, dass ich davon Ahnung hatte, allein die harmonische Kombination von Holz und Natursteinen beeindruckte mich. Bis mein Blick auf das große Seitenfenster fiel. Draußen stand ein Mann in dunkler Kleidung und glotzte, die Hände wie zu einem Fernrohr an die Glasscheibe geformt, durch eine Sonnenbrille ins Schwimmbad. Mir war egal, ob dem Mann nur das Eintrittsgeld fehlte oder er ein ekeliger Spanner war. Von so einem Typen beim Schwimmen begafft zu werden ging mir gehörig gegen den Strich. So schnell meine Badelatschen es zuließen, stapfte ich quer durch den Badebereich auf das Fenster zu. Als der Mann mich sah, zog er eine kleine Kamera aus seiner Jackentasche und schoss ein Foto. Dann drehte er sich um und rannte davon. Das war ja wohl die Höhe! Wehe, eines Tages tauchte auf so etwas wie schwimmbadvoyeur24.de ein Foto auf, das mich halbnackt und wild gestikulierend in einer Badehalle zeigte!

Um kurz vor fünf versammelten sich die Teilnehmer vor dem Gymnastikbecken. Nicht nur mein rot-weißer Triangle-Bikini stach aus der Gruppe heraus. Ich war, wie erwartet, die Jüngste und Größte.

»Moin, mein Name ist Helga Birtz, und ich freue mich auf euch. Ab ins Wasser!«, ertönte die motivierende Begrüßung der Trainerin.

Mit einer schwungvollen Armbewegung, die daran erinnerte, wie Hundebesitzer ihre Vierbeiner in den See scheuchen, gab sie den Befehl zum Eintauchen. Ich war froh, dass sie nicht noch ein Stöckchen ins Becken schleuderte.

Hatte ich mich beim Betreten des Bades wie ein Kind auf die Gymnastikstunde gefreut, bekam ich nun die Schattenseite einer modeltauglichen Körpergröße in einem Gesundheitsbecken zu spüren. Alle Damen, und sogar ein älterer einarmiger Herr, stiegen gemächlich die Stufen hinab und planschten vergnügt herum. Wie eine Giraffe stakste ich hinterher und stand bis zum Bauch im Wasser. Mein Oberkörper ragte komplett heraus. Ich stieß ein leises *Och nö* aus und tauchte frustriert unter.

Als ich mir das salzige Wasser aus den Augen wischte, entdeckte ich eine alte Bekannte. Roswitha stand am Beckenrand und starrte mich an.

»Trixi?«

Freudestrahlend winkte ich ihr zu. Erst dann verstand ich ihren verdatterten Gesichtsausdruck. Bei meiner Verabschiedung vom Campingplatz hatte ich nicht erwähnt, dass ich so schnell wiederkommen würde. Ich hatte meine geplante Rückkehr nicht nur verschwiegen, um keine weiteren Fragen zu meinem Aufenthalt aufzuwerfen, sondern auch, weil ich Roswitha und ihre Männer mit einem Besuch überraschen wollte.

Dieser Plan war also in die Badehose gegangen. Während ich mir eine plausible Ausrede einfallen ließ, erlöste ich Roswitha aus ihrer Schreckstarre.

»Los, komm rein, ich bin kein Wassergeist!«

Roswitha, durchtrainiert und in einen sportlichen pinkfarbenen Schwimmanzug gekleidet, begrüßte Frau Birtz mit Handschlag, setzte sich auf den Beckenrand und ließ sich geräusch- und spritzerlos ins Wasser gleiten.

Wir umarmten uns wie Mutter und Tochter.

»Was machst du denn hier?«, fragte Roswitha mit großen Augen.

»Spontanurlaub«, antwortete ich ausweichend. »Hab noch Semesterferien. Und du?«

»Ich gehe jeden Samstag zur Wassergymnastik. Frau Birtz ist spitze.«

Dass Frau Birtz spitze war, merkte ich schnell. Wie eine ehemalige Ostblock-Schwimmtrainerin stand sie am Beckenrand und torpedierte uns mit ambitionierten Kommandos. Rutschfest schwang die kleine Frau dabei auf ihren Flipflops von einer Seite zur anderen und demonstrierte kernig die Übungen. Ihre kurze weißblonde Igelfrisur vervollständigte das Bild einer taffen Vollblutsportlerin.

Die anderen Teilnehmer unserer Gruppe standen bis zu den Schultern im warmen Nass. Nur Roswitha und ich ragten heraus wie zwei Leuchttürme. Als Frau Birtz mit dem Armtraining begann und die Teilnehmer lange Rundumschwünge gegen den Wasserwiderstand vollzogen, wurde es mir zu bunt.

»Sagen Sie, Frau Birtz?«, rief ich aufmüpfig. »Können Sie in diesem Bad den Boden absenken? Ich komme mir vor wie in einem Kinderplanschbecken.«

Um Frau Birtz mein Dilemma zu verdeutlichen, wedelte ich mit meinen Armen in der Luft herum.

»Bisschen wenig Widerstand. Trockenübungen kann ich auch zu Hause machen.«

Roswitha war mein Kommentar offensichtlich peinlich. Sie ging einfach in die Hocke und machte eifrig weiter.

»Interessante Idee«, rief Frau Birtz. Hörte ich da einen Anflug von Ironie in ihrer Stimme? »Was meinen Sie, wie es den anderen ergeht, wenn ich die Wassertiefe Ihrer Größe anpasse?«

Ich sah mich um und in die verdutzten roten Gesichter meiner kleineren Mitturner. Da hatte Frau Birtz auch wieder recht.

»Ich wusste gar nicht, wie anstrengend dieses Gehopse im Wasser ist«, sagte ich zu Roswitha, als wir das Badehaus verließen. Meine Beine zitterten, sogar meine Arme taten weh, und ich hatte Hunger.

»Ist doch herrlich«, antwortete Roswitha lächelnd. Warum wirkte sie so frisch?

Wir standen auf dem großen Kurplatz neben Roswithas Fahrrad. Um uns herum wuselten Familien mit kleinen Kindern und zahlreiche andere Kurgäste.

»Respekt, dass du nach dieser Tortur noch den weiten Weg bis zum Campingplatz radelst.«

»In zwanzig Minuten bin ich da. Hab Rückenwind«, setzte Roswitha nach.

Als ich benommen überlegte, ob ich eigentlich das einzige Weichei auf der Insel war, fragte Roswitha mich noch einmal nach dem Grund für meine Rückkehr. In der Zwischenzeit hatte ich mir eine Antwort überlegt. Damit ich mich nicht noch mehr verzettelte, erzählte ich ihr eine ähnliche Begründung wie Piet. Das Märchen vom spontanen Erholungstrip funktionierte.

»Toll, einfach toll«, resümierte Roswitha. »Und wie lange bleibst du?«

»Bis Donnerstag«, verkündete ich stolz.

»Dann komm uns doch besuchen. Richard und Jupp freuen sich auch. Wie wäre es heute Abend?«

Ich überlegte kurz. Da ich wusste, dass Piet bereits morgen abreiste, verneinte ich.

Dann kramte ich meinen Behandlungsplan hervor und studierte mein volles Stressabbauprogramm.

»Mittwoch passt gut. Ab 15 Uhr habe ich tatsächlich Freizeit.«

»Abgemacht, dann erwarten wir dich zum Kaffee.«

Roswitha herzte mich noch einmal, schwang sich auf ihr Rad und fuhr los.

Mein Rückweg führte mich *ganz zufällig* am *Hotel Nykamp* vorbei. Vor der Eingangstür wurde ich langsamer. Ich beugte mich vor, um einen verstohlenen Blick durch die große Glastür auf die Rezeption zu werfen. Noch immer war es mir unangenehm, dass ich in einem anderen Hotel logierte. Plötzlich klingelte mein Handy. Ich zog es aus der Tasche und schaute aufs Display. Wenn das van Gendt war, würde ich ihn sofort wegdrücken. Doch die angezeigte Nummer kannte ich nicht.

»Warum kommst du nicht rein?«, hörte ich dieselbe Stimme in stereo sprechen. Links vernahm ich Piet durch den Hörer, rechts von oben. Ich legte meinen Kopf in den Nacken und sah hoch. Auf dem Verandavordach stand Piet in zünftiger Arbeitsmontur. Dann drückte er auf sein Handy und rief: »Immer schön Ausschau halten! Moment, ich komme runter.«

Eine Minute später stand er mit einem breiten Grinsen vor mir. Seine Augen erinnerten mich an türkisfarbenes Glas.

»Du musst doch nicht rot werden«, sagte er frech.

»Ich habe mich bei der Wassergymnastik verausgabt«, sagte ich schnell und schlug mir demonstrativ auf die Wangen.

»Ach so. Darum bist du so spät. Ich habe schon gewartet.«

»Gewartet? Auf mich?«

»Bis sieben hätte ich mich noch geduldet. Danach wäre ich zu dir fensterln gekommen.«

Musste Piet mich ausgerechnet jetzt an diesen alpenländischen Brauch erinnern? Kurz erschien Alan vor meinem geistigen Auge. Wahrscheinlich hatte er sich längst in seine fesche Trachtenmontur geworfen, und Cilia strich ihm bewundernd über die Wadlwärmer.

»Darf ich dich zum Essen einladen?«, legte Piet nach.

»Schon vergessen? Ich habe Vollverpflegung im *Hotel Seefrieden* gebucht.«

»Fällt wegen Überanstrengung aus.«

Piets Begründung klang einleuchtend, und wir verabredeten uns für 20 Uhr in einer Pizzeria in der Nähe der Kirche. »Was Alan kann, kann ich schon lange«, sagte ich leise zu mir und ging voller Vorfreude auf einen Abend in netter Begleitung heim.

NACHTBLIND

In der Pizzeria waren bereits alle Tische besetzt und es duftete nach frischen Steinofenköstlichkeiten. Piet saß in einer lauschigen Ecke und winkte mich zu sich.

»Konntest du dich problemlos aus der Heilanstalt entfernen?«, fragte er lachend. Seine Augen schimmerten noch grüner im Licht der Tischlampe.

»Kein Problem. Ich habe behauptet, einen Fastenabend einzulegen und mich vorschriftsmäßig abgemeldet.«

Piet reichte mir voller Anerkennung die Karte. Mein Magen hing bereits auf Halbmast, und ich stellte mir ein fürstliches Menü zusammen.

Während Piet noch in der Speisekarte blätterte, fiel mir Rahels Auftrag wieder ein. Ein paar beiläufige Fragen zu den drei Ökohassern waren der ideale Gesprächseinstieg.

»Wie hieß noch gleich dieser Typ, der in der *Milchbar* neben uns saß? Fridjof irgendwas?«

»Töders«, antwortete Piet automatisch.

»Und die Frau?«

»Sylke Grand. Hm. Empfehlung des Hauses: Muscheln mit Salbeinudeln, die nehme ich.«

»Und wer war der Dritte?«

»Heiko Sandmann.«

Bingo! Piet blickte auf und sah mich lächeln. Er runzelte die Stirn.

»Man könnte meinen, du bist Privatdetektivin.«

»Gott bewahre!«, rief ich. Die anderen Gäste verstummten für einen Moment.

»Warum bist du dann so neugierig?«, wollte Piet wissen.

»Warum nicht? Wenn ich den ganzen Tag in irgendwelchen Wasserbecken herumliege oder meditierend aufs Meer blicke, habe ich viel Zeit zum Nachdenken.«

Das war gar nicht mal gelogen.

»Ist schließlich mächtig was los hier auf eurer Insel.«

Ich hatte eine Idee und erzählte ihm flüsternd alles, was ich wusste. Vielleicht konnte Piet mir den einen oder anderen wichtigen Hinweis geben.

»Es gibt also zwei Fraktionen, die sich um die Zukunft der Insel streiten, stimmt's?«

»Richtig.«

»Die, nennen wir sie mal, Ökos. Zu denen gehörte Sina. Und dann gibt es noch die Syltos, zu denen gehören unsere drei Sympathiebolzen und die Familie Koopmann, nicht wahr?«

»Genau.«

»Und zu welcher Gruppe gehört die Familie Nykamp?«

Piet sah mir tief in die Augen und schwieg. Ich hielt seinem Blick stand und tat es ihm gleich. Irgendwann wurde es mir zu bunt, und ich legte zwinkernd meinen Kopf schief. Piet grinste und beendete das Schweigen.

»Familie Nykamp hat ihre eigenen Ideologien.«

»Ideologien?«

Der Plural ließ mich aufhorchen, doch Piet blockte ab und sagte nur: »Die erkläre ich dir später.«

Was für ein zäher Brocken. Ich beschloss, es fürs Erste

dabei zu belassen und ging zur Toilette. Dort tippte ich hektisch die Namen, die er mir genannt hatte, in mein Handy, sandte sie an Rahel und freute mich aufs Essen.

Meine Pizza war ein Hochgenuss, Piets Muschelmenü ebenfalls. Wir teilten uns eine Flasche Pinot grigio und rückten näher zusammen. Als wir unsere Desserts bekamen, wurde die Tür zur Pizzeria aufgeworfen, und herein schwebte Meister Kovananda. Mit einer lässigen Bewegung zog er sich einen wollenen Umhang vom Körper und warf ihn über einen Garderobenhaken. Dann löste er die Kordel an seinem Kopf und durchwuschelte seine Haare. Hatte er das Restaurant mit einem Friseursalon verwechselt? *Waschen, schneiden und legen wären nicht schlecht*, dachte ich und beobachtete, wie Kovananda die Kellnerin mit Bussi-Bussi begrüßte und ihr sanft über den Kopf strich.

»Das ist er«, flüsterte ich Piet zu.

»Wer?«

»Unser Guru.«

Dabei fühlte ich mich wie ein Schulkind, das im Urlaub zufällig seinem Klassenlehrer über den Weg lief und in Deckung ging.

»Ach, du meinst Klausi. Cooler Typ.«

»Kennst du ihn?«, fragte ich nach.

»Schon lange. Er wohnt seit einer halben Ewigkeit auf der Insel und gibt Meditationskurse. Scheint gut zu funktionieren.«

»Glaube ich auch«, flüsterte ich, ohne zu erwähnen, wie gut Klausi verdienen musste, um sich ein Original Villebergue-Chronometer leisten zu können.

»Heißt er wirklich Klaus Kovananda?«

»Kowalski.«

Piet und ich dachten dasselbe und kicherten angeheitert.

In dem Moment entdeckte der Yogi uns und steuerte direkt auf uns zu.

»'n Abend, Klaus. Alles klar?«, sagte Piet.

»*Namaskar*, ihr Lieben«, antwortete Kovananda, hielt seine Arme über den Kopf und verbeugte sich vor uns.

»Ich dachte, es heißt *Namasté*«, legte ich nach. Die indische Begrüßung war das Einzige, das ich mir in der Yogastunde gemerkt hatte.

Kovananda musterte mich mit einer Mischung aus Verwirrung und gütiger Nachsicht und lächelte dann versonnen.

»Man kann beides sagen. *Namasté* und *Namaskar* entstammen beide dem Sanskrit-Stammwort *nam*, das man am ehesten mit verehren, verbeugen oder begrüßen übersetzt. Aber ich gebe zu, die altindischen Sprachen sind äußerst kompliziert und uns Laien schwer zugänglich.«

Ging die Belehrungsarie schon wieder los. Wieso gab Kowalski alias Kovananda seinen Mitmenschen dauernd das Gefühl, Dummerchen zu sein?

Piet schien unser kleines Geplänkel zu amüsieren und schlug Klaus vor, einen Sanskritsprachkurs auf der Insel anzubieten.

»Wenn das so weitergeht, biete ich hier bald gar nichts mehr an«, antwortete Kovananda, während seine Gesichtszüge für einen Moment erstarrten.

Auf Piets Nachfrage, was er damit meine, verriet uns Klaus, dass er vor einigen Tagen einen anonymen Drohbrief erhalten hatte.

»Angeblich verunreinige ich mit meinem aufgeschlossenen Lebensentwurf die *saubere* Insel«, fuhr Klaus fort und fand zu seinem leicht vergeistigten Lächeln zurück. »Ignoranten gibt es überall. Davor ist kein Ort gefeit. Der Verfasser schreibt, wenn ich Norderney nicht schnellstens verlasse, passiert ein Unglück.«

Piet schüttelte ungläubig den Kopf, und auch ich war sprachlos. Kovananda war ohne Zweifel ein schräger Vogel, aber nur, weil er so ziemlich alle gängigen Esoterikklischees bediente, musste man ihn doch nicht bedrohen.

»Hast du eine Idee, von wem der Brief stammt?«, wollte Piet wissen.

Kovananda schüttelte den Kopf.

»Es gibt viele Geschöpfe, deren Denken verkrustet ist. Ich gebe mir ja schon große Mühe, sie von ihren Denkblockaden zu befreien, fürchte aber, dass es noch ein weiter Weg ist. Die Antwort nach dem Wer und Warum spielt im ewigen Kreislauf des Lebens sowieso keine Rolle.«

Was redete Kovananda denn da?

»Ist die Polizei informiert?«, hakte Piet nach.

»Natürlich«, sagte Klaus. »Aber was nützt die weltliche Macht, wenn die spirituellen Kräfte nicht ausreichen, um eine verirrte Seele auf den Pfad der Erkenntnis zu leiten? Ich bete jeden Abend, der Verfasser möge erleuchtet werden. In der Hoffnung, dass dies schnell gelingt, gönne ich mir jetzt eine Pizza. Guten Appetit.«

Mit dieser deutlichen Ansage verabschiedete sich Kovananda Richtung Tresen. Dort bekam er, ohne bestellt zu haben, einen Grappa vorgesetzt, den er in einem Schluck herunterkippte.

»Was war denn das gerade?«, fragte ich Piet.

»Klaus hat wirklich eine sehr spezielle Weltsicht. Ich würde mir an seiner Stelle mehr Sorgen machen. Aber die Polizei wird schon wissen, was zu tun ist.«

»Bist du sicher?«, hakte ich nach. »Was ist, wenn sie Kovananda dort gar nicht ernst nehmen?«

Irritiert warf ich einen letzten Blick auf den kauzigen Yogameister, der gedankenverloren die Speisekarte studierte und gleichzeitig seine Haare zu kleinen Zöpfen flocht.

Wäre es nach Piet gegangen, hätte dieser Abend einen eindeutigen Ausklang gefunden. Nach dem Essen zogen wir durch den Ort. Aus den Kneipen drang laute Musik, und es wimmelte von der allwochenendlich wiederkehrenden Clübchenschar.

»Kleiner Strandspaziergang gefällig?«, schlug Piet vor. Mir gefiel der Gedanke, denn das üppige Mahl lag mir schwer im Magen. Der Herbstwind hatte noch einmal deutlich zugelegt, und Piet hakte sich bei mir unter. Immerhin regnete es nicht mehr, und die Wolken zogen, wie von luftigen Tauziehern bewegt, über den abendlichen Himmel. Während im kleinen Örtchen eine Stimmung herrschte wie *auf der Reeperbahn nachts um halb eins*, lag der Nordstrand mit seinen mächtigen Dünen menschenleer und dunkel vor uns.

»Findest du nicht, dass es nachts hier am Strand besonders romantisch ist?«, rief Piet gegen den Wind.

»Geht so«, schrie ich zurück.

Wenig elegant staksten wir durch den tiefen Sand. Ich blickte in den Himmel. Zwischen den Wolken war kein Mond zu erkennen, und je weiter wir uns von den Häusern entfernten, desto mehr umschloss uns die wehende Finsternis. Ein paar Strandlämpchen hätte ich in diesem Moment ganz praktisch gefunden.

»Können wir uns verlaufen?«, fragte ich vorsichtshalber.

»Hier doch nicht«, gab mir Piet zu verstehen. »Hinter uns liegt die Stadt, vor uns Sand, links ist Wasser und rechts sind

Dünen. Wer sich hier verläuft, muss schon ziemlich orientierungslos sein.«

Mit einem letzten Blick auf die Lichter begab ich mich vertrauensselig in die Obhut meines einheimischen Führers.

Mein gutes Strecken- und Zeitgefühl, das ich beim Joggen entwickelt hatte, musste mir auf dem Weg vom Restaurant zum Strand abhandengekommen sein. Ob es an der tosenden Brandung, am Wein oder an meiner Begleitung lag – ich fühlte mich berauscht und konnte nicht abschätzen, wie lange und wie weit wir gelaufen waren. Um uns herum gab es nur noch Wind, Sand und Wellenrauschen. Mitten in der Finsternis tauchten plötzlich die Umrisse eines Kastens vor uns auf, und ich blieb abrupt stehen. Warum fröstelte mich auf einmal?

»Der kommt ja wie gerufen«, freute sich Piet und drehte sich zu mir. Dann trat er nah an mich heran und flüsterte direkt in mein Ohr.

»Wie wäre es mit einer kurzen Pause?«

Erst jetzt erkannte ich den Strandkorb vor uns im Sand. Der einzige weit und breit.

Ehe ich antworten konnte, zog Piet mich hinein.

»Wer hat den denn hierhergeschleppt?«, fragte ich.

»Keine Ahnung. Normalerweise stehen so weit draußen keine Strandkörbe«, antwortete er, ohne wirkliches Erstaunen in der Stimme.

Im Strandkorb wurde mir sofort wärmer. Das eigentümliche Gestell erinnerte mich an einen Kokon, der die Außenwelt fast perfekt abschirmte. Ich genoss die kleine Einkehr, blickte in Richtung Meer und entdeckte nur kleine, schaukelnde Lichter in der Ferne.

»Sind das Schiffe?«

»Ja. Und Bojen.«

Mehr sagte Piet nicht, denn unvermittelt nahm er meine linke Hand und küsste meine kalten Finger. Ich zuckte kurz zusammen, zog meine Hand aber nicht zurück. Durch meinen Körper schoss ein Hitzestrahl. Statt klarer Gedanken nahm ich nur noch Wallungen wahr. Ich fühlte mich zu Piet hingezogen. Heiliger Mist, warum hatte ich mal wieder den richtigen Zeitpunkt zum Absprung verpasst?

Jetzt nahm Piet auch meine rechte Hand und setzte seine Küsse fort. Im Schutz unseres maritimen Gehäuses hörte ich Piets Atem lauter werden. Ich spürte die sinnliche Berührung seiner Lippen auf meiner Haut. Alles an dieser Situation erschien mir unwirklich. Besonders als ich mich mit vernebeltem Blick zurücklehnte und die funkelnden Lichter auf uns zukommen sah.

»Ich glaube, ich sehe Sterne«, hauchte ich entrückt.

»Ich auch«, flüsterte er zurück.

»D-d-die kommen aber näher.«

»Bitte, was?«, sagte Piet und arbeitete sich gerade über meine Arme nach oben.

»Und sie bewegen sich.«

In diesem Moment begriff ich, dass mit den Leuchtfeuern etwas nicht stimmte. Ich setzte mich gerade auf, nahm Piets Kopf zwischen meine Hände und drehte ihn mit dem Gesicht zu den Lichtquellen.

Dieses Schauspiel rüttelte Piet endgültig aus seinen zärtlichen Phantasien.

Wortlos saßen wir in der Finsternis und beobachteten, wie sich zwölf Lichter auf uns zu bewegten. Am liebsten hätte ich auf der Stelle das kleine Sonnendach des Strandkorbs über unsere Köpfe hinweg bis auf den Boden gezogen. So geschützt wir uns vor wenigen Minuten noch gefühlt hatten, so ausgeliefert waren wir nun in dieser Holzkiste.

Ich schluckte.

Hallo, mein starker Inselkenner. Tu doch was!, rief meine innere Stimme. Doch Piet saß steif wie ein Stück Treibgut neben mir.

Die Lichter kamen näher, und endlich konnten wir erkennen, dass es Fackeln waren, deren Feuer unruhig im Wind tanzten. Zwischen den Windböen, die um den Strandkorb wirbelten, vernahmen wir erste Wortfetzen.

Konnten die Menschen uns sehen?

Als die Gruppe ungefähr zwanzig Meter von uns entfernt war, konnten wir die ersten Umrisse erkennen. Eine der Personen erinnerte mich kolossal an Eleonore. Auch die anderen Gestalten waren mir nicht fremd. Das Stimmgewirr entpuppte sich als das vertraute Quasselklanggemisch älterer Damen.

»Da sitzen welche im Strandkorb!«, rief plötzlich jemand aus der Gruppe.

»Sind das Landstreicher?«, fragte eine andere.

»Eleonore, du hast ein Handy. Ruf die Polizei.«

»So ein Quatsch, das ist ein Liebespaar. Schaut doch nur, wie eng die beieinandersitzen.«

»Sieht aus wie dieses gestresste *Ding* aus unserer Gruppe«, scherzte eine dritte Person und ging mit der Fackel in der Hand zielstrebig auf uns zu.

»Stimmt. Aber die ist doch zu erschöpft, um bis hierher zu laufen.«

Eine Minute später hatten die Fackelträger uns enttarnt. Doch anstatt sich für ihre üble Nachrede von wegen *gestresstes Ding* und *Landstreicher* zu entschuldigen, löcherte uns der indiskrete Damenspähtrupp.

»Was machst du hier, Trixi?«, fragte Eleonore. In ihrer Hand hielt sie stolz eine qualmende Fackel.

»Ausruhen«, antwortete ich. »Und was treibt euch so spät an den Strand?«

»Wir machen eine Nachtwanderung. Hattest du diesen Programmpunkt nicht auf deinem Plan?«

»Nicht dass ich wüsste.«

»Kann gut sein. Du bist ja so entkräftet. Am Anfang ist Bettruhe das Wichtigste«, gab eine der Damen spöttisch zum Besten.

Piet bedauerte das Ende unseres romantischen Ausflugs, denn er ging davon aus, dass es unser letztes Treffen auf der Insel war. Dass ich in wenigen Tagen für meinen dritten Geheimauftrag zurückkehren würde, durfte ich ihm nicht verraten. Von vierundzwanzig neugierigen und fackelerleuchteten Augen beobachtet, standen wir vor dem *Kurhotel Seefrieden* und verabschiedeten uns artig.

»Hartnäckige Bande«, meckerte Piet unhörbar für meine Kurgenossinnen. »Dann treffen wir uns eben in Bielefeld«, hauchte er zum Abschied, löste sich aus der Umarmung und streifte mit seiner Hand ein letztes Mal meine Finger.

»Vielleicht«, gab ich leise zurück und schlich ins Haus.

NASSZELLE

Der Sonntag war eine einzige Qual. Nach der aufwühlenden Verabredung mit Piet hatte ich kaum geschlafen. Warum musste der Bursche so offensiv sein? Ein freundschaftliches Abendessen, abgerundet durch einen harmlosen Strandspaziergang, hätte mir vollkommen genügt.

Wie hatte Alan eigentlich den gestrigen Abend verbracht? Auch wenn meine Neugierde mich rasend machte, ich würde ihn keinesfalls anrufen. Wenn sich jemand zu melden hatte, dann war es Alan.

Auch eine frühmorgendliche Trainingsstunde in progressiver Muskelentspannung verschaffte mir keine emotionale Linderung. Nach dem Mittagessen hatte ich noch immer kein Lebenszeichen von Alan. Müde und schlecht gelaunt marschierte ich Richtung Badehaus, um mich im Meeresalgenbad zu versenken.

»Handys, Smart Phones und dieses klimpernde Gedöns sind hier drinnen verboten«, begrüßte mich eine alte Bekannte. Es war Frau Birtz, die quirlige Aquadrillmeisterin, die mich aus meinen galligen Alan-Cilia-Phantasien riss und mir strahlend ein frisches Bettlaken überreichte.

»Waren Sie nicht neulich in meinem Kursus? Jetzt weiß ich

es wieder. Sie sind die große junge Frau, die gern ihre kleineren Mitschwimmer ertränkt hätte.«

»Trixi Gellert mein Name«, antwortete ich stumpf. »Aber keine Angst. Heute möchte ich nur mich selbst ertränken.«

Nun starrte mich Frau Birtz an. Ihr verdutzter Gesichtsausdruck in Kombination mit der putzigen Igelfrisur war selbst für meine miese Laune zu viel, und ich musste grinsen.

»War nur ein Scherz«, sagte ich und reichte ihr meine Hand. »Danke für die nette Begrüßung.«

»Da bin ich aber froh«, antwortete Frau Birtz und schüttelte meine Hand mit der Energie eines Profiboxers. »Wenn Sie sich ertränken wollen, gehen Sie lieber in die Nordsee. In meiner Thalassowanne möchte ich das nicht sehen.«

Schnell stellte sich heraus, dass Frau Birtz und ich auf einer Wellenlänge lagen. Plaudernd führte sie mich durch das stilvoll eingerichtete Badehaus, und allmählich freute ich mich auf das bevorstehende Algenabenteuer.

»Bitte entkleiden Sie sich, und nehmen Sie im Wartebereich Platz.«

»Nackt?«

Frau Birtz lachte laut auf.

»Sie dürfen sich gern einen Bademantel überziehen.«

Ich huschte in die elegante Umkleide und inhalierte die warme Luft, die nicht aus dem üblichen Chlor-Putzmittelgemisch bestand, sondern eine wohlduftende Komposition aus Orange und Lavendel war. Beschwingt schlüpfte ich aus meinen Klamotten und warf mir Florences wild geblümten Bademantel über. Jetzt musste ich nur noch mein Handy so verstauen, dass Frau Birtz es nicht entdecken konnte. Ich wickelte es in ein T-Shirt und ließ das Päckchen in einer der riesigen Bademanteltaschen verschwinden. Das Telefonverbot war mir egal – falls Alan sich meldete, musste ich drangehen und ihm den Dirndlmarsch blasen.

Im Wartebereich saßen drei Badefreunde um einen Glastisch herum. Tiefenentspannt schlürften sie grünliche Drinks. Als ich mich grüßend zu ihnen gesellte, unterbrachen sie ihr Trinkritual. Ein älterer Herr in einem graublau karierten Bademantel musterte mich nur kurz. Das Pärchen neben ihm überschüttete mich förmlich mit Blicken. Die dunkelhaarige Frau mit herausgewachsener Dauerwelle fixierte jede Nuance meines Bademantelmusters. Ich deutete ihre Aufmerksamkeit als Neid. Ihr Mann hingegen stierte zuerst auf mein Dekolleté, anschließend wanderte sein Blick zu meinen Knien. Gedankenverloren legte er seinen Kopf schief und unternahm einen Versuch, unter meinen Saum zu schielen. Dabei hing eine klobige Goldkette aus seinem Ausschnitt heraus.

Mich überkam ein kurzer Brechreiz. Ich setzte mich aufrecht hin, zog den Mantel so weit wie möglich über die Beine und schnappte mir eine Zeitschrift. Während ich so tat, als interessiere mich der Artikel über Entschlackungskuren, überlegte ich mir diverse angemessene Behandlungsmethoden für den triebgesteuerten Schmuckprotz.

Leider riss Frau Birtz mich aus meinen Gedanken.

»Frau Gellert bitte zum Algenbad.«

Ich stand auf und drängte mich dicht an dem Mann vorbei.

»Wenn Sie unbedingt einen Blick unter meinen Bademantel werfen wollen, sagen Sie es doch einfach«, hauchte ich lächelnd. Dabei schaute ich ihn eindringlich an. Dann hob ich meinen Arm und zeigte in die große Öffnung meines Ärmels.

Der Mann glotzte mich kurz an, bevor ihn ein heftiger Stoß in die Seite traf. Ich drehte mich um und folgte Frau Birtz in das dunkle Reich der Thalassotröge.

»Mögen Sie Sushi?«, fragte Frau Birtz, als sie die Tür zum Wannenraum öffnete.

»Geht so«, gab ich zögerlich zurück.

»Ein Glück. Dann muss ich keine Angst haben, dass Sie während des Bades die Algen essen.«

Die kleine Frau zwinkerte mir zu und schüttelte sich vor Lachen. Als ich den Inhalt der Badewanne inspizierte, wurde mir klar, dass ich Opfer eines speziellen Bademeisterhumors geworden war.

In der Mitte des abgedunkelten Raumes stand ein metallenes Gefäß, das bis zur Hälfte mit einer braunen Brühe gefüllt war. Verflogen war das anregende Wellnessaroma des Wartebereichs. Ein leicht modriger Salzwassergeruch strömte in meine Nase.

»Wo sind denn die Algen?«, fragte ich unsicher.

»Schön zerkleinert im Wasser«, antwortete Frau Birtz. »Dachten Sie etwa, dass Sie in einem Glibberbad liegen müssen?«

Wieder hallte ihr markantes Lachen durch den Raum.

»Natürlich nicht!«, sagte ich so entrüstet wie möglich.

»Sie baden zwanzig Minuten in einer wohltuenden Essenz aus irischen Braunalgen. Basis der Anwendung ist Nordseewasser.«

Während sie mir aus dem Bademantel half, beschwor Druidin Birtz die Eigenschaften der dampfenden Suppe.

»Sie werden merken, die Algen wirken durchblutungsfördernd, entzündungshemmend und entwässernd.«

Na klar.

»Der hohe Anteil an Lipiden sorgt für die Rückfettung der Haut nach dem Bad.«

Frau Birtz konnte mir viel erzählen. Dass diese muffige Plörre gesund sein sollte, wollte mir nicht einleuchten. Unter dem aufmerksamen Blick meiner persönlichen Badeassistentin kletterte ich in die Wanne und sank ins warme Wasser.

»Dann tschüs!«, sagte ich erleichtert zu Frau Birtz, als ich mich an die heiße Temperatur gewöhnt hatte.

»Ich werde Sie doch nicht allein lassen. Frau Bewemeyer hat mich angewiesen, Sie nicht aus den Augen zu lassen, da Ihr Gesundheitszustand nicht stabil sei.«

Oh nein! Ich ließ mich noch ein Stückchen tiefer in die Wanne sinken und starrte wütend an die Decke. Mein Freund vergnügte sich schunkelnd mit seiner Praktikantin, und ich fühlte mich, als hätte man mich unter Aufsicht in ein modriges Hafenbecken geschubst.

Zehn Minuten später umgab mich ein wohliges Dämmergefühl. Frau Birtz saß entspannt neben der Wanne und reckte zu Kontrollzwecken in regelmäßigen Abständen ihren Blondschopf.

»Alles okay«, säuselte ich.

»Wusste ich es doch.«

Ein schrilles Scheppern durchbrach unseren leisen Dialog. Frau Birtz schreckte auf. Ohne sich umzuschauen, drückte sie einen roten Knopf neben der Wanne. Als das noch lautere Piepen der Alarmanlage anschlug, wurde mir klar, woher das Klirren kam.

»Stellen Sie die Sirene aus! Das ist nur mein Handy.«

»Was?«

»Ich erwarte einen wichtigen Anruf. Wenn Sie so nett wären und mir den Bademantel reichen ...«

Frau Birtz wirbelte herum und sprintete aus der Badekammer. Meine tiefenentspannten Muskeln kontrahierten, ich setzte mich auf und streckte meinen Arm aus der Wanne, um mein Telefon aus der Manteltasche zu nesteln. Dank Frau Birtzs Reaktionsfähigkeit erstarb Sekunden später der Alarm, und ich drückte erleichtert auf den grünen Hörer.

»Alan?«

»Van Gendt hier.«

In der Hektik hatte ich nicht auf die Displayanzeige geachtet. Ich verdrehte die Augen und atmete tief durch.

»Wo stecken Sie? Wir müssen etwas besprechen.«

»Herr van Gendt«, bellte ich zurück. »Was fällt Ihnen ein, mich bei der Recherche zu stören?«

»Ich habe Ihnen doch gesagt, dass ich mich melde, bevor ich auf Dienstreise fahre. Es gibt eine Änderung im Programm.«

»Sorry. Unser Telefonat muss warten. Ich befinde mich gerade im Thalassozentrum – und zwar nackt.«

Frau Birtz stürmte in die Badekammer zurück. An ihrem Blick erkannte ich, dass ihre Entspannung ebenfalls futsch war. Mit einem wenig zaghaften *Rumms* warf sie die schwere Holztür hinter sich ins Schloss. Ich hob den Blick und gab mir Mühe, sie anzulächeln.

»Schalten Sie augenblicklich das Handy aus!«

»Frau Gellert?«, tönte es aus dem Hörer.

Aus Angst vor der Rache der mächtigen Bademeisterin zuckte ich zusammen. Dabei glitt mir das Handy aus der lipidbenetzten Hand und plumpste in die braune Brühe.

NACHFAHRER

Nur mit größter Mühe gelang es mir, Frau Birtz zu besänftigen. Van Gendt hatte dank seines begnadeten Anruf-Timings nicht nur die Bademeisterin aufgeschreckt. Vom Alarm ausgelöst, waren wenige Minuten später auch das gesamte Wellnesskollegium, ein Rettungssanitäter, der diensthabende Badearzt und der kettenbehängte Spanner im Wannenraum erschienen. Vielleicht hatten die irischen Braunalgen meine Kreativität aktiviert, denn mir fiel spontan eine Ausrede ein. Mit meiner Erklärung, im Auftrag des österreichischen Tourismusverbandes den Dienstleistungsstandard deutscher Thalassozentren zu bewerten, stellte ich Frau Birtz kurzfristig zufrieden. Ich lobte das außergewöhnliche Ambiente, das ich noch in keinem anderen Bad gesehen hatte, und attestierte Frau Birtz vorbildliche Kundenfreundlichkeit.

Bei einem anschließenden Prosecco-Umtrunk auf Kosten des Hauses versprach ich ihr, meinen Dienstausweis am Abend nachzureichen und das Norderneyer Badehaus mit dem Prädikat *überdurchschnittlich serviceorientiert* zu versehen. Als Dankeschön gab Frau Birtz mir den Tipp, mein ertrunkenes Handy zwei Tage trocknen zu lassen. Aus ihrer Erfahrung wusste sie, dass manche Mobiltelefone sogar Saunagänge bis 90 Grad überstanden.

Leider gehörte mein Handy nicht zu dieser robusten Telefongattung. Von der funkmobilen Außenwelt abgeschnitten, hatte ich es zuerst auf die Heizung gelegt. Danach versuchte ich es mit einem Fön – doch außer einem verzogenen Gehäuse zeigten meine Wiederbelebungsversuche keine Wirkung. Da van Gendts Andeutung eines geänderten Plans mich neugierig gemacht hatte, griff ich Montag früh zum guten, alten Zimmertelefon und rief Frau Heyster an. Sie erzählte mir, dass die Änderung sich auf meine bevorstehende, dritte Reise bezog. Anstatt im *Hotel Excelsior* würde ich im noblen *Koopmann Ambassador* residieren. Bei mir sprangen alle Alarmleuchten an.

Wenn das keine Fügung war! Auf meiner nächsten Reise würde ich nicht nur die Vorzüge einer 5-Sterne-Unterkunft genießen, sondern im Zentrum der Tourismusmacht recherchieren! Auch Rahel und Florence würde diese Nachricht interessieren. Ich ahnte, dass ich den Auftrag erhalten würde, Heiner Koopmann nach Sina Wurps, dem Seepavillon und Investor Zockertz auszufragen. Meine Vorfreude bekam einen Dämpfer, als ich an Piet dachte. Falls ich ihn auf meiner nächsten Reise wiedersehen würde, musste ich mir endlich eine wirklich glaubhafte Ausrede einfallen lassen. Zum Glück blieb mir bis dahin aber noch Zeit, schließlich hockte Piet längst schon wieder in seiner Bielefelder Studentenbude.

Nach der frohen Botschaft nutzte ich die Gelegenheit, Frau Heyster für ihre wohlwollende Reiseplanung zu danken. Auf meine Frage, warum sie mir den Burn-out-Stempel aufgedrückt hatte, antwortete sie knapp: »Für ein Kurhotel brauchten Sie eine adäquate, aber moderne Krankengeschichte.«

Heyster'sche Logik.

Bevor ich zum Frühstücksbuffet aufbrach, rief ich Alan an und erklärte ihm mein Missgeschick mit dem Handy. Er erzählte mir, dass er dreimal vergeblich versucht hatte, mich zu erreichen. Ich fühlte einen Hauch Genugtuung. Bis er anschließend in auffallend knappen Worten vom Oktoberfest berichtete. Hatte ihm der Partyrummel tatsächlich keinen Spaß gemacht, oder blieb er betont sachlich, um ein feuchtfröhliches Gelage mit Cilia zu kaschieren? Als ich merkte, dass mein Gedankenkarussell wieder ansprang, zog ich den Stecker und beschloss, mir den Tag nicht verderben zu lassen. Mit einem kleinen bayerischen Restknödel im Hals schickte ich Alan einen Kuss und bat ihn, Florence Bescheid zu geben, damit sie sich keine Sorgen machte. Bis zu meiner Rückkehr würde ich schließlich *temporarily not available* sein. Als ich aufgelegt hatte, stellte ich fest, dass mir dieser Zustand gefiel.

Eine Meersalz-Tee-Massage, zwei Tauläufe, eine Aromatherapie und zwei Nordic-Walking-Einheiten später hatte ich mein Anwendungspensum geschafft. Doch bevor ich am Mittwoch meinen Koffer packen durfte, stand noch mein Besuch bei Roswitha und ihren Männern auf dem Programm. Nach einem letzten wohltuenden Mittagsschläfchen ging ich zum hoteleigenen Fahrradverleih. Zu meiner Überraschung befanden sich die Drahtesel in der Obhut des betagten Zimmerpagen Jobski. Als er mich sah, strahlte er – wie ein junger Knabe.

»Die Hotelräder sind für unsere Gäste kostenlos, und ich verbieten Ihnen, mir Trinkgeld zu geben«, sagte er, während er sich bei mir unterhakte, um mir das gesamte Sortiment zu zeigen.

»Welches ist das größte Rad, das Sie haben?«, gab ich fröhlich zurück. »Ich will zum Campingplatz *Dünenblick* und brauche was Schnelles. Normale Damenräder sind mir zu klein. Bei denen schlagen meine Knie immer an den Lenker.«

»Verstehe. Sie möchten keine Nuckelpinne.«

Nuckelpinne? Wilhelm Jobski benutzte ein interessantes Vokabular. Dann deutete er auf ein modernes Tourenrad.

»Bei starkem Westwind – so wie heute – empfehle ich Ihnen dieses Modell mit integriertem Motor.«

»Herr Jobski, bitte! Sie glauben doch nicht, dass ich mich auf ein E-Bike setze?«, fragte ich und hoffte, er würde mein gespieltes Entsetzen nicht durchschauen.

Dass ich Radfahren hasste, musste ich diesem rüstigen Charmeur ja nicht direkt auf die Nase binden. Mein blutrotes Hollandrad, mit dem ich im Schneckentempo durch Gütersloh gondelte, war für alle Radsportfans eine Lachnummer.

Ein Fahrrad mit Motor wäre ideal für mich. Doch was machte es für einen Eindruck, wenn eine sportliche, junge Frau mit surrendem Hilfsmotor über die Insel tuckerte?

Das war selbst mir zu peinlich. So behielt ich meine Gedanken für mich und erklärte Jobski, ich käme die wenigen Kilometer bis zum Campingplatz auch ohne Seniorenverstärker aus.

Mit einiger Mühe wuchtete der alte Mann ein blaues Herrenrad aus der Reihe und stellte mir, ganz Gentleman, den Sattel passend ein. Ich drehte eine kleine Proberunde und befand es für ausreichend.

»Denken Sie an den Rückweg«, rief Wilhelm, als ich den Hof verließ. »Gegenwind!«

Parallel zur Straße führte ein schmaler Radweg Richtung Osten. Dank der steifen Brise im Rücken erreichte ich den Campingplatz *Dünenblick* in 15 Minuten. Bei meinem ersten Besuch waren mir viele Details gar nicht aufgefallen. Zwischen den Wohnwagen wechselten sich putzig in Szene gesetzte Gartenzwergkolonien mit bis zur Schmerzgrenze überfrachteten maritimen Dekorationen ab. Ich fragte mich, warum ein vier Meter langer Wohnanhänger mit einem Schiffsanker gesichert werden musste. Ansonsten war der Platz in tadellosem Zustand.

Auf der kleinen Zufahrt kam mir Richard entgegen. Er hockte auf einem knatternden Besenwagen, folgte hochkonzentriert der Fegespur und bemerkte mich nicht. *An diesem Gefährt hätte auch Gerd seine helle Freude*, dachte ich.

Nach kurzem Suchen fand ich am Ende des Kieswegs hinter einer kleinen Baumbepflanzung mein Ziel. Als ich um die Ecke bog, kletterte Roswitha gerade ins Innere ihres Caravans. Ich klingelte und sprang vom Rad. Roswitha drehte sich um und juchzte.

»Trixi! Komm rein.«

Sie drückte mich an sich und küsste mich auf die Wange. In ihrer Herzlichkeit erinnerte sie mich an Florence. Aus dem Wageninneren duftete es nach frischem Kaffee.

»Wie waren deine Anwendungen?«, erkundigte sich Roswitha.

»Herrlich«, sagte ich. Meine Laune war so gut, dass ich in diesem Moment rein gar nichts an meiner Dienstreise auszusetzen hatte.

»Und wie geht es euch?«, fragte ich.

»Richard hat Stress«, antwortete Roswitha und verdrehte lächelnd die Augen. »Er hält das Gelände sauber.«

»Das habe ich gesehen.«

Roswitha deckte die Kaffeetafel und bot mir einen Platz

an. Ich setzte mich an den kleinen Esstisch und musterte das bunte Deckchen. Wie hatte ein Stoffdesigner es geschafft, sämtliche Hunderassen auf einem winzigen Textillappen unterzubringen? Und wer hatte ihn auf diese Idee gebracht?

Während Roswitha Kuchen und Kaffee auftischte, schaute ich mich um. An den Wänden hingen Fotos von Roswitha und Richard und ihren Kindern. In den Regalen lagen kleine, plüschige Püppchen, und auf einer Anrichte stand ein golden gerahmtes Foto von Alfie. Daneben seine Urne.

Schöner Platz für die letzte Ruhe, dachte ich.

»Hallöchen«, rief eine bekannte Stimme. Es war Jupp. Leicht gebückt kletterte er die Stufen hinauf und begrüßte mich genauso herzlich wie Roswitha. Dann drückte er mir einen feuchten Kuss auf die Wange und schlug mir kumpelhaft auf die Schulter. Auf meinen verdutzten Blick reagierte er gelassen.

»So is dat üblich im Pott.«

Bei Eierlikörkuchen und koffeinfreiem Kaffee fühlte ich mich wie im siebten Camperhimmel und plauderte vergnügt mit den beiden. Zehn Minuten später gesellte sich laut polternd auch Richard zu uns.

»Da draußen schleicht ein Typ herum. Den hab ich hier noch nie gesehen«, sagte er schnaufend und wischte sich den Schweiß von der Stirn.

»Vielleicht ein Besucher«, beruhigte ihn Roswitha. »Oder jemand, der sich für einen Stellplatz interessiert.«

»Mit Mütze und Sonnenbrille?«, entgegnete Richard. »Es ist doch bewölkt. Komischer Kerl, ganz komischer Kerl. Das sagt mir mein Gefühl.«

»Was du dir immer einbildest«, überging Roswitha ihren Mann und schenkte ihm Kaffee ein. Jupp hingegen wurde neugierig. Ich amüsierte mich über die drei. Ihr Gespräch erinnerte mich an die Diskussionen zwischen Florence und Gerd, wenn in Gütersloh mal wieder Kriminalalarm ausbrach.

»Meint ihr, er spioniert einen unserer Gäste aus?«, warf Jupp in die Runde. »Zum Beispiel Trixi?«

Ich musste husten. Dabei rutschte ein Krümel in meine Nase.

»Mich? Ausspionieren?«, fragte ich mit einem trockenen Räuspern. »Wer sollte mich beobachten wollen? Ich habe doch nichts verbrochen.«

»Du hast die Leiche gefunden«, entgegnete Jupp bierernst.

»Und du auch«, fügte Richard mit einem strengen Blick auf Roswitha hinzu.

Erst jetzt fiel mir der Gaffer ein, den ich vom Schwimmbadfenster verscheucht hatte. Bei aller Liebe. Ich konnte mir nicht vorstellen, dass dieser Typ Roswitha und mich observieren wollte.

»So ein Blödsinn«, sagte Roswitha kopfschüttelnd. »Ihr guckt zu viele Krimis. Wahrscheinlich ist das einer dieser Vogelfritzen. Lasst uns einfach in Ruhe Kaffee trinken. Wir haben schließlich nicht alle Tage so netten Besuch.«

Richard nickte, legte sich drei Stücke Kuchen auf und spähte aus dem Fenster.

»Das finde ich heraus«, antwortete er mampfend. »Auf meinem Platz treibt sich niemand einfach so herum.«

Nachdem Richard und Jupp sich beruhigt hatten, hielten wir Kaffeekränzchen wie im Bilderbuch. Ich erzählte, wie gut mir Norderney gefiel und was ich bei meinen Anwendungen alles erlebt hatte. Besonders die Geschichte im Algenbad sorgte für Erheiterung.

Auch Roswitha und ihre Männer hatten einiges zu berichten. Von den ersten Inselurlauben mit ihren Kindern bis zu uralten Anekdoten aus Richards und Jupps Malocherzeit. Zwischendurch prahlte Richard mit seinem Vertretungsjob auf dem Gelände. Er betonte, dass er nicht nur die Verantwortung für die Sauberkeit des Platzes, sondern auch für die Einhaltung aller Regeln trug. Man hätte meinen können, Richard sei der Schöpfer der deutschen Campingkultur gewesen.

Wir klönten unbeschwert, ohne auf die Zeit zu achten. Zum krönenden Abschluss erfuhr ich von der FKK-Leidenschaft meiner drei neuen Freunde. Wenn sie baden gingen, dann nicht wie die meisten vernünftigen Menschen an den Nordstrand oder zur Weißen Düne. Es verschlug sie tatsächlich an den abgelegenen FKK-Strand.

Roswitha, Richard und Jupp waren die ersten Anhänger der Freikörperkultur, die ich kennenlernte. Als ich mir ihre detaillierten Ausführungen über textilfreie Bocciaturniere vorzustellen versuchte, beschlich mich allerdings ein befremdliches Gefühl.

»Für mich wäre das nichts«, sagte ich und versuchte, das Thema zu wechseln. »Ich zeige gern meine coolen Bikinis. Wofür habe ich die sonst gekauft? Hier auf der Insel gibt es ja wirklich schöne Boutiquen.«

»Das Geld könntest du dir sparen«, sagte Jupp, wieder mit ernster Miene.

Richard, der noch immer in regelmäßigen Abständen aus dem Fenster linste, nickte.

»Das Schönste ist die Strandsauna«, schwärmte er.

»Bei diesen Temperaturen?«, fragte ich irritiert.

»Einfach herrlich!«, pflichtete Roswitha den beiden Männern bei. »Du sitzt in der Hütte und siehst aufs Meer. Zur Abkühlung springst du in die Brandung.«

»Und wenn du aus dem Wasser kommst, lässt du deinen Körper von Sonne und Wind trocknen«, lobpreiste Jupp. Mir wurde klar, woher dieser kleine, drahtige Kerl sein Aussehen hatte. Jupp war nicht nur sonnengegerbt, sondern auch schon leicht verwittert.

Alle drei bekamen einen verklärten Blick. In einer warmen Hütte zu sitzen und die Wellen zu betrachten, während draußen der Wind pfeift, konnte ich mir gut vorstellen. Um aber den Rest genießen zu können, fehlte mir eindeutig das Nudisten-Gen.

Das Stichwort *Wind* erinnerte mich daran, dass ich noch einen weiten Rückweg vor mir hatte. Draußen dämmerte es bereits. Gerade als ich überlegte, ob ich zum Abschied meinen nächsten Inselbesuch ankündigen sollte, sprang Richard auf. Dabei stieß er seinen Sessel um und riss die Tür auf.

»Stehen bleiben!«, schrie er nach draußen und hechtete die Stufen hinab. Ohne zu überlegen, stürmten Jupp, Roswitha und ich hinterher.

Für sein Alter legte Richard einen beachtlichen Sprint hin. Hinter der kleinen Hecke, die den Stellplatz vom Weg trennte, sah ich im Halbdunkel einen Mann davonhasten. Er trug, wie Richard beschrieben hatte, Mütze und Sonnenbrille.

»Ich schneide ihm den Weg ab«, rief Jupp und rannte ebenfalls los. Dabei übersah er den Wäschekorb neben dem Wohnwagen. Er stolperte und kam ins Straucheln. Vor meinem geistigen Auge spielten sich in Sekundenbruchteilen tragische Bilder ab.

Doch der sehnige Jupp war ein Wundersenior. Wie ein Volleyballprofi rollte er sich über die Schulter ab und kam, den Schwung nutzend, gleich wieder auf die Beine.

»Ogottogott!«, rief Roswitha und nahm ihren Schwager in den Arm.

»Der Typ ist weg«, knurrte Jupp, als er sich den Dreck vom Ärmel wischte und den Wäschekorb zurückstellte.

»Hast du dir weh getan?«, fragte ich vorsichtshalber.

»Nein. Wieso?«

Einige Sekunden später kam Richard wieder. Er war völlig aus der Puste und hielt sich die Seite.

»Zu viel – Kuchen. Sonst – hätte ich – den Typen erwischt.«

Unwillkürlich dachte ich wieder an den Schwimmbadspanner. Doch ich hatte den Vermummten nur noch von hinten gesehen und konnte mir keinen Reim auf eine Verbindung zwischen Thalassozentrum und Campingplatz machen. Vielleicht war der Mann wirklich nur ein lichtempfindlicher Ornithologe, der sich auf den Platz verirrt hatte. Eine gastfreundliche Begrüßung hatte Richard jedenfalls nicht hingelegt.

Jupp schlich auf dem Stellplatz herum und durchforstete die Hecke. Plötzlich bückte er sich und hob etwas Schwarzes auf.

»Was haben wir denn da?«, rief er triumphierend.

»Sieht aus wie ein kleines, rundes Kunststoffteil«, witzelte ich. »Ungemein verdächtig.«

Jupp und Richard schauten mich an, als hätte ich ihnen soeben die Campinglizenz entzogen.

»Das ist die Abdeckung eines Fernglases!«, ermahnte mich Richard. »Und ich glaube nicht, dass der Typ ein Spanner war. Die kenne ich vom FKK-Platz.«

Au Backe.

»Sei vorsichtig«, predigte Jupp, als ich mein blaues Leihrad aufschloss.

Roswitha war in der Zwischenzeit in den Wohnwagen geklettert und mit einem kleinen Zettelchen wieder herausgekommen. Sie drückte mich lange und fest an sich und hielt mir dann den Papierschnipsel hin.

»Für alle Fälle – meine Handynummer. Wenn du verfolgt wirst, rufst du an. Verstanden?«

Noch immer nachschwitzend, umarmte mich auch Richard und fügte hinzu: »Schade, dass du morgen schon abreist. Wir hätten dich gern zu einem Saunagang am FKK-Strand eingeladen. Dieses Erlebnis hättest du nicht so schnell vergessen.«

Das glaubte ich gern.

Der Gegenwind, den Fahrradwärter Jobski erwähnt hatte, entpuppte sich als Ausläufer eines Sturmtiefs. Schon nach wenigen Metern musste ich in den ersten Gang schalten. Ich strampelte mich ab und schaute mich immer wieder um. Schneller als ich erwartet hatte, brach die Nacht über mich herein. Dabei hatte ich keinen Sinn für die bizarren Wolkengebilde, die über den abendlichen Himmel zogen. Warum bloß fühlte ich mich beobachtet?

In der Ferne leuchteten die Lichter des Ortes. Ich konzentrierte mich auf jeden einzelnen Tritt, zählte die Umdrehungen und fühlte mich wie ein Hamster, der in seinem Rad nicht von der Stelle kommt. In diesem Moment kam mir Alans Leidenschaft für Radsport in den Sinn. Immer wieder hatte er versucht, mich zu gemeinsamen Trainingsfahrten zu überreden. Da ich viel lieber joggte oder Hiphop tanzte, hatte ich jedes Mal dankend abgelehnt – aus gutem Grund.

Olle Plackerei, motzte ich gegen den Wind, als ich plötzlich von hinten ein Motorengeräusch hörte. Ich drehte mich um und sah, wie sich langsam ein Wagen näherte. Die Scheinwerfer waren aus. Um mich herum waren nur Dünen, Dünen und Dünen.

Als das Auto auf meiner Höhe das Tempo drosselte, wagte ich einen Blick zur Seite. Am Steuer saß der Mann mit Sonnenbrille und Mütze und schaute mich an. Kein Zweifel, das war der Typ vom Schwimmbad. Ich schnappte nach Luft und griff reflexartig in die Jackentasche, in der normalerweise mein Handy lag.

Van Gendt, du Trottel!, fluchte ich laut. Hätte mein dilettantischer Kollege nicht zur falschen Zeit angerufen, wäre mein Handy noch am Leben, und ich hätte Roswitha und Richard anrufen können!

Mein Herz verdoppelte seine Schlagzahl, und ich trat noch kräftiger in die Pedale. Der Verfolger hielt mein Tempo und starrte mich unentwegt an. Ich wusste, dass Zunge rausstrecken und den Stinkefinger zeigen diesen Typen nicht beeindruckt hätte. Aus den Augenwinkeln sah ich, dass er mit irgendetwas hantierte. War das eine Pistole, eine Kamera oder ein Handy? Warum gab es ausgerechnet hier keine kleinen Seitenstraßen, sondern nur Sand und Himmel?

Ein lautes Hupen erlöste mich. Der Inselbus preschte von hinten über die Dünenstraße heran. Der Dunkelmann hinter seinem Lenkrad erschrak und gab Vollgas. Eine Sekunde später, und der Bus wäre ihm hinten drauf gefahren. Kurz darauf waren beide Fahrzeuge in der Dunkelheit verschwunden.

Hechelnd erreichte ich das Städtchen. Ich hatte Angst, der Fahrer könnte noch einmal aus dem Nichts auftauchen, und hetzte kreuz und quer durch die schmalen Straßen. Was sollte diese alberne Verfolgungsaktion? Spionierte dieser Feigling mich aus? Wenn ja, wieso? Ob er wusste, wo ich wohnte?

Um mich zu beruhigen, legte ich eine Pause an der Waffelbude ein. Mir schlotterten die Knie, und obwohl der Eierlikörkuchen noch nicht verdaut war, bestellte ich eine Waffel mit heißen Kirschen und Sahne.

»Lassen Sie es sich schmecken«, sagte der Verkäufer.

»Danke. Hab zwar keinen Hunger, aber ich brauche was zu beißen.«

Der Mann hinter dem Tresen musste eine gute Menschenkenntnis haben, denn er lächelte mich freundlich an und stellte mir ohne zu fragen einen Grog vor die Nase.

»Falls Ihnen danach ist. Geht aufs Haus«, fügte er knapp hinzu.

Zehn Minuten später ging es mir besser. Vielleicht hatte Roswitha recht gehabt, und der Sonnenbrillenmann war nur ein lichtscheuer Vogelbeobachter. Ich beschloss, keine weiteren Gedanken an den Typen zu verschwenden und schaute aus dem Fenster. Was ich dann entdeckte, verwirrte mich allerdings vollends. Auf dem kleinen, belebten Platz vor der Waffelbude stand Piet. Er trug einen langen Lodenmantel und telefonierte wild gestikulierend.

Wollte er nicht seit Sonntag zurück in Bielefeld sein? Wenn er noch auf der Insel war, warum hatte er sich dann nicht bei mir gemeldet? Und wieso trug er diesen altmodischen Mantel?

Um diesen Fragen auf den Grund zu gehen, zog ich mir die Jacke über. Dann bezahlte ich die Rechnung und warf dem lebenserfahrenen Waffelbäcker eine Kusshand zu. Als ich jedoch auf den Platz trat, sah ich gerade noch, wie Piet sich laut lachend zu einer Gruppe junger Leute gesellte und eilig mit ihnen loszog. Waren das nicht die drei Anti-Öko-Schnösel aus der *Milchbar*? Wäre ich nicht völlig erschöpft gewesen, hätte ich versucht, der Gruppe zu folgen, um eine Erklärung für Piets seltsames Verhalten zu finden. Doch meine zitternden Beine und mein leicht ramponiertes Nervenkostüm befahlen mir den sofortigen und sicheren Rückzug in mein weißes Refugium namens *Seefrieden*.

Als Erstes zog ich die Vorhänge zu. Auf kostenloses *Trixi TV* musste der irre Sonnenbrillenmann verzichten. Dann warf ich mich aufs Bett und rief mit dem Zimmerapparat Alan an. Als er nicht abnahm, fiel mir ein, dass er sich an diesem Abend mit seinen Radsportfreunden Jan und Steffen im *Backstone* treffen wollte. Auch Florence und Gerd waren nicht zu Hause, und bei Rahel landete ich direkt auf der Mobilbox. Na klasse, kaum geriet ich in Lebensgefahr, war niemand zu erreichen.

Ich spürte, wie mein Frust sich langsam in Ärger verwandelte. Wenn meine Freunde so treulos waren, konnte ich guten Gewissens versuchen, Piets Geheimnis auf die Spur zu kommen. Blöderweise hatte ich seine Nummer in meinem ertrunkenen Handy gespeichert. Es gab nur eine Möglichkeit.

»*Hotel Nykamp*. Was kann ich für Sie tun?«

Ich freute mich, Annekes vertraute Stimme zu hören.

»Guten Abend, Frau Nykamp. Hier ist Trixi Gellert.«

»Wie geht es Ihnen?«, fragte Anneke ruhig.

»Bestens, danke. Könnten Sie mich bitte mit Piet verbinden?«

»Piet?«, antwortete Anneke mit hörbar erstauntem Unterton. »Tut mir leid. Der ist in Bielefeld. Bis dahin reicht unsere Hausleitung leider nicht.«

Warum glaubte sie, Piet sei in Bielefeld? Ich hatte ihren Sohn schließlich vor einer halben Stunde noch gesehen. Um die Sache nicht noch komplizierter zu machen, bat ich sie um seine Handynummer.

»Wenn Sie ihn sprechen, dann bestellen Sie ihm einen schönen Gruß.«

»Mach ich«, sagte ich brav, aber noch immer leicht verwirrt.

»Und er soll bitte die Cessna checken lassen. Mein Mann meint, einer der Reifen verliert Luft.«

»Kein Problem«, sagte ich und legte auf.

Au weia. Mit einem Flugzeugplatten war bestimmt nicht zu spaßen. Bevor meine grauen Zellen weiter im Chaos versanken, wählte ich Piets Nummer. Während des Freizeichens klopfte mein Herz plötzlich schneller. Wenn er abhob, würde ich ihn fragen, ob wir uns noch auf einen Absacker treffen könnten.

»Nykamp«, hauchte eine müde Stimme.

»Hi, Piet, hier ist Trixi«, antwortete ich in bestmöglicher Laune.

»Das ist ja ein Ding. Ich liege gerade im Bett und denke an dich.«

Hallo? Wie hatte Piet das denn geschafft?

»Gib's zu, du hast Sehnsucht nach mir«, säuselte Piet weiter.

Ich schluckte kurz.

»Nicht direkt. Aber ich dachte, du bist vielleicht noch unterwegs und hast Lust auf ein Bier?«

»Schöne Idee. Könnte aber schwierig werden.«

»Wieso?«

»Wie ich an der Nummer im Display sehe, bist du noch auf Norderney.«

»Genau.«

»Ich bin in Bielefeld.«

NASENNEBENHÖHLE

Des Rätsels Lösung hieß Peer.

Die Existenz seines Zwillingsbruders hatte Piet einfach verschwiegen. Nicht aus Absicht, wie er mir versicherte, sondern aufgrund der Tatsache, dass die beiden Brüder außer ihrer genetisch bedingten Ähnlichkeit nicht viel miteinander verband.

Peer Nykamp hatte eine Ausbildung zum Immobilienkaufmann absolviert und einige Jahre in Bremen gearbeitet. Schließlich war er auf die Insel zurückgekehrt und rührte seitdem in verschiedenen Grundstücks- und Häusertöpfen. Das Verhältnis zu seiner Familie hatte sich dabei auf ein von allen Beteiligten toleriertes Level abgekühlt. Dass ich ihn vor der Waffelbude inmitten einer grölenden Gruppe von Leuten gesehen hatte, wunderte Piet nicht.

Auf meiner Rückfahrt nutzte ich die telefonfreie Zeit, um ergebnislos über alle Vorkommnisse der letzten Wochen zu grübeln. Ich dachte an die tote Sina Wurps, an die Interessenskonflikte zwischen Nobelhoteliers, Ökos und dem Inselesoteriker, an süße Waffeln, an Roswitha und ihre rüstigen Männer, an Piet und besonders an den mysteriösen Sonnenbrillenfreak. Soviel Mühe ich mir auch gab, ich schaffte es nicht, mir einen vernünftigen Reim auf alles zu machen. Außerdem steckten mir noch die Kuranwendungen in den Knochen, und ich döste immer wieder ein. Als der Zug endlich in Gütersloh einrollte, freute ich mich einfach nur noch auf zu Hause. Zu meiner großen Freude erwartete mich Alan am Bahnsteig.

Filmreif ließ ich beim Aussteigen mein Gepäck fallen. Ich breitete meine Arme aus und stürmte los. Alan blieb dagegen stehen und ließ die Schultern hängen. Als ich ihm um den Hals fiel, legte er lustlos seine Arme um mich. Ich versuchte es mit einem leidenschaftlichen Kuss, doch Alan schob mich zurück.

»Was ist los?«, fragte ich.

»Wer ist Piet?«, antwortete Alan mit einer grantigen Rückfrage.

Jetzt aber mal halblang. Da kam ich gerade von einer lebensgefährlichen Mission zurück, und Alan machte mir aus heiterem Heimkehrerhimmel Vorwürfe. In meinem Kopf herrschte das völlige Chaos, und ich versuchte, meine Gedanken zu ordnen.

»Es ist jedenfalls nicht so, wie du denkst«, sagte ich floskelhaft. Alan zog nur einen Mundwinkel hoch und half mir beim Tragen.

Zerknirscht schlug ich vor, das Gepäck rasch in meiner Wohnung abzustellen und essen zu gehen.

Bei mir um die Ecke gab es das *Kleine Feine*, ein winziges Restaurant, das hauptsächlich von Bewohnern aus der Nachbarschaft besucht wurde. Die Speisekarte war übersichtlich und bot eine klassische Mischung gutbürgerlicher Küche. Ich bestellte einen Toast Hawaii und Alan ein Zigeunerschnitzel.

»Jetzt bin ich aber gespannt, was es mit diesem Piet auf sich hat«, legte Alan sofort los.

»Nichts hat es mit Piet auf sich«, antwortete ich so sachlich wie möglich. »Wie kommst du überhaupt auf ihn?«

»Ganz einfach. Ich habe gestern deine Blumen gegossen. Oder besser gesagt, das, was mal Blumen waren. Und da klingelte dein Telefon. Ich dachte, das sei vielleicht ein Möbellieferant oder Handwerker und bin drangegangen. Und dann hatte ich Piet an der Strippe, der sich Sorgen machte, weil er dich seit Tagen nicht auf dem Handy erreichen konnte. Da du mir noch nie von einem Piet erzählt hast, habe ich ihn gefragt, woher er dich kennt. Er sagte *aus Norderney natürlich.*«

Alan schaute mich mit seinen großen eisblauen Augen an. Ich hielt seinem Blick stand und merkte, dass meine Nasenflügel bebten. Drohte der Abend etwa anders zu verlaufen, als ich ihn mir vorgestellt hatte?

»Piet heißt mit Hausnamen Nykamp und ist der Sohn der Hoteliers, bei denen ich auf meiner ersten Reise gewohnt habe. Mehr nicht.«

»Ich verstehe«, antwortete Alan und presste kurz die Lippen zusammen. »Dann gehört es wahrscheinlich zum Hotelservice, Kontrollanrufe bei ehemaligen Gästen durchzuführen, um sich nach ihrem Befinden zu erkundigen. Und wenn deren Handys abgeschaltet sind, macht die Familie Nykamp sich Sorgen.«

Meine Güte, Alan! Nur weil Piet mir den strapaziösen Kuralltag versüßt hatte, ließ ich mich nicht in die Enge treiben. Seine Annäherungsversuche hatte ich schließlich erfolgreich abgewehrt. Und überhaupt. Wenn hier jemand Grund zur Eifersucht hatte, dann wohl ich. Mir fiel nichts Besseres ein, als den Spieß umzudrehen.

»Mit Piet ist nichts gelaufen. Basta«, sagte ich so patzig, dass ich erschrak. »Und was ist mit Cilia?«

Der Wirt, ein stattlicher Mann mit Bierbauch und schlechtem Gehör, servierte uns wortlos die Getränke, bevor er auf dem Absatz kehrtmachte.

»Lachhaft«, antwortete Alan knapp. Kopfschüttelnd griff er nach seinem Weizenbier. Dann trank er in einem Zug das Glas aus.

Nach dem Essen gingen wir zu mir. Die Spannung, die zwischen uns lag, verhagelte mir die Laune. Weil ich keine Lust auf schlechte Stimmung hatte, wagte ich einen Versöhnungsversuch und zog eine gestreifte Badeshorts aus meinem Koffer.

»Für dich«, sagte ich und hielt ihm die Hose vor die Nase. »Auf Norderney gibt's coole Boutiquen.«

Alan betrachtete das Mitbringsel und lächelte. Ich versuchte es mit einer weiteren Aufmunterung.

»Wenn es nach Roswitha und Richard gegangen wäre, hätte ich mir das Shoppen sparen können.«

»Wieso? Glauben die, ich freue mich nicht?«

»Die glauben, dass man ohne Kleidung auskommt. Das sind echte FKK-Anhänger«, hauchte ich verschwörerisch. »Stell dir das mal vor. Nackt rumlaufen und so tun, als wär nix gewesen.«

Alans Gesichtszüge erhellten sich, und er ließ die Badeshorts auf den Boden fallen.

»Wollen wir das auch mal ausprobieren?«

»Wieso nicht.«

Als ich den Verlag betrat, verspürte ich das übliche Unbehagen, das alles, was mit geregelter Arbeit zu tun hatte, in mir hervorrief. Der Kurstress hatte mich vom Schreiben abgehalten. Zwar hatte ich mir zwischendurch die wichtigsten Stichworte notiert, aber jedes Mal, wenn ich schreiben wollte, war ich entweder eingeschlafen, oder ich konnte mich nicht konzentrieren, weil ich über Alan, Piet und meine Erlebnisse auf der Insel nachdenken musste.

Bevor ich mit van Gendt sprach, klopfte ich an Frau Heysters Tür. Sie musste sich dringend um die Reparatur meines Handys kümmern.

»Guten Moorgeen«, rief ich so lässig wie möglich beim Eintreten.

»Frau Gellert ist wieder im Lande!«, antwortete Frau Heyster betont laut. Die Begrüßung in der dritten Person klang irgendwie förmlich.

Wie auf Kommando polterte Bernold Bellersen aus seinem Büro und legte den massigen Kopf schräg. Seine Nasenspitze zitterte. Ein untrügliches Zeichen für Erregung.

Was immer ihn gerade ärgerte – ich musste ihm zuvorkommen und war gewappnet.

»Guten Morgen, Chef«, sagte ich schnell. Mit erhobenem Zeigefinger bedeutete ich ihm, nichts zu sagen.

Offensichtlich irritiert, befolgte Bellersen meine Weisung und blieb stumm. Ich öffnete meine Tasche, kramte zwei kleine Päckchen heraus und übergab sie Bellersen und Frau Heyster.

»Eins für Sie und eins für Sie.«

Frau Heyster schob ihre Brille zurecht und musterte mein Mitbringsel. Bellersen riss augenblicklich das Geschenkpapier auf.

»Kleiner Inselgruß von Herzen«, sagte ich beiläufig, als er

mit seinen speckigen Händen den kleinen weißen Plüschseehund aus der Verpackung schälte.

Prompt wurde auch Frau Heyster neugierig. Sorgfältig löste sie die Klebestreifen vom Papier und enthüllte einen getrockneten Seestern. Kurzes Schlucken. Dann sprang ihr Blick zwischen Bellersen und mir hin und her.

Mit dieser netten Geste hatten die beiden nicht gerechnet. Wie einfach sie zu beglücken waren. Jetzt konnte ich guten Gewissens das Handy abgeben.

»Fräulein Gellert?«, beendete Bellersen sein Schweigen. »Das ist jetzt nicht Ihr Ernst, oder?«

»Doch, doch. Ein kleines Dankeschön für Ihr Vertrauen in meine Arbeit.«

»Dann hoffe ich für Sie, dass Sie diese, ääh, diese Souvenirs nicht von Ihrem Spesenkonto bezahlt haben.«

I wo!

Wie sich schnell herausstellte, war mein Handy nicht mehr zu retten. Wohl aber die SIM-Karte. Innerhalb weniger Minuten besorgte EDV-Ass Johnny Daldrup ein funkelnagelneues Smart Phone und legte meine Karte ein. Wenn sich doch nur alle Probleme so einfach lösen ließen.

Leider hatte Johnny keinen funkelnagelneuen Projektpartner auf Lager, und so wagte ich mich in die Höhle des Redaktionslöwen van Gendt.

Blass, rotnasig und mit grauen Rändern unter den Augen saß er vor seinem Bildschirm.

»Agent Gellert meldet sich zurück«, sagte ich zur Begrüßung. »Mission 2 – *Kurreise für Traditionsverwurzelte* – erfolgreich beendet.«

Van Gendt erhob sich von seinem Stuhl und rieb sich die

Glatze. Die Haut auf seinem Kopf war ebenfalls gerötet und schuppig. Seine Mundwinkel zeigten Richtung Verlagskeller. Echte Wiedersehensfreude sah anders aus.

»Zuerst dürfen Sie dank Frau Heysters Wohlwollen Gratis-Massagen genießen, dann versenken Sie ein teures Firmen-Smart-Phone, und zu guter Letzt halten Sie es nicht für nötig, sich bei mir zu melden. Ihr Arbeitsverhalten ist untragbar.«

Was für eine Unverschämtheit.

»Hören Sie, Robert«, unterbrach ich ihn. »Ich habe alle Aufgaben nach Plan erledigt. Wenn Sie unbedingt gewollt hätten, hätten Sie gern an meiner Stelle im Akkord planschen, sich verrenken, taulaufen und Vorträge über Trennkost anhören können.«

Meine neueste Taktik, die Gegner gar nicht erst zu Wort kommen zu lassen, gefiel mir. Als der verschnupfte van Gendt sich schnäuzte, setzte ich gleich nach.

»Von mir aus können wir gern für die nächste Reise die Rollen tauschen. Ich halte brav hier drinnen die Stellung. Und Sie erledigen die Drecksarbeit da draußen – bei Wind und Wetter!«

Ich merkte, dass ich schneller sprach als dachte. Doch selbst wenn ich mich gerade etwas zu weit aus dem Fenster lehnte, van Gendt gegenüber konnte ich aus Prinzip nicht zugeben, dass mir das *Extreme Relaxing* bestens gefallen hatte.

Mein miesepetriger Kollege schleuderte sein Taschentuch Richtung Papierkorb und verfehlte ihn. Der Boden neben seinem Schreibtisch war übersät mit verschnodderten Tempos. Während mich ein mittelschwerer Ekelschauer überkam, dachte ich kurz darüber nach, was ich da gerade spontan von mir gegeben hatte. Auf keinen Fall wollte ich mit van Gendt tauschen. Schon gar nicht auf meiner nächsten Reise. Das

5-Sterne-Hotel durfte ich mir nicht entgehen lassen. Außerdem würde ich keine Minute länger in dieser Bazillenaufzuchtstation verbringen. Ich hatte lediglich versucht, van Gendts vorprogammierter Nörgelattacke vorzubeugen.

Schlagartig zeigten seine Mundwinkel in eine andere Richtung. Mit süffisantem Lächeln bedeutete er mir, mich zu setzen.

»Wenn das so ist«, näselte er. »Dann tauschen wir.«

Mein Ekelgefühl wurde stärker.

Bockig fläzte ich mich in den Besucherstuhl und schaute aus dem Fenster. Ein disharmonischeres Projektteam als uns hätte Bellersen nicht zusammenstellen können. Van Gendts Telefon riss mich aus meinen zornigen Gedanken.

»Frau Heyster, was gibt's? – Ja, die sitzt mir gegenüber. – Nächste Reise – Flugplatz Bielefeld – Natürlich. Kleine Propellermaschine – Ist auch nicht jedermanns Fall – Flugangst? Keine Ahnung, wäre mir aber auch egal – Ja doch – Ich frag sie – Wenn sie sich beruhigt hat – Habe mir eben einen kleinen Scherz mit ihr erlaubt.«

Ich war noch einmal davongekommen.

Nicht nur, weil Spaßvogel van Gendt keine Sekunde daran gedacht hatte, seinen Büroposten gegen die Recherchereise einzutauschen, sondern auch, weil Bernold Bellersen ihn kurzfristig in die Druckerei zitierte. Nachdem er sich noch einmal köstlich über seinen gelungenen Trixi-Gag amüsiert hatte, setzte er mir zum Abschied eine Drei-Tages-Frist zur Fertigstellung der Artikel.

Ich erholte mich nur langsam von dem Schrecken. Nicht auszudenken, was passiert wäre, wenn wir tatsächlich unsere Rollen getauscht hätten.

Erst als ich das Verlagsgebäude verließ und auf meinem klapprigen roten Hollandrad die Hohenzollernstraße entlanggondelte, begann ich mich aufs Wochenende zu freuen. Am Abend erwartete mich ein indisches Abendessen bei Florence und Gerd. Samstag und Sonntag würde ich mit Alan in trauter Zweisamkeit verbringen. Und Rahel? Die würde mir überglücklich um den Hals fallen, wenn ich sie bat, mir beim Schreiben zu helfen.

»Wie kann man so verpeilt sein?«, motzte Rahel und regte sich über meine unvorsichtige Äußerung gegenüber van Gendt auf. Dabei schaufelte sie sich eine Riesenportion Reis und Kartoffelcurry auf den Teller. Ich war sicher, ihre übertrieben schlechte Laune hatte nichts mit mir zu tun, denn seit wir bei Tisch saßen, mäkelte sie an allem herum.

»*Que est-ce que tu as*, Rahel?«, fragte Florence anteilnehmend. »Dir muss eine Laus von die Größe eines Mammüt über die Leber gelaufen sein. So schlescht gelaunt 'abe isch disch noch nie erlebt.«

Rahel stocherte schnaufend auf dem Teller herum und vermischte die feinen Speisen zu einem matschigen Brei. Ich versuchte, Rahel abzulenken, indem ich von meinen neuesten Insel-Erlebnissen erzählte. Besonderen Wert legte ich dabei auf die der Fahrradverfolgungsjagd. Vor Aufregung vergaß Florence zu essen. Gerd versuchte, alles in einen sachlichen Zusammenhang zu bringen, und Rahel schimpfte, weil das Curry für ihren Geschmack zu laff war.

Als Florence und Gerd das Dessert aus der Küche holten, nutzte ich die Gelegenheit zu einem Gespräch unter vier Augen.

»Was geht ab, Rahel? Hat dich in der Schule jemand gedisst?«

»Gedisst? Schule? Boah, nee.«

Mit ihren großen, kugelrunden Augen starrte sie abwesend auf ihren Teller.

»Komm schon, mir kannst du es sagen. Ich erzähle es auch niemandem weiter. Versprochen.«

Rahels Fassade bröckelte minimal. Das erkannte ich daran, dass sie mich eines langen Blickes würdigte.

Ich brauchte noch einen Anlauf.

»Vertrau mir. Doppeltes Trixi-Ehrenwort. Ich bin schließlich deine Tante und mega-verantwortlich für dein Wohlbefinden.«

»Tss.«

Huschte da gerade etwas Schmunzelähnliches über Rahels Gesicht?

»Du hast die Wahl: Entweder, du sagst mir gleich, was los ist, oder ich nerve dich so lange, bis du nachgibst.«

»Nerven tust du jetzt schon«, sagte sie grantelnd. »Und deinen nachgemachten Teenie-Slang kannst du dir sparen. Wenn du es unbedingt wissen willst. Ich hab Stress mit Gustav. Wir wollten heute ins Kino gehen. Aber eben ist ihm eingefallen, dass er seinen Bruder besuchen muss. Verarschen kann ich mich allein!«

»Spinnt der?«, sagte ich so betroffen wie möglich.

Das fehlte mir noch. Meine Nichte hatte ihren ersten Liebeskummer und ich keinen Schimmer, wie Tanten im Allgemeinen darauf reagieren mussten. Ich probierte es mit gutem Zureden.

»Dann liegt's also an Gustav. Wetten, das regelt sich wieder? Zeig ihm einfach die kalte Schulter, dann steht er spätestens morgen wieder vor der Tür.«

»Übelst guter Tipp«, lautete Rahels spitzer Kommentar, bevor sie sich wieder in ihren tiefen Launeschacht abseilte.

Das Unmögliche schaffte Alan. Als er um kurz vor zehn eintraf, hatte er eine große Portion Partystimmung im Gepäck. Florence und Gerd boten ihm die Reste unseres vorzüglichen Dinners an, doch er lehnte dankend ab.

»Hab gerade trainiert. Da gibt's abends nur noch Eiweiß.«

Dann schaute er in die müde Runde.

»War was im Essen?«, fragte er grinsend.

»*Non*«, antwortete Florence. »Wir sind nur gerade *très* vertieft in die kriminellen Verwicklungen auf Norderney.«

»Verstehe«, gab Alan zurück. »Und Rahel ist so fasziniert, dass sie nicht mal mehr lächelt?«

Rahel strafte Alan mit einem Blick wie ein Kind, dem man gerade unter dem leeren Tannenbaum gesagt hat, dass das Christkind es vergessen hat.

Ich zwinkerte ihm unauffällig zu. Doch wie sollte Alan daraus ablesen, dass Rahel gerade von ihrem Christkind namens Gustav versetzt worden war?

Völlig ignorant ließ er sich neben mir nieder und hauchte mir ein *Doch nicht hier* ins Ohr.

Rahel schnaubte verächtlich und stand auf.

Endlich kamen Alans erlösende Worte.

»Morgen spielen die *Breaking Crowns* in der *Weberei*.«

Rahel erstarrte. Dann huschte zum ersten Mal an diesem Abend ein echtes Lächeln über ihr Gesicht.

Die *Breaking Crowns* waren eine angesagte schottische Newcomerband, die im Radio und sogar auf MTV rauf und runter gedudelt wurden. Alan wusste, dass nicht nur Rahel sie gut fand.

»Ich habe Karten«, fügte er grinsend hinzu und zog drei Tickets aus der Gesäßtasche.

Bei dieser Aussage entfuhr Rahel ein spontanes *Nee, ne?*

»Doch. Bellersen hat Pressetickets bekommen und mir drei abgegeben. Großzügig, was?«

Allerdings. Ob aus einer echten Gönnerlaune heraus oder der Tatsache geschuldet, dass Bernold Bellersen die *Breaking Crowns* gar nicht kannte – mit dem Kartengeschenk hatte er nicht nur mir eine Freude bereitet, sondern Rahel geradewegs aus ihrem Launeschacht nach oben katapultiert. Meine eben noch apathische Nichte hopste um den Tisch herum und fiel Alan um den Hals.

»Das muss ich gleich posten«, rief sie und packte ihre Sachen zusammen. »Wenn Jule das erfährt, platzt sie vor Neid. Boah, Alan, wie kann ich mich revanchieren?«

Revanchieren war das Stichwort.

»Das kannst du direkt machen«, warf ich schnell ein. »Indem du mir morgen hilfst, die Texte für van Gendt zu schreiben.«

»Bestimmt nicht«, zwitscherte Rahel. »Ich muss shoppen – meinst du, ich geh in meinen alten Klamotten zum Konzert?«

NIRWANA

Da stand ich nun, ich armer Tor, und war so klug als wie zuvor. Im Gegensatz zu Goethes Faust hatte ich, ach, weder Philosophie, Juristerei und Medizin, noch Theologie studiert und stellte fest, dass ich mit einem abgebrochenen Journalistikstudium nach sechs Stunden Arbeit nichts Vernünftiges zu Papier gebracht hatte.

Mein Frust wuchs von Minute zu Minute, und so kroch dieses berühmteste aller Erkenntniszitate wie ein nagender Gedankenparasit in meinem Kopf herum und führte dazu, dass ich am frühen Samstagnachmittag Feierabend machte. Ich musste meine Arbeit auf den Sonntag verschieben. Schließlich hatte ich seit kurzem neben meinem Job als erfolgreiche Reiseredakteurin noch einen Haushalt zu managen.

Mir war schleierhaft, wie die Frauen, die auch noch Kinder und womöglich einen Ehemann hatten, ihr Pensum bewältigten. Das konnte nicht mit rechten Dingen zugehen.

Um halb acht standen wir in einer langen Schlange vor der *Weberei*. Das frühere Fabrikgebäude war vor vielen Jahren zu einem coolen Kulturzentrum umgebaut worden, in dem für alle Generationen passende Veranstaltungen stattfanden. Da Konzerthighlights wie das der *Breaking Crowns* in Gütersloh

Seltenheitswert haben, war die Halle bis auf den letzten Platz ausverkauft. Alan sah zum Anbeißen aus, Rahel war von Kopf bis Fuß neu eingekleidet und zupfte immer wieder an Rock und Bluse herum. Dabei schaute sie zwischendurch auf, als kontrollierte sie, ob auch allen anderen Wartenden ihr neuer Look auffiel. Ich hatte mir ebenfalls große Mühe mit der Abendgarderobe gegeben. Zum Shoppen hatte ich keine Zeit mehr gehabt, denn ich musste mich lästigen Kleinigkeiten wie dem Kauf von Lebensmitteln und Kloputzen widmen. Trotzdem war ich fündig geworden. Enge Jeans, Stiefel und eine durchsichtige Bluse über einem schlichten Top fand ich angemessen für die *Breaking Crowns*.

»Du bist mit Abstand die Älteste«, attestierte Rahel, als wir endlich in der Halle waren und sie die anderen Konzertbesucher musterte.

»Solche Kommentare überhöre ich heute großzügig«, schrie ich lächelnd zurück. Alan nahm mich tröstend in den Arm und zog mich zu sich heran.

»Mach dir nichts draus. Ich steh auf reifere Frauen.«

Das wurde ja immer besser. Mindestens ein Zehntel der Fans war über dreißig, die restlichen pubertierenden neun Zehntel interessierten mich nicht. Am allerwenigsten Praktikantin Cilia, die genau in diesem Moment auf uns zusteuerte. Bellersen blondes Großnichtchen fehlte mir noch. Hatte Alan das gewusst? Ich bekam die Antwort auf diese Frage, bevor ich sie stellen konnte.

»Wo warst du so lange? Ich habe schon gedacht, du kommst gar nicht mehr«, kreischte Cilia und stieß Alan in die Seite. Der löste sich aus unserer Umarmung und begrüßte den blonden Plagegeist.

»Cilia – Rahel. Rahel – Cilia. Trixi kennst du ja schon.«

Wie charmant Alan sein konnte. Selbst bei einer Drogenrazzia ging es herzlicher zu.

Hatte ich bis dahin gehofft, Cilia würde uns nach dem *Hallo* wieder verlassen, merkte ich schnell, dass ich falschlag. Cilia war ohne Begleitung gekommen und blieb ungeniert in unserer Runde stehen. Rahel musterte sie von oben bis unten. Ihr Blick blieb an Cilias Schuhen hängen, violette Highheels mit Strassbesatz. Alan schien sich zwischen uns dreien wohl zu fühlen. Gut gelaunt schrie er Cilia irgendetwas über die Arbeit ins Ohr. Cilia fand alles, was er sagte, zum Wiehern komisch und gackerte ohne Pause. Zwischendurch beugte sie sich nah zu ihm vor und tat so, als könnte sie ihn auf diese Weise besser verstehen. Das forderte ja geradezu einen Test heraus.

»Und – Cilia? Wie gefällt dir das Praktikum im Verlag?«, rief ich in halbwegs moderater Lautstärke.

»Es ist super«, antwortete sie ganz ohne körpernahe Schwerhörigengeste. Aha, hatte ich also richtig beobachtet. Ich flüsterte nur noch ein leises *Wie schön* hinterher und überlegte, ob ich schmollen oder in die Offensive gehen sollte.

Rahel kam mir zuvor.

»Du machst ein Praktikum im Verlag?«, fragte sie Cilia mit großen Augen.

»Ja, ich sitze bei Alan in der Graphikabteilung«, antwortete sie stolz und schaute zu ihrem Lehrmeister auf, der jovial lächelte.

»Cool. Ich will auch ein Praktikum bei Bellersen machen. Aber sag mal, woher hast du die krassen Schuhe?«

Jetzt wurde es mir zu bunt. Ich verspürte den starken Drang, an die Bar zu gehen und mir einen Wodka zu genehmigen.

Mit einem letzten Anflug von Höflichkeit fragte ich im Gehen: »Soll ich jemandem etwas mitbringen?«

Rahel wünschte sich eine Cola, Alan ein Weizenbier und Cilia eine Bloody Mary.

Die Theke war völlig überfüllt. Dank meiner Laune schaffte ich es locker, mich bis nach vorn durchzudrängeln. Trotzdem hatte ich Probleme, mir beim Barkeeper Gehör zu verschaffen. Als ich lauter wurde, stupste mich jemand von hinten an.

»Du folgst mir aber auch überall hin, was?«

Ich drehte mich um und blickte geradewegs in Piets grünblaue Augen. Mein Herz schlug einen Zwischentakt schneller.

»Das hättest du wohl gerne«, antwortete ich grinsend. »Wie kommst du hierher?«

»Mein Kommilitone Cord ist Fan der *Breaking Crowns*. Er hatte zwei Karten, und ich dachte mir, begleite ihn doch einfach nach Gütersloh. Vielleicht läuft dir ja Trixi über den Weg.«

Piet schob einen schmalen Burschen zur Seite und quetschte sich neben mich. Ich spürte seinen warmen Arm an meinem. Bevor ich darüber nachdenken konnte, ob mir das gefiel, hauchte er mir einen Kuss auf die Wange. Dann legte er seinen Kopf schief und rief: »Zwei Weißweinschorlen!«

Keine Minute später hielten wir die Gläser in unseren Händen. Piet drehte sich um und bahnte uns einen Weg aus dem Thekenpulk. An einem freien Plätzchen blieben wir stehen und sahen uns tief in die Augen. Plötzlich verfinsterte sich Piets Miene.

»Hast du es schon gehört?«, fragte er ungewohnt ernst.

»Was schon gehört?«, wiederholte ich irritiert.

»Kovananda ist tot.«

»Bitte?«

Die Situation war schlichtweg surreal. Ich musste erst mal verdauen, dass Piet aus dem Nichts aufgetaucht war, während Alan einige Meter weiter von Cilia angehimmelt wurde. Piets Nachricht setzte noch einen drauf, und ich hatte Mühe, sie zu glauben.

»Verstehe ich nicht«, sagte ich knapp. »Letzte Woche war er doch noch munter. Hat er sich beim Yoga das Genick verrenkt?«

An Piets Blick erkannte ich, dass mein Scherz ins Leere gelaufen war.

»Er wurde von einem Auto überfahren. Auf der Straße, die zum Leuchtturm führt.«

»Dann war es ein Unfall«, schlussfolgerte ich.

»Eben nicht. Kovananda war mit dem Fahrrad unterwegs. Dabei wurde er von hinten angefahren und liegengelassen. Eindeutig Fahrerflucht, sagt die Polizei.«

Das Szenario auf der Dünenstraße erinnerte mich an etwas. Ich schluckte.

»Meinst du, das hat etwas mit dem Drohbrief zu tun, von dem er uns erzählt hat?«, fragte ich ungläubig.

Piet zuckte mit den Schultern.

»Gibt es denn Hinweise auf den Fahrer? Trug er vielleicht eine Sonnenbrille?«

Piet starrte mich ungläubig an.

»Wie kommst du denn darauf?«

Ich erzählte ihm von meiner Verfolgungsfahrt auf Norderney. Wir überlegten angestrengt, konnten aber außer der bemerkenswerten Yogastunde keinen Zusammenhang zwischen Kovananda und mir ermitteln.

»Es gibt viele Leute, denen sein esoterischer Lebenswandel nicht gefiel.«

Das glaubte ich gern. Schon bei meiner ersten Begegnung hatte ich den Eindruck, dass es mit des Meisters Authentizität nicht weit her war. Die brachiale Askese-Botschaft, die er in die Welt posaunte, passte nicht zu seinem Faible für Schweizer Luxusgüter.

»Okay, Kovananda war vielleicht ein bisschen seltsam«, sagte ich nachdenklich. »Aber wenn man jemanden umbringt, nur weil er etwas schrullig ist, dann fallen mir einige ein, die schon längst unter der Erde liegen müssten.«

Piet lächelte kurz, dann hob er sein Glas, und wir stießen an.

»Am Freitag ist die Trauerfeier«, sagte Piet und schwenkte die Schorle im Kreis.

»Freitag?«, fragte ich leise und überlegte. Donnerstag stand meine nächste Norderneyreise an. Davon ahnte Piet natürlich nichts. Ich musste mich zusammenreißen, um nichts zu verraten und nahm einen großen Schluck. So ganz nebenbei fragte ich mich, ob das Schlamassel, in das ich mich manövriert hatte, noch größer werden konnte.

Es konnte. Denn als die Vorband ihre Instrumente stimmte, stand plötzlich Alan neben uns.

»Du wolltest doch für alle Getränke holen«, sagte er und schaute mich fragend an.

»Ich wurde aufgehalten, von einem Bekannten«, konterte ich flott und zeigte auf Piet. »Ihr habt bereits miteinander telefoniert.«

»Aufgehalten. So, so«, sagte Piet etwas schnoddrig.

Alan war wenig angetan von Piets Anwesenheit. Nachdem ich die beiden vorgestellt hatte, verabschiedete er sich mit den Worten *Lasst euch nicht stören beim Aufhalten* Richtung Theke. Piet schaute ihm hinterher.

»Ist das dein Freund?«

»Ja«, antwortete ich wahrheitsgetreu.

»Hübscher Kerl«, flachste Piet und grinste.

Dass Alan und Piet ausgerechnet hier und jetzt aufeinandertrafen, gefiel mir gar nicht. Meine Gedanken schwirrten durch die überfüllte Konzerthalle. Wieso hatte Piets Freund Cord keinen anderen Kumpel gefunden, der ihn nach Gütersloh begleitete? Und was war Cord überhaupt für ein Name? Wie eine Hose.

Wenig später fiel mir Rahel ein. Ich reckte meinen Hals und suchte die Halle ab. Zusammen mit Cilia hatte sie sich zum Bühnenrand gedrängelt. Die beiden unterhielten sich angeregt. Auch das noch. Meine treulose Nichte mutierte zum Groupie. Dabei hatte ich meiner Schwester versprochen, auf Rahel aufzupassen. Das übernahm jetzt Alan, der sich, Bier, Cola und Cocktail balancierend, zu den beiden durchschlug. Ich sah, wie er immer wieder nach mir Ausschau hielt und in regelmäßigen Abständen böse Blicke abfeuerte. Geschah ihm recht, schließlich zog er die Praktikantin meiner Gesellschaft vor.

Piet fühlte sich hingegen sichtlich wohl. Statt weiter über Kovananda zu sprechen, scherzte und flirtete er, was das Zeug hielt. Ich versuchte unter größter Mühe, seine Andeutungen zu ignorieren. Von der Musik bekam ich nicht viel mit.

Der weitere Konzertabend entwickelte sich zu einem Stimmungstief erster Klasse. Nachdem Piet zu Hosen-Cord zurückgekehrt war, hatte Alan nichts unversucht gelassen, mich zu provozieren. Die meiste Zeit ignorierte er mich. Als ich ihm bei einem romantischen Song einen langen Blick zuwarf, wandte er sich demonstrativ Cilia zu. Die freute sich über die Aufmerksamkeit und spielte sofort wieder ihr *Ups-ich-habe-mein-Hörgerät-verloren-Spiel*. Dabei ging sie noch einen Schritt weiter und kraulte beiläufig Alans Schulter. Der fiel prompt auf die unoriginelle Anmache rein und lächelte. Die Einzige, deren Laune sich während des Konzerts konstant besserte, war Rahel. Kein Wunder, sie musste an diesem Abend ja auch kein albernes Balzverhalten an den Tag legen. Unbeschwert genoss sie die Musik und fühlte sich ziemlich erwachsen. War ich froh, dass nicht auch noch Gustav auf der Bildfläche erschienen war.

Was für ein freudloser Sonntagvormittag. Zwar war Alan nach dem Konzert mit zu mir gekommen, aber die Minus-Spannung zwischen uns hatte die Stimmung verdorben. Alan schien sich keiner Schuld bewusst zu sein, und so waren wir schlecht gelaunt ins Bett gegangen – ohne uns eine gute Nacht zu wünschen. Um neun klingelte mein Wecker. Ich hörte, wie dicke Regentropfen gegen meine ungeputzten Fensterscheiben prasselten. Der Herbst gab alles, und wieder tauchte Piet in meinen Gedanken auf.

War sein Erscheinen auf dem Konzert wirklich nur Zufall gewesen? Florence hätte *nein* gesagt.

Grübelnd kletterte ich aus dem Bett und ließ Alan schlafen. Vor mir lag ein Haufen Arbeit, und auf ein frühmorgendliches Klärungsgespräch oder gar Versöhnungssex hatte ich keine Lust. Von meiner Seite aus gab es schließlich nichts zu erklären.

Ich rührte mir eine Portion Müsli mit Milch an und schaltete mein Notebook ein. Als erstes googelte ich *Klaus Kovananda*.

So, so. Der Kur-Guru war ein umtriebiges Kerlchen gewesen. Unter seinem Erleuchtungspseudonym hatte er einen Internet-Shop für Esoterikbedarf betrieben. Auf *Seele-Sinn-und-Schöpfung.de* vertickte er nicht nur handgeknüpfte Strohmatten zum Schnäppchenpreis von 180 Euro. Er hatte sogar eine eigene Kräuterkosmetiklinie namens *Shakti for your skin* entwickelt. Außerdem bot er Reisen an: 3 Wochen *Nirwana-inklusive-Meditation* in einer spartanischen Höhle im Himalaya für lausige 8000 Euro. Mit seiner ganz persönlichen Auslegung von Verzicht ließ sich offenbar gutes Geld verdienen.

Um elf wachte Alan auf. Trotz des Regens zog es ihn auf sein Rennrad. Wir verabschiedeten uns mit einem Sparkuss und legten gleichzeitig eine Schmollmiene auf. Ich sah keinen Anlass, mich zu entschuldigen. Schließlich war Piet ohne mein Wissen aufgetaucht. Alan hingegen war klar gewesen, dass die schwerhörige Cilia auf ihn gewartet hatte. Nachdem er die Tür hinter sich zugezogen hatte, schlurfte ich an meinen Schreibtisch. Bis zum Nachmittag brachte ich zehn Seiten zu Papier. Diese Leistung grenzte, wenn man sowohl meine mentale Verfassung als auch die Tatsache berücksichtigte, dass ich seit Jahren nicht mehr so viele Seiten auf einmal geschrieben hatte, an Genialität. Zur Belohnung radelte ich zu meiner Lieblingstankstelle, kaufte dort einen saftigen Marmorkuchen und lud mich bei Florence und Gerd ein.

NOTNÄGEL

Meine schlechte Laune der vergangenen Woche war verflogen. Ich saß in einem Taxi und wurde zum Flugplatz Bielefeld chauffiert. Reise Nummer drei lag vor mir, und ich freute mich auf fünf Tage Hotelurlaub vom Feinsten.

Alan und ich hatten uns nur halbherzig versöhnt, denn keiner von uns beiden dachte daran, sich zu entschuldigen. Warum auch? Es war ja nichts passiert. Rahel hatte mehrere Rechercheversuche zu den drei Öko-Hassern unternommen. Als sie jedoch frustriert feststellte, dass es nichts Nennenswertes über das Trio gab, beschloss sie aus Langeweile, ihrer stressgeplagten Tante beim Schreiben zu helfen. Es fehlten zwar noch immer zwanzig Seiten, aber van Gendt hatte so viele Termine, dass er kaum Interesse an meiner Arbeit zeigte. Sein Stress kam mir sehr gelegen, und darum war ich ihm nicht böse, als er nur einen kurzen Blick auf meine Ergebnisse geworfen hatte. Als ich ihm versprach, die restlichen Seiten bis zum Wochenende nachzuliefern, hatte er nur abwesend gegrinst und genickt. Dann war er aufgestanden und hatte mir einen *spektakulären* Aufenthalt auf Norderney gewünscht.

Dieser überflüssige Kommentar war wie üblich an mir abgeprallt. Fast hatte ich Mitleid für ihn empfunden. Wie er so schwitzend in seinen Unterlagen gewühlt hatte, stand er ganz offensichtlich unter Druck. Vielleicht wurmte ihn, dass ich die Reise ins 5-Sterne-Refugium antreten durfte und er im Büro ausharren musste. Ich hatte mich jedenfalls nicht gewundert, als er zum Abschied sagte: »Bye, bye. Große Ereignisse werfen ihre Schatten voraus. Mal sehen, wie lang und dunkel die ausfallen.«

So war van Gendt: Meister der sinnfreien Stichelei und ein Ausbund an Herzlichkeit, selbst in Phasen größter Belastung.

Ich hatte zwar keinen internationalen Mega-Airport erwartet, doch der grasbewachsene Flugplatz mit nur einer Start- und Landebahn enttäuschte mich. Da durfte ich auf Firmenkosten eine Luxusreise antreten, und es fehlte das große Parkett. In Frankfurt oder Düsseldorf hätte ich es ausgekostet, mein Gepäck von einem Taxifahrer zum Counter bringen zu lassen. Jetzt stand ich vor der kleinen Abfertigungshalle und schluckte.

»Gute Reise«, rief der Fahrer und brauste davon.

Ich schleppte mein Gepäck zum Miniterminal und stapfte die Stufen hinauf. Die Dame hinter dem kleinen Schalter war sehr freundlich. Kein Wunder, schließlich war ich die einzige Passagierin weit und breit.

»Mit welcher Airline fliege ich eigentlich?«, fragte ich.

Frau Heyster hatte mir zwar wieder einmal einen perfekten Reiseplan zusammengestellt, doch wenn ich schon mal so exklusiv reisen durfte, wollte ich mich auch entsprechend verhalten.

Reiseplan Beatrix Gellert

26. 9. – 1. 10.	*5-Tages-Reise »First Class«*	
26. 9.:	*10.25 Uhr*	*Departure Flugplatz Bielefeld*
	11.40 Uhr	*Arrival Flugplatz Norderney*
		Flugdauer ca. 1 Stunde 15 Minuten
1. 10.:	*11.50 Uhr*	*Departure Flugplatz Norderney*
	13.05 Uhr	*Arrival Flugplatz Bielefeld*

Unterkunft: Vollpension im Hotel Koopmann Ambassador
Aktivitäten: Recherche für die Zielgruppe »Etablierte«, Zeit frei planbar
Anmerkung der Geschäftsführung: Bitte nur wirklich nötige kostenpflichtige Zusatzleistungen wahrnehmen.

»Schön, dass wir Sie bei uns begrüßen dürfen«, antwortete die Frau. »Sie fliegen mit *Goldflight*. Wenn Sie bitte im Wartebereich Platz nehmen wollen. Kapitän Brüdow ist bereits im Anflug.«

Das Wortspiel war nicht originell, löste aber meine leichte Anspannung, die ich seit dem Betreten des Flugplatzes verspürt hatte.

Ich rollte meinen Koffer zu einer Bank und setzte mich. Das klang doch alles schon sehr vielversprechend. Immerhin gab es an kleinen Flughäfen keine langen Wartezeiten. Ich kramte mein Handy aus der Tasche und stellte fest, dass ich weder einen Anruf noch eine SMS bekommen hatte. Wie bekamen die Businessleute es hin, immer so beschäftigt zu wirken? Ich beschloss, so zu tun, als müsste ich wichtige Notizen in mein Smart Phone tippen und klickte mich durch das Menü. Bisher hatte ich mich herzlich wenig mit meinem High-Tech-Handy beschäftigt. Es wurde Zeit für meine persönlichen Einstellungen.

Das war ja interessant. In den Einstellungen konnte ich zwischen zwanzig Sprachen auswählen. Ich musste unbedingt Japanisch ausprobieren. Ein Klick, und ich war verzückt. Die kleinen Schriftzeichen sahen toll aus. Auf diese Anzeige wäre sogar Rahel neidisch gewesen. Ich tippte auf dem kryptischen Display herum und fand mich ziemlich *globalized*. Das Gefühl verschwand allerdings, als ich merkte, dass ich nicht mehr zum Sprachmenü zurückfand. Ich konnte keine der obskuren Buchstaben deuten und drückte verzweifelt auf alle möglichen Wörter.

Das Einzige, was funktionierte, waren die Ziffern. Doch wen sollte ich anrufen? Etwa Johnny Daldrup, um ihm zu beichten, dass ich das neue Diensthandy verstellt hatte? Ich brauchte dringend Rahels Hilfe. Die saß aber gerade in der Schule, und ich war nicht einmal in der Lage, ihr eine SOS-Nachricht zu funken. Auf einem großen Airport hätte ich wenigstens hundert Japaner getroffen, aber hier? Fehlanzeige.

Um 10 Uhr 20 wurde ich noch unruhiger. Die Dame vom Schalter war verschwunden, und ich hörte weder warmlaufende Flugzeugmotoren noch vertröstende Lautsprecherdurchsagen.

Zehn Minuten später hastete die freundliche Frau herein.

»Frau Gellert. Wir haben ein Problemchen.«

»Ein Problemchen?«, wiederholte ich perplex und überlegte, welche vermeintlich harmlose Erschwernis sie andeutete.

»Sagen Sie nicht, die Startbahn ist wegen Überfüllung geschlossen«, scherzte ich.

»Schön wär's«, antwortete die Dame, ohne zu lächeln. »Das Problem liegt bei Kapitän Brüdow.«

Jetzt war das Problemchen also bereits gewachsen.

»Er hatte einen Unfall. Auf der B 68.«

Die Frau schaute mich mit ihren großen Augen an.

»Jetzt ist er auf dem Weg ins Krankenhaus. Und unsere anderen Piloten sind unterwegs. Vor 18 Uhr können wir Ihnen heute keinen Flug anbieten.«

Diese Nachricht klang tatsächlich nach Problem. Nicht nur für den armen, verunfallten Piloten, sondern auch für mich. Beim Thema Flugreise stieß mein Improvisationstalent an seine natürlichen Grenzen. Während die nette Dame mich mitfühlend ansah und auf eine Antwort wartete, dachte ich an Alternativen. Selber fliegen schied leider aus, der Umstieg auf die Bahn brachte auch nichts. Ich wäre frühestens am Abend auf der Insel. Außerdem lautete meine Arbeitsanweisung eindeutig *First-Class-Flugreise* nach Norderney. Ich dachte nicht im Traum daran, den versprochenen Komfort eines Fliegers gegen eine umständliche Bahnfahrt einzutauschen.

»Auf Luxus musst du in dieser Maschine verzichten«, erklärte mir Piet. Er stand neben der familieneigenen Cessna und checkte die Technik. Keine drei Minuten nach der Problemmeldung hatte ich die rettende Idee gehabt und Piet angerufen. Nicht dass ich seine Nummer aus dem Kopf hätte wählen können. Ich entdeckte sie auch nicht in meinem japanischen Adressverzeichnis – dazu hätte ich das erst mal finden müssen. Piets Mobilfunknummer stand gut leserlich auf einem klassischen Papierschnipsel, auf dem ich sie beim letzten Telefondesaster notiert hatte.

Mir war eingefallen, dass Piet zu Meister Kovanandas Trauerfeier nach Norderney fliegen wollte. Nur an welchem Tag, das wusste ich nicht.

»Anstatt heute Abend kann ich auch jetzt schon fliegen«, sagte Piet. »Dein Anruf kam zwar etwas überraschend, aber nachdem du mich so lieb gebeten hast.«

Piet grinste und begutachtete alle möglichen Klappen und Schrauben. Er ging zum linken Flügel und murmelte fachmännisch vor sich hin.

Brakes ... not leaking, Stall warning ... check o. k., Aileron ... free and secure.

Ich wollte es ja nicht zugeben, aber Piets cooler Kontrollgang beeindruckte mich. Schließlich hatte ich nicht alle Tage die Gelegenheit, einen exklusiven Flug mit *Nykamp Airlines* zu genießen. Stolz auf meinen schlauen Einfall stand ich neben dem Flugzeug und staunte, was an der kleinen Maschine so alles zu checken war.

»Genug Luft auf den Reifen?«, fragte ich und fühlte mich fast selbst wie eine Pilotin. Dabei hatte ich nur an Annekes Hinweis gedacht, den sie mir vor wenigen Tagen aufgetragen hatte.

»Klar«, sagte Piet und warf mir einen schiefen Blick zu. »Hast du Flugangst?«

»Ich doch nicht«, sagte ich lachend.

Ich war schon häufig geflogen und liebte das Gefühl, von der Kraft der Beschleunigung in den Sitz gedrückt zu werden. Wenn das Flugzeug dann über den Wolken war, gab es nur noch Sonnenschein, Toblerone und kostenlose Filmbespaßung.

Meine Vorfreude fand ein abruptes Ende, als Piet den Motor startete. Zuvor hatte er mir einen Kopfhörer übergestülpt, und nun hockte ich neben ihm und starrte auf die Instrumente.

»Von außen sieht's größer aus!«, schrie ich Piet an. Das

Cockpit war winzig, und ich fühlte mich wie in einem Spielzeugmodell.

Alles klapperte und schepperte.

Piet bediente das Funkgerät und legte los. Was jetzt folgte, war noch kryptischer als mein japanisches Handydisplay.

Bielefeld INFO, *hallo.*

Bielefeld INFO, D-ELPC, *guten Morgen.*

D-ELPC, *Cessna* 172, *Abstellplatz vor dem Turm,* VFR *nach Norderney. Erbitte Rollinformation.*

D-ELPC, QNH 1012, *Startbahn* 29 *aktiv, Wind* 210 *Grad,* 12 *Knoten.*

D-ELPC, 29, QNH 1012.

Langsam fuhren wir über das Gelände, und die Maschine wurde noch lauter. Piet grinste nur und funkte fleißig weiter.

D-ELPC, *rolle auf die* 29 *und starte.*

D-ELPC.

Schaukelnd bog er auf die Startbahn ein.

»Die Deutsche Bahn hat auch so ihre Reize«, rief ich verzweifelt. Oh Gott, ich war gefangen! Piet gab Gas und beschleunigte das Maschinchen. In großen Flugzeugen preschte man kilometerweit über die Piste, bevor die Räder abhoben, doch die Cessna war bereits nach wenigen Sekunden in der Luft. Ich hatte überhaupt keine Zeit zum Protestieren, denn Piets Schnellstart verschlug mir schlichtweg die Sprache. Musste er denn gleich eine Kurve fliegen und die kleine Knatterkiste in Schieflage bringen? Als ich einen Blick aus dem Seitenfenster riskierte, wurde mir übel, denn ich sah direkt auf den Boden, und die Häuser und Straßen wurden immer kleiner.

Piet grinste zufrieden und setzte noch einen drauf.

D-ELPC, *verlasse jetzt die Frequenz. Tschüs.*

Adieu, schöne Erde!

»Fliegen wir jetzt durch die Wolken?«, fragte ich, nachdem ich mich vom ersten Schrecken erholt hatte.

Piet schüttelte kurz den Kopf.

»Das Wetter ist zu schlecht. Wir bleiben unter der Wolkendecke. Könnte ein bisschen turbulent werden bei der Windstärke.«

Noch turbulenter?

Die Maschine holperte in einer Tour rauf und runter. Ich fragte mich, ob Piet wirklich alle Schrauben angezogen hatte. Irgendwie musste ich mich ablenken.

»Fast wie im Kinderkarussell«, rief ich Piet zu. »Da habe ich früher auch immer im Flugzeug gesessen. Und du?«

»In der Rakete.«

War ja klar.

Lag es an der dünnen Luft, oder warum fielen mir keine ergiebigeren Gesprächsthemen ein? Schließlich war es Piet, der die von beunruhigenden Propellerklängen untermalte Konversation in Schwung brachte.

»Weißt du, was so praktisch ist an unserem spontanen Flug?«

»Dass wir schnell auf der Insel sind«, antwortete ich wahrheitsgemäß. Den versprochenen Luxusbonuspunkt konnte Piet nicht meinen, denn von einem komfortablen First-Class-Flug war dieses Erlebnis weit entfernt. Beinfreiheit und Catering ließen zu wünschen übrig, und die Übelkeit, die das Schaukeln hervorrief, machte mich auch nicht gerade fröhlicher. Sonnenschein, zollfreie Schokospezialitäten und Videofilme hatte ich längst abgehakt.

»Jetzt kannst du mir ganz in Ruhe erzählen, was du auf Norderney machst. Du kommst innerhalb weniger Wochen drei Mal her und erzählst mir was von Resturlaub. Nie im Leben.«

Bingo, Piet. Diese Frage musste ja kommen. Hätte ich einen Fallschirm gehabt, wäre ich in diesem Moment spontan aus dem Flieger gestiegen.

»Das erkläre ich dir später«, sagte ich großmütig. »Konzentrier dich lieber aufs Fliegen.«

Piet lachte auf, trat ein Pedal und drehte das Steuerhorn nach links. Die Maschine legte sich wieder auf die Seite – dieses Mal schaute ich geradewegs in den Himmel. Mein Magen übertönte das Motorengeräusch.

»Ist ja gut«, rief ich und warf ihm einen bösen Blick zu. »Sagen wir es mal so: Ich habe beruflich auf der Insel zu tun.«

»Und warum kannst du nicht darüber sprechen? Arbeitest du für den Geheimdienst?«

»Sehe ich so aus?«, fragte ich zurück.

»Keine Ahnung. Ich finde deine Heimlichtuerei jedenfalls albern. Außerdem ist es seltsam, dass du genau in dem Moment aufgetaucht bist, als die Morde passierten. Erst findest du Sina, jetzt reist du pünktlich zu Kovanandas Trauerfeier an.«

Was reimte Piet sich bloß zusammen? Ich schaute zu ihm hinüber, er schien angestrengt nachzudenken.

»Du bist Polizistin, stimmt's?«

»Hör mal, Piet. Mit euren armen Inseltoten habe ich nichts zu tun, und bei der Polizei arbeite ich garantiert nicht. Das musst du mir einfach glauben.«

Dank der Luftlöcher, die die Maschine immer wieder sacken ließ, konnte ich keinen klaren Gedanken fassen. Piet hingegen schienen die Wackler nicht zu stören.

»Am Anfang habe ich gedacht, du seiest eine von diesen Hoteltesterinnen, die für irgendeine Frauenzeitschrift oder sogar für einen Reiseführer schreiben«, fuhr Piet fort und schaltete an verschiedenen Knöpfen herum. »Die nisten sich auch immer in verschiedenen Hotels ein und stellen komische Fragen.«

»Gott bewahre!«, rief ich. Piet durfte auf keinen Fall mein Geheimnis lüften. Alarmstufe rot für das *Projekt Nordflügel*.

»Überleg doch mal«, fuhr ich tadelnd fort. »Wäre ich Reisejournalistin, hätte ich ständig einen Notizblock in der Hand und müsste den ganzen Tag schlaues Zeug protokollieren. Zum Beispiel über diesen Flug. Wie absurd.«

»Genau deshalb habe ich diese Idee auch wieder verworfen«, fügte Piet grinsend hinzu. »Ich habe dich noch nicht einen Satz schreiben sehen – nicht mal in dein schickes Handy diktierst du etwas.«

Wie auch?

Wir einigten uns darauf, dass ich Piet in spätestens drei Wochen die Wahrheit erzählen würde. Bis dahin hatte ich auch die vierte Reise hinter mich gebracht und große Teile des Manuskripts geschrieben – oder schreiben lassen.

»Na gut«, gab Piet klein bei. »Ich werde dich in den nächsten Tagen nicht mehr nach deiner Arbeit fragen. Verrat mir wenigstens, in welchem Hotel du diesmal unterkommen wirst. Bei uns ist kein Zimmer auf deinen Namen reserviert. Das hätte Mama mir längst gesagt.«

»*Koopmann Ambassador*.«

»Bullshit!«

Nach der Landung, die Piet genauso flott wie den Start hingelegt hatte, kletterte ich mit zitternden Knien aus der Maschine. Ich verabschiedete mich mit einer dankbaren Umarmung, und wir verabredeten uns auf einen Kaffee am Wochenende. Piet steuerte die Cessna in den kleinen Hangar, und ich schaute ihm hinterher. Hatten wir in dieser kleinen Kiste wirklich gerade halb Norddeutschland überquert? Das laute Knattern hallte noch eine Weile in meinen Ohren nach.

Ich zog meinen Koffer zur Abfertigungshalle. Wenigstens herrschte hier mehr Verkehr als in Bielefeld. Touristen, die sich die Zeit einer Fährüberfahrt sparen wollten, mischten sich unter Einheimische, die völlig routiniert die Flugverbindung zum Festland nutzten. Laut Frau Heyster sollte ich vom hoteleigenen Shuttle-Service abgeholt werden. Warum ich einen kleinen rappelvollen Minibus erwartet hatte, wusste ich auch nicht. Vor dem Flugplatzgebäude stand zu meiner großen Freude eine schwarze Limousine mit abgedunkelten Scheiben. Ein fesch uniformierter Fahrer eilte herbei und nahm mir den Koffer ab.

»Herzlich Willkommen auf Norderney, Frau Gellert«, sagte der Mann. »Ich hoffe, Sie hatten einen angenehmen Flug.«

Was für eine Begrüßung!

Ich bin geradewegs auf dem Weg in den Luxushimmel, lag es mir auf der Zunge. Kein Zweifel, ich hatte die angenehmste meiner vier Reisen vor mir. Zum Glück ahnte ich zu diesem Zeitpunkt nicht, dass meine Intuition mich mal wieder im Stich gelassen hatte.

Die Lobby des First-Class-Hauses *Ambassador* war großzügig und mondän ausgestattet. Aus riesigen Bodenvasen ragten noch riesigere Blumen mit üppigen Blüten. Florence wäre bei diesem Anblick vor Verzückung in Ohnmacht gefallen. Entsprechend feudal mutete die Rezeption an. Hinter dem edlen, dunklen Holztresen standen zwei Herren in langen Fräcken.

Wie zuvor der Fahrer, begrüßten sie mich gleich mit Namen. Der eine nahm meine Personalien auf, überreichte mir die Zimmerkarte und informierte mich über die Essenszeiten, der andere stellte meinen Koffer auf einen Wagen mit goldenen Gitterstangen.

»Haben Sie keine Bügelgarderobe mitgebracht?«, fragte er, während er unverhohlen mein Gepäck musterte.

Was war denn das für eine Frage?

»So turbulent war der Flug nun auch wieder nicht. Für fünf Tage habe ich genügend glatte Kleidung dabei.«

»Jaques meint, ob Sie lange Kleider oder Mäntel mitgebracht haben, die wir hier an diese Bügelstange hängen sollen?«

Die freundliche Erklärung kam von einem Mann, der gerade das Hotel betrat. Er trug einen dunkelblauen Nadelstreifenanzug und elegante Lederschuhe. Seine Haut war solariumbronzefarben, die gewellten braunen Haare hatte er nach hinten gegelt.

Schwer zu sagen, fiel meine Alterseinschätzung aus. Die Augen strahlten eine lebendige Frische aus, doch zahlreiche Fältchen sprachen eine andere Sprache. Ich legte mich auf irgendetwas zwischen 38 und 56 fest.

»Gestatten, Koopmann. Heiner Koopmann«, sagte der Gentleman beflissen. »So einen umwerfend hübschen Gast hatten wir schon lange nicht mehr. Nicht wahr, Jaques?«

Der Kofferträger nickte mit einem gequälten Lächeln.

»Gellert, Trixi Gellert«, antwortete ich perplex.

War die alberne James-Bond-Phrase Absicht, oder begrüßte man sich in der Welt der Reichen und Schönen immer so?

»Wenn Sie Fragen haben, wenden Sie sich an unser Personal oder direkt an mich. Ich wünsche Ihnen einen angenehmen Aufenthalt.«

»Vielen Dank. Ich freue mich auch, hier zu sein«, sagte ich artig.

Mon Dieu. Ich musste so schnell wie möglich die *Regeln der Etikette* googeln. In diesem noblen Hotel durfte ich mich auf keinen Fall danebenbenehmen, nur leider wusste ich nicht, wo das Daneben anfing.

Jaques schob mit dem Kofferwagen los, und ich folgte ihm.

»Ach, Frau Gellert«, rief Heiner Koopmann uns hinterher. »Sind Sie das erste Mal auf der Insel, oder kennen Sie sich bereits aus?«

»Ich war schon mal hier«, sagte ich schnell. »Ist aber lange her.«

Was für eine Aussicht. Ich stand am Fenster meiner Suite und blickte verträumt auf die Brandung. Von draußen hörte ich das Rauschen der Wellen. Dann ließ ich mich auf das Kingsize-Bett fallen und schlummerte selig ein.

Eine Stunde später wachte ich aus einem irritierenden Traum auf. Ich hatte als Kopilotin neben Piet im Cockpit einer Boeing gesessen. Wir trugen die gleiche dunkelblaue Nadelstreifenuniform. Ohne auf den Flugverkehr zu achten, öffnete Piet eine Tube Haargel. Gerade als er mir die Pomade auf den Kopf streichen wollte, kam Alan in voller Samurai-Kluft hereingestürmt und rief irgendetwas auf Japanisch.

Benommen hievte ich mich auf und blickte mich um. Es wurde Zeit, mein neues Domizil zu inspizieren. Von den seidenen Vorhängen bis zu den vergoldeten Wannenarmaturen – alle Details waren unfassbar chic und edel. Ein kleines bisschen fühlte ich mich an *Pretty Woman* erinnert. Fehlte nur noch Richard Gere.

»Tja, mein lieber van Gendt«, murmelte ich leise vor mich hin. »Selbst schuld, dass du lieber in deinem Virenaufzuchtbüro bleibst.« Ich konnte mir ein breites Grinsen nicht verkneifen.

Ich sah auf die Uhr und suchte mein Handy. Auf dem Display blinkten immer noch die pittoresken Strichzeichen. Rahel musste längst aus der Schule zurück sein. Ich wählte Bettys Festnetznummer, die bis vor wenigen Monaten auch noch meine Nummer gewesen war und die ich zum Glück noch auswendig konnte.

»Hi, Trixi!«, begrüßte mich Rahel.

»Woher weißt du, dass ich dran bin?«, fragte ich entgeistert.

»Weil ich deine Handynummer eingespeichert habe?«, antwortete Rahel mit einer altklugen Rückfrage.

»Wie war es heute in der Schule?«

»Wie immer.«

»Und was heißt das?«

»Na. Geht so.«

Rahel schien schon wieder in Meckerstimmung zu sein. Was hatte sie an gepflegtem Small Talk auszusetzen? Wenn das so war, konnte ich gleich zum Punkt kommen.

»Ich brauche deine Hilfe.«

»Na, so was«, brummte Rahel am anderen Ende. »War mir schon klar, dass du nicht anrufst, um dir in aller Ausführlichkeit anzuhören, wie Frau Briese-Berkeldei mich in Französisch heruntergeputzt hat. Oder dass ich für meine Bioarbeit eine Zwei Plus bekommen habe, einen Punkt an einer Eins vorbei. Oder dass Jules Strähnchen aus Versehen grün geworden sind – oder dass Gustav unseren Kinoabend vergessen hat.«

»Da liegt also der Hase im Pfeffer«, stellte ich fest. »Gustav hat dir die Laune verdorben.«

»Wenn du es genau wissen willst: Ja. Und außerdem liegt der Hase im Pfeffer falsch.«

»Bitte?«

»Du hättest sagen müssen: Das also war des Pudels Kern.«

»Von mir aus«, sagte ich widerstandslos. »Warum reitest du auf diesen Sprichwörtern herum?«

»Das sind keine Sprichwörter, sondern *geflügelte Worte*. Nehmen wir gerade in Deutsch durch. Des Pudels Kern stammt aus *Faust*, und der Hase im Pfeffer stand schon bei Schiller. Im Gegensatz zu Sprichwörtern weisen sie eine konkrete Quelle auf.«

Sieh da. Rahel mutierte zur Grantel. Sie war zwar unglaublich schlau, aber wenn sie dermaßen kleinlich wurde, musste etwas wirklich Ärgerliches dahinterstecken.

»Hase und Pudel sind mir egal«, sagte ich entschlossen. »Ich habe nur eine kurze Frage, dann lasse ich dich wieder in Ruhe. Mein Handy spricht nur noch Japanisch.«

»Wie das denn?«, bohrte Rahel nach.

»Es hat sich ganz von selbst verstellt.«

»Von selbst? Versteh schon. Jetzt kannst du nicht mehr auf Deutsch umstellen.«

»Bingo. Hast du eine Idee?«

»Gib mir einfach dein Handymodell durch. Dann ruf ich dich gleich zurück und sag dir, was du tun musst.«

So gefiel mir Rahel viel besser. Man musste einfach ihren angeborenen Forschungstrieb aktivieren. Dafür, dass sie mir trotz Liebeskummer weiterhalf, hatte sie eine Megaportion Lob und Trost verdient.

»Du bist ein Schatz und ab sofort meine Lieblingsnichte! Ich überleg mir 'ne schöne Belohnung. Und wegen Gustav. Vergiss den Kerl. Wenn er dich schlecht behandelt, hat er dich nicht verdient. Es kommen noch viel bessere. Einer davon wird dein Traumprinz sein, der dich auf Händen trägt. Glaub es mir.«

»Dein Wort in Gottes Ohr«, antwortete Rahel trocken. »Das ist übrigens eine Redewendung.«

Ich gab Rahel die Seriennummer meines Handys durch und legte auf. Während ich auf ihren Rückruf wartete, stellte ich mich ans Fenster, um bei der phantastischen Aussicht auf die Brandung an meinen Traumprinzen zu denken. Leider kam ich nicht dazu, weil mein Blick an einem altbekannten Alptraum-Prinzen hängenblieb. Auf der Promenade direkt unterhalb des Hotels schlurfte der Sonnenbrillenmann vorbei. Er schien in Gedanken versunken. Dabei wirkte er nicht, als wäre er mir auf den Fersen, sondern als mache er einen ganz normalen Strandspaziergang. Nur halt mit Mütze, Sonnenbrille und Fernglas um den Hals.

Na warte, du feiges Bürschchen, dachte ich, als ich geradewegs am Knauf des Fensters drehte. In diesem Moment klingelte mein Smart Phone.

»Rahel, da isser!«, schrie ich in den Hörer.

»Wer?«

»Mein Verfolger. Der Typ mit der Sonnenbrille!«

»Mach ein Foto!«, brüllte Rahel zurück. »Mit dem Handy!«

»Ja, wie denn?«

Ich schaute auf mein Smart Phone und wieder zurück zur Promenade. Der Sonnenbrillenmann war verschwunden.

»Scheiße, zu spät!«, meckerte ich. Dann überlegte ich kurz. »Was hätte mir ein Bild eines kleinen dicken Mannes mit Sonnenbrille und Wollmütze genützt? Soll ich damit zur Polizei gehen oder es in die Inselzeitung setzen lassen?«

»Warum nicht?«, konterte Rahel. »Ich hätte es auf Facebook einstellen können mit der Überschrift ›Wer kennt diesen Spanner?‹.«

Rahels Witz fand ich überhaupt nicht komisch. Statt ein unscharfes Foto zu knipsen, wäre ich lieber aus dem Fenster gesprungen und hätte ihn von hinten zu Boden geworfen. Ganz sicher hätte ich aus ihm herausgepresst, was es mit seiner albernen Verfolgungsjagd auf sich hatte.

Wenigstens kannte Rahel die Lösung für mein Japanproblem, und nach wenigen Klicks konnte ich mein eigenes Handy wieder verstehen. Erleichtert schaute ich auf meinen Reiseplan. Zum Glück stand für diesen Tag nicht mehr viel auf dem Programm, und ich beschloss, auf luxuriösem Hotelterrain zu bleiben und das Ambiente zu genießen. Zwischen dem 5-Uhr-Tee im Salon und dem Dinner gönnte ich mir ein weiteres Nickerchen.

Doch mit der frisch wiedererlangten inneren Ruhe war es auch schon wieder vorbei, als ich meinen Koffer auspackte und überlegte, was ich zum Abendessen tragen sollte.

Ich warf meinen Rechner an und suchte nach entsprechenden Informationen.

Mit dem Cocktailkleid liegen Sie genau richtig, lautete ein schlauer Tipp, *ein feiner Hosenanzug ist ebenfalls geeignet*, ein anderer.

Ich konnte meine Klamotten interpretieren, wie ich wollte. Cocktailkleid und Hosenanzug hatten sich nicht in meine

Reisegarderobe verirrt. Aus heiterem Himmel erinnerte ich mich an van Gendts Worte. Er hatte mir einen spektakulären Aufenthalt gewünscht. Mit seiner gutherzigen Art hatte er wahrscheinlich damit gerechnet, dass ich mich auf dem großen Parkett blamieren würde. *Rechenfehler, mein Lieber*, dachte ich triumphierend. An diesem Abend musste ich noch kleidungstechnisch improvisieren, doch gleich am nächsten Morgen würde ich nach Cocktailkleidern Ausschau halten, die die anderen Gäste von ihren Sitzen reißen würden – das Spesenkonto benötigte dringend Bewegung.

NOBLESSE

»Wenn Sie mir bitte folgen wollen.«

Natürlich wollte ich der jungen Dame folgen. Die Kellnerin des Hotelrestaurants war jünger als ich und hatte ihre blonden Haare zu einem interessanten Knoten gesteckt. Sie trug ein elegantes graues Kostüm, das ihrer zierlichen Figur schmeichelte. Wäre da nur nicht das geblümte Halstuch gewesen, das offenbar zur Koopmann'schen Arbeitstracht gehörte. So ein Teil band sich niemand freiwillig um. *Jetzt noch eine Schwimmweste drüber und auf die Notausgänge verweisen, dann ginge sie glatt als Stewardess durch*, dachte ich mir.

Ich versuchte ebenso stolz durch den Raum zu schreiten. Bei ihrer freundlichen Begrüßung hatte sie mich nicht von oben bis unten gemustert – ein untrügliches Zeichen, dass ich mit meiner informellen Abendgarderobe richtig lag.

Zu meiner besten schwarzen Jeans hatte ich ein besticktes dunkles Top gewählt. Eine freundliche Leihgabe aus der *Collection Rahel*. Darüber trug ich meine durchsichtige Bluse, die schon im Konzert zum Einsatz gekommen war. Immerhin wusste ich, dass ich Accessoires nur sparsam verwenden durfte, und darum hatte ich ein feines Silberkettchen angelegt. Auf meine einzige Uhr, ein eher sportliches Modell mit weißem Kunststoffarmband, mit dem ich beim Joggen die Zeit messen konnte, hatte ich in weiser Voraussicht verzichtet.

»Entschuldigung«, sagte ich zu der jungen Frau.

»Warum gehen wir so weit nach hinten durch? Die anderen Tische sind doch noch alle frei.«

Ich hatte auf ein feines Plätzchen direkt neben dem Eingang spekuliert. Von dort aus ließ es sich prima Leute beobachten.

»Tut mir leid, alles reserviert«, antwortete sie knapp und bot mir einen Stuhl an einem opulent gedeckten Einzeltisch in der Ecke an.

»Danke, das kann ich selbst«, sagte ich, als sie versuchte, mir den Stuhl unter den Po zu schieben.

In einem derartig exklusiven Ambiente hatte ich noch nie gespeist. Während ich versuchte, die einzelnen Gerichte der Speisekarte zu entschlüsseln, schaute ich mich immer wieder um und genoss die Atmosphäre. Langsam füllte sich das Restaurant, und ich konnte nicht umhin, die anderen Gäste zu mustern.

Was hatte ich da über den sparsamen Gebrauch von Accessoires gelesen? Die Schmuckstücke, die durch die Gänge geschleppt wurden, waren alles andere als dezent. Einige der Damen trugen Klunker, die größer waren als die Bruchsteine in Florences Vorgarten. Sogar Kettenanhänger, Brillengestelle und Armbanduhren funkelten im Protzerformat. Entweder hatten die Redakteure der Benimm-Webseite den Anschluss verpasst, oder die Gäste des Restaurants. Am Tisch neben mir nahm ein Paar Platz, das sich angeregt unterhielt. Als die beiden mich sahen, hielten sie augenblicklich inne und verstummten.

»Guten Abend«, sagte ich freundlich.

Nach einer ersten kleinen lukullischen Aufmerksamkeit des Hauses bestellte ich ein *Schaumsüppchen von Topinambur mit Flusskrebsen*, als Hauptspeise *Tranchen vom Charolaisrind mit Schalottenjus* und als krönenden Abschluss *Lauwarmen Birnen-Crumble mit Espresso-Sorbet*.

Voilà. Ich war wie geboren für erstklassiges Benehmen. Hummer und Austern sparte ich mir allerdings für einen der nächsten Abende auf. Bevor ich mich an sperrigen Schalentieren versuchte, musste ich mir unauffällig die Zerlegepraktiken bei den anderen Gästen abschauen.

»Zum Rind empfehle ich Ihnen einen 98er Saint Émilion Grand Cru«, sagte die junge Frau.

Nicht noch so etwas Kompliziertes. Bei der Weinauswahl hörten meine mehr als geringen Grundkenntnisse auch schon auf. Ich begann zu schwitzen und spürte, wie in mir das Verlangen nach einer kühlen Cola aufkam.

»Ist das ein Weißer?«, fragte ich höflich.

Die Kellnerin zuckte kurz mit der linken Augenbraue. Dann räusperte sie sich.

»Nein, ein exzellenter Rotwein mit einer zarten Note reifer Früchte und einer Nuance Bitterschokolade.«

»Klingt nach Schwarzwälder Kirschtorte«, sagte ich lächelnd. »Aber bringen Sie mir gern eine Flasche.«

Wenn ich wieder auf dem Zimmer war, musste ich unbedingt recherchieren, was die Benimm-Seite zu Cola sagte.

Beim Hauptgang fühlte ich mich wie im Gourmet-Himmel. Die Speisen waren ein Hochgenuss, und dank des Torten-98ers hatte ich einen leichten, aber angenehmen Schwips. Komisch. Selbst nach dem vierten Glas schmeckte ich weder Kirschnote noch Schokonuance heraus.

Das Ehepaar am Nebentisch warf mir garstige Blicke zu. Ich strafte sie mit Ignoranz und freute mich auf mein Dessert.

Dieses wurde jedoch nicht von der netten Kellnerin gebracht, sondern vom Chef des Hauses persönlich.

Heiner Koopmann servierte den Birnen Crumble mit einer übertrieben unterwürfigen Geste.

Nicht nur meinen Tischnachbarn entglitten die Gesichtszüge. Als Heiner Koopmann meine Hand ergriff, einen angedeuteten Kuss darauf hauchte und sich lächelnd zu mir setzte, folgten ihm zahlreiche stumme Blicke.

Was sollte dieser Quatsch? Ich wollte in aller Ruhe meine Nachspeise genießen.

»Frau Gellert«, sagte er mit einem süffisanten Lächeln. Dabei wehte ein Aroma von kaltem Nikotin und Pomade herüber. Seine Augen hefteten sich an mich und ließen sich auch nicht ablenken, als ich meine Hand zurückzog und mich demonstrativ meinem Dessert zuwandte.

»Darf ich Ihnen sagen, wie bezaubernd Sie aussehen?«, säuselte Koopmann.

»Dürfen Sie«, antwortete ich misstrauisch und ließ mir ein knusprig ummanteltes Birnenstückchen auf der Zunge zergehen. »Ich dachte schon, ich sei etwas zu leger gekleidet. Nach dem Horrorflug war mir nach *salopp*.«

Diesen Satz musste ich einwerfen. Koopmanns Kompliment hatte reichlich gespielt geklungen, und ich glaubte, mich rechtfertigen zu müssen.

Erst jetzt warf Koopmann einen längeren Blick auf meine Kleidung. Dabei musterte der Hotelier alle Details meines Outfits. Schließlich beugte er sich zu mir vor und flüsterte in mein Ohr.

»Sagen wir mal so: beinahe perfekt.«

»Was heißt hier beinahe?«, hakte ich nach.

»Schauen Sie sich doch mal um. Sehen Sie auch nur eine Dame in durchsichtiger Bluse?«

Ich blickte in die Runde. Koopmann hatte recht. Die anwesenden Frauen trugen ausnahmslos Kleider, langweilige Hosenanzüge oder Pelzstolen. Nicht auszudenken, wie die Damen in durchsichtigen Blusen ausgesehen hätten. Ein Schmunzeln huschte über mein Gesicht, und Koopmann schaute mich fragend an.

Hatte er mir das Dessert serviert, um mir mitzuteilen, dass meine Bluse ein *faux-pas* war, oder was sollte diese seltsame Kontaktaufnahme?

»Interessant«, sagte ich. »Gerade letzte Woche hat meine gute Freundin Rahel mir zu dieser Bluse geraten. Sie ist Ressortleiterin für Abendgarderobe bei der *Style'n Glamour*. Vielleicht ist dieser Trend noch nicht bis zu allen Gästen vorgedrungen.«

Koopmann stutzte, und ich nutzte sein Schweigen.

»Warum haben Sie sich ausgerechnet zu mir gesetzt?«

Das Ehepaar vom Nachbartisch hatte seine Diskretion mittlerweile komplett abgelegt und verfolgte interessiert unseren Dialog.

»Weil ich glaube, dass Sie eine außergewöhnliche Frau sind«, sagte Koopmann, stützte das Kinn auf seine gefalteten Hände und sah mir tief in die Augen. Der Dame nebenan fiel die Gabel aus der Hand.

»Darf ich Sie nach dem Essen noch auf einen Drink in unsere Bar einladen? Ich wüsste zu gern, was Sie beruflich machen.«

Entweder der 98er Schwarzwälder Kirsch vernebelte mir die Sinne, oder Heiner Koopmann versuchte gerade eine plumpe Anmache. Ich fürchtete, dass beides zutraf. Unter normalen Umständen wäre ich auf der Stelle gegangen und hätte diesem alternden Dandy die Rechnung überlassen. Doch die Umstände waren nicht normal und aus meiner guten Schwipslaune heraus beschloss ich spontan, das Spielchen mitzuspielen.

»Dreimal dürfen Sie raten«, sagte ich mit einem leicht entrückten Lächeln und gab mir Mühe, einen kleinen Hickser zu unterdrücken.

»Bei Ihrem Aussehen könnten Sie glatt beim Film arbeiten«, schleimte Koopmann.

»Volltreffer!«

Die Filmidee war gar nicht so schlecht. Mit meiner Muschelforschernummer hätte ich Koopmann doch gleich in die Flucht geschlagen.

»Sind Sie Schauspielerin?«

»Drehbuchautorin.«

Ich musste ja nicht gleich übertreiben.

»Wusste ich es doch. Eine außergewöhnliche Frau. Also, leisten Sie mir Gesellschaft?«

»Sehr gern«, säuselte ich. »So gegen 21 Uhr? Ich muss nur noch rasch meine Agentin anrufen. *Treatments, Final Drafts.* Sie wissen schon, Filmleute kennen keinen Urlaub.«

Dem Herrn vom Nebentisch blieb der Mund offen stehen.

Zwischen Abendessen und Barbesuch torkelte ich die Treppen hinauf in meine Suite. Hastig wählte ich Alans Nummer, doch er hob nicht ab. Dann probierte ich es bei Florence.

In wenigen Worten berichtete ich ihr von meiner Verabredung.

»*Mon Dieu.* Frag Koopmann nach die Brand von die Pavillon!«, trug sie mir auf. »Und was er zu die Tod von Sina Wurps sagt. Isch frage Ra'el, ob ihr noch etwas einfällt. Dann kann sie dir eine SMS schicken.«

Heiner Koopmann hatte sich bereits seines Sakkos entledigt und saß lässig an der Bar. Als ich den Raum betrat und er mir zuwinkte, wuchs mein Schwindel. Eine derart stylische *Höhle des Löwen* hatte ich noch nicht gesehen.

»Bitte nehmen Sie Platz«, sagte Koopmann überflüssigerweise. Mein Promillespiegel hinderte mich daran, schwankungsfrei auf der Stelle zu stehen. Gott, ich musste mich zusammenreißen.

Hinter dem Tresen stand ein hübscher, junger Kerl, den ich auf offener Straße für einen skandinavischen Dressman gehalten hätte. Mit seinem Zahnpastalächeln schüttelte er gekonnt den Cocktailmixer.

»Sie sind doch vom Fach«, sagte Koopmann und zeigte auf seinen Angestellten. »Dieser Bursche hat das Zeug zum Filmstar, nicht wahr?«

Im Gegensatz zu dir bestimmt, lag es mir auf der Zunge. Stattdessen antwortete ich in klischeehafter Künstlermanier: »Super Ausstrahlung, super Typ.«

Und das war nicht mal gelogen.

»Was verschlägt eine junge, hübsche Drehbuchautorin nach Norderney?«, kam Koopmann gleich zur Sache.

»Der Job«, sagte ich knapp und ärgerte mich, dass ich mir während der Pause nicht mehr Gedanken über meinen leichtfertig herausposaunten Alibiberuf gemacht hatte. Mein Halbwissen über Drehbücher hatte ich mir vor einigen Jahren bei einem Fernkurs angeeignet. Leider war mein erfolgreicher Abschluss daran gescheitert, dass ich unglaublich viele Seiten hätte schreiben müssen. Immerhin kannte ich noch ein paar Schlagworte. Das musste reichen.

»Planen Sie einen Film, der hier spielt?«

Koopmanns lodernde Augen fingen buchstäblich Feuer.

»In unserer Branche sprechen wir nicht gern über ungelegte Eier«, hauchte ich verschwörerisch. »Absolutes No-Go. Die Konkurrenz schläft nicht.«

Vom Alkohol beflügelt, machte mir das Theater Spaß. Wenn ich weiterhin die Geheimnisvolle spielte, würde Koopmann butterweich werden.

»Film ja oder nein?«, versuchte es der Hotelier noch einmal und schnippte mit dem Finger. Der Barmann mixte sofort zwei Cocktails.

»Sagen wir mal so: Diese Insel hat ein besonderes Flair. Ideal für anspruchsvolle Settings. TV-Filme, Serien, sogar Kinoproduktionen. Das *Who's who* der Szene könnte sich hier die Klinke in die Hand drücken – vorausgesetzt, die Insel wäre noch ein bisschen, wie soll ich es ausdrücken, mondäner.«

Bingo. Heiner Koopmann strahlte. Dummerweise begann er auch zu schwitzen. Kein schöner Anblick.

»Wie stehen Sie dazu?«, fügte ich rasch hinzu. »Ihnen gehört schließlich eins der ersten Häuser am Platz.«

»Mein Reden«, sagte Koopmann hastig.

Der Barmann stellte uns die Cocktails vor die Nase. Ich hätte lieber mit ihm angestoßen.

»Wenn es nach mir ginge, sähe es hier schon aus wie in Beverly Hills. Sie glauben ja nicht, wie viele Menschen uns Steine in den Weg legen.«

Ich nickte zustimmend.

»Aber ich lasse nichts unversucht. Vielleicht haben Sie von meinem Pavillon am Strand gehört.«

»Das war Ihre Idee?«, sagte ich bewundernd. »Ein Geniestreich. Wann ist es denn so weit?«

»Der Bau verzögert sich. Irgendwelche Spinner haben die Konstruktion in Brand gesetzt. Daraufhin ist der Investor abgesprungen. So etwas macht man nicht mit einem Heiner Koopmann.«

Uih, wenn *ein* Heiner Koopmann schon in der dritten Person von sich sprach! Der dampfende Hotelier nahm sein Glas und stieß es gegen meins. Ein bisschen fester, und es wäre zu Bruch gegangen. Mit seinen braunen Fingern fischte er Trinkhalm, Obstschnitze und Schirmchen aus dem Cocktail und trank das Glas in einem Zug leer.

Mit offenem Mund starrte ich zum Barkeeper hinüber, der nur kurz mit den Schultern zuckte und sich grinsend einem anderen Gast widmete.

»*Cheers*«, sagte ich und sog einen kleinen Schluck aus dem Trinkhalm.

Dass Heiner Koopmann an seinem Pavillon-Plan festhielt, war schon mal klar. Meine Frage, wie er zu den Vorwürfen stand, selbst den Brand gelegt zu haben, sparte ich mir vorsichtshalber. Stattdessen lenkte ich das Thema auf Sina Wurps.

Für Außenstehende musste es so ausgesehen haben, als hätte ich ein Streichholz über den Zaun einer Munitionsfabrik geworfen, denn als ich die arme Tote erwähnte, explodierte Heiner Koopmann.

Sina Wurps war für ihn eine spinnerte Tussi. *Absurder Öko-Kram* betitelte er ihre Naturschutzaktivitäten. So viel Aufhebens wegen einer *läppischen Muschelart* war ihm unverständlich. Ohne auf die Anwesenden Rücksicht zu nehmen, monierte er, dass die Inselverwaltung sich überhaupt auf ein *Gespräch mit dieser Schlampe* eingelassen hatte.

Auch diesen Punkt auf meiner Fragenliste konnte ich mühelos abhaken. Freundlicherweise polterte er ungeniert weiter. Die Blicke seiner Gäste waren ihm egal.

»Wenn es nach denen ginge, liefen hier nur noch Naturschützer in Gummistiefeln herum. Oder kinderreiche Familien. Die können schön bei Nykamps bleiben.«

»Was haben Sie gegen diese, äh, Nykamps?«, fragte ich nach. »Sind das auch Ökos?«

Koopmann lachte verächtlich.

»Der eine Sohn nicht. Der ist ein schlaues Kerlchen. Aber der Rest der Familie glaubt noch an die heile Familien-Urlaubs-Welt. Es ist schlimm, dass Franz und Anneke so großen Einfluss haben. Und der andere Sohn, ein Nichtsnutz, tritt in die Fußstapfen seiner Eltern.«

Ich musste schlucken. Sollte ich Piet beizeiten erzählen, was Koopmann von ihm hielt, oder wusste er das bereits?

»Wenigstens sind wir unseren Insel-Guru los«, sagte Koopmann triumphierend.

Jetzt reichte es. Den armen Klaus Kovananda posthum zu beschimpfen ging eindeutig zu weit. Jemand musste Koopmann stoppen.

»Wenn der seinen Tempel hier gebaut hätte, wäre es zugegangen wie bei Bhagwan. Jeder hätte es mit jedem getrieben. Das reinste Sodom und Gomorrha.«

Der Barkeeper sprang um den Tresen, legte seinen Arm um die Schulter seines Chefs und redete beruhigend auf ihn ein.

Jeder mit jedem? Komisch, das hatte ich auf dieser Insel doch schon irgendwo beobachtet. Und zwar nicht in einem Tempel, sondern mitten in der Stadt – bei den Kegelclubs.

NACHLASS

Eine Open-Air-Trauerfeier in Rot und Violett hatte ich auch noch nicht erlebt. Dank Piets Hinweis ging ich am nächsten Morgen zur kleinen Lichtung im Kiefernwäldchen. Zwischen den Bäumen hingen farbige Papiergirlanden und Fähnchen. In der Mitte des Platzes standen Bänke und ein kleines, bunt geschmücktes Rednerpult. Zur besseren Tarnung hatte ich meine Sonnenbrille und eine schwarze Wollmütze aufgesetzt und mich in die letzte Reihe gesetzt. Falls der maskierte Mann, der mich verfolgt hatte, auftauchte, würde ich ihn erkennen. Er mich aber nicht.

Die Reihen füllten sich schnell. Unter den Trauernden waren auffallend viele Frauen. Hatte Kovananda nicht nur ein Faible für Schweizer Uhren gehabt? Bald erschienen auch Franz, Anneke und Piet Nykamp. Sie saßen in der zweiten Reihe. Dahinter gesellten sich Menschen, die ich nicht kannte. Gerade als der Trauerredner, der sich als Kovanandas älterer Bruder Kai-Uwe vorstellte, seine Stimme erhob, wurde es unruhig. Aus dem Wäldchen fiel eine Gruppe älterer Damen auf die Lichtung ein. Die junggebliebenen Yogaschülerinnen, allen voran Eleonore, drängten sich zwischen die anderen Gäste.

Ich drehte mich um, auf der Suche nach weiteren auffälligen Personen. Als ich mich wieder zurückwandte, schaute ich geradewegs in ein bekanntes Gesicht.

»Sie hier?«

Die kleine bürstenhaarige Kurmeisterin aus dem Badehaus hatte sich neben mich gesetzt und mich trotz perfekter Tarnung erkannt.

»Frau Birtz«, sagte ich mit einem verkrampften Lächeln.

»Eine traurige Geschichte, nicht wahr?«, fügte ich schnell hinzu. Ich wollte auf keinen Fall auf mein Algenwannentrauma angesprochen werden.

»Kannten Sie Klausi?«, fragte Frau Birtz.

»Flüchtig. Und Sie?«

»Sehr gut. Er war einer meiner besten Freunde. Eine Seele von Mensch. Immer hilfsbereit und ausgeglichen.«

Frau Birtz schnäuzte sich.

»Klausi hat immer gesagt: Vergesst Zeit und Raum, dann lebt ihr ewig.«

Das mit dem Raum glaubte ich sofort. Kovanandas Verständnis von Zeit, oder besser gesagt, von Zeitmessung, deutete ich anders.

Nach allem, was Kai-Uwe über seinen Bruder erzählte, musste dieser tatsächlich ein herzensguter Mensch gewesen sein. Seit seiner Jugend auf der Suche nach einem friedlichen, inneren Weg. Viele der Anwesenden weinten und schluchzten. Eleonore saß zwei Reihen vor mir, und ich konnte sehen, wie ihr kleiner, alter Körper sich schüttelte. Vor lauter Anteilnahme musste sogar ich schlucken. War Kovanandas Idee einer besseren Welt denn eigentlich so schlecht gewesen? Was schadeten schon ein paar geldbringende Geschäfte, wenn es die Menschen glücklich machte? Von irgendetwas musste schließlich auch ein Heilsbringer leben.

Am Ende der Veranstaltung stimmten alle gemeinsam ein altes, indisches Trauerlied an. Den Text hatte Kai-Uwe auf kleine rote Pergament-Blätter gedruckt. Eine Frau in einem roten Sari spielte auf einer Art umgekipptem Akkordeon, und ein Mann mit Glatze und Stirnlederbändchen klopfte auf einer Trommel indische Rhythmen. Während alle Menschen versuchten, Takt und Töne zu treffen, suchte ich erneut die Menschenmenge ab. Kurz vor Ende der Zeremonie entdeckte ich ihn. Hinter einer kleinen Steinmauer stand der Typ mit der Sonnenbrille und spähte in die Runde. Kein Zweifel, das war er. Ein bisschen dicklich mit runden Wangen, die unter den Brillengläsern hervorquollen.

Mein Herz sprang aus der andächtigen Kontemplation und überschlug sich. Automatisch senkte ich meinen Kopf.

»Nicht doch, Kindchen«, sagte Frau Birtz und streichelte meinen Arm.

Um meine Tarnung zu optimieren, schluchzte ich leise. Was sollte ich tun? Über die Bänke zu Piet klettern und ihn fragen, ob er mir bei der Verfolgung des Sonnenbrillentypen half? Einfach losstürzen und *Haltet den Mann* schreien?

Trauergemeinde und Musiker ließen ihren letzten kosmischen Klang verhallen und blieben noch einen Moment in andächtiger Stille sitzen. Ich wagte einen vorsichtigen Blick. Der Mann drehte sich gerade um und ging Richtung Wäldchen.

Ohne länger nachzudenken, sprang ich auf. Frau Birtz erschrak und hielt sich die Hand vor die Brust.

»Sorry«, rief ich knapp und winkte. Vom Raunen der Gäste irritiert, drehte sich der Mann um. Als er mich erkannte, legte er einen Spurt hin. Bevor ich rennen konnte, musste ich mich erst mal durch die Menge quetschen.

Von der Seite hörte ich Eleonore meinen Namen rufen. Von hinten Frau Birtz.

»Sie wollten mir noch Ihren Ausweis vorbeibringen – vom österreichischen Tourismusverband.«

Als ich die kleine Mauer erreichte, war von dem Mann nichts mehr zu sehen. Verzweifelt lief ich noch einige Meter durchs Wäldchen, doch die Wege führten in alle Richtungen, und mein Unterfangen war zum Scheitern verurteilt.

Als ich zurückkehrte, kam mir Jupp entgegengejoggt. Auch das noch. Mir fiel ein, dass Roswitha und ihre Männer wieder einmal keine Ahnung hatten, dass ich auf die Insel zurückgekehrt war. Bevor ich mich ins Gebüsch schlagen konnte, stand er auch schon vor mir. Er war der Speedy Gonzales unter den Rennrentnern.

»Mensch, Trixi«, rief er und schlug mir zur Begrüßung auf die Schulter. »Was machst du denn hier?«

»Hallo, Jupp«, sagte ich freundlich. »Ich bin zur Trauerfeier angereist.«

»Von diesem Kovinda?«, fragte Jupp und deutete zur Lichtung.

»Ganz genau. Ich habe bei ihm Yoga gelernt und in der Zeitung gelesen, dass er überfahren wurde. Da musste ich einfach kommen.«

»Extra für den komischen Kerl bist du auf die Insel gekommen? Ich finde diesen neumodischen Yogakram überflüssig«, sagte Jupp und machte ein paar leichte Dehnübungen. Dann kontrollierte er fachmännisch seinen Puls, natürlich ohne aus der Puste zu sein. Im Gegensatz zu Heiner Koopmann und seinem Schwager Richard neigte er nicht zu übermäßiger Schweißproduktion.

»Jeden Tag zehn Kilometer laufen, und du weißt gar nicht

mehr, was Sorgen sind. Also, ich brauche keine orientalischen Turnübungen.«

Wenn die Welt so einfach wäre, dachte ich, obwohl ich Jupps Meinung übers Laufen teilte. Dank seiner unglaublichen Fitness hätte dieses flinke Wiesel den Sonnenbrillenmann bei einer Verfolgsjagd wahrscheinlich noch rückwärts laufend eingeholt. Plötzlich hatte ich eine Idee.

»Habt ihr drei heute Abend schon etwas vor?«

»Nicht dass ich wüsste«, sagte Jupp. »Willst du uns besuchen kommen? Roswitha und Richard werden staunen.«

»Diesmal machen wir es umgekehrt«, entgegnete ich stolz. »*Ich* lade *euch* ein!«

Jupps faltiger Mund verzog sich zu einem breiten Grinsen.

»Und wohin, wenn ich fragen darf?«

»Ins *Ambassador*«, sagte ich und beobachtete, wie Jupps Grinsen erstarrte.

»Du bist uns eine Erklärung schuldig«, monierte Richard zur Begrüßung.

Meine Gäste hatten sich gehörig in Schale geworfen und waren extra mit dem Auto zum Hotel gekommen.

Roswitha war völlig aus dem Häuschen und umarmte mich gleich dreimal hintereinander.

»Schön, euch wiederzusehen«, flötete ich und freute mich auf einen unvergesslichen Abend.

Roswitha trug ein schmales Kleid mit bläulich grünem Schimmer, das noch aus einer anderen Modeepoche stammen musste, aber mit ihrer Körpergröße und dem umwerfenden Lächeln zog sie alle Blicke auf sich. Neben ihr stand Richard, in blauem Anzug mit goldenen Manschettenknöpfen.

Die perfekte Kreuzung aus Käpt'n Iglo und Freddy Quinn, schoss es mir durch den Kopf. Abgerundet wurde das Bild durch seine langen Koteletten und ein goldenes Einstecktuch, das aus der Brusttasche seines Jacketts lugte.

»Und ich hatte schon gedacht, ihr kommt in Badeschlappen und Grillschürze«, scherzte ich. Roswitha und Richard lachten, doch Jupp blieb ernst. Sein Outfit stach ein wenig aus dem Ensemble heraus. Der kleine Ausdauersportler trug eine hellgraue Hose, dazu ein gelbes Polohemd. Über die Schultern hatte er sich einen hellblauen Strickpulli geworfen. Flott, flott. Ich nickte anerkennend.

Die blonde junge Kellnerin vom Vortag führte uns zu einem Tisch an der großen Fensterfront. Am Meereshorizont zauberte die Sonne mit ihren Abendstrahlen einen rot-violetten Sonnenuntergang. *Eindeutig zu Ehren Kovanandas*, dachte ich in einem kurzen Anflug von Beseelung.

Nach der quietschbunten Trauerfeier hatte ich den Nachmittag mit Shopping verbracht. Im kleinen Städtchen war ich schnell fündig geworden. Vom Spesenkonto bezahlte ich Kleider, Schuhe, Accessoires und Make-up zu einem bemerkenswerten Preis. Es half schließlich alles nichts: Wenn Bellersen und van Gendt eine authentische Recherche wollten, mussten sie die angemessene Ausstattung ihrer besten Undercoveragentin finanzieren. Von einer Krankenschwester verlangte ja auch niemand, dass sie ihre weißen Kittel selbst bezahlte. Oder doch?

Nach langen Überlegungen hatte ich mich für ein schwarzes Cocktailkleid mit eleganten Pumps entschieden. Meine Haare hatte ich kunstvoll mit kleinen, glitzernden Spangen hochgesteckt, und für das Abend-Make-up zeichnete Rahel verantwortlich. Sie hatte mir am frühen Abend die neuesten Schminktrends per MMS zukommen lassen.

Damit ich nicht wieder in der dunklen Ecke vom Vortag landete, hatte ich einen Tisch mit Meerblick reserviert.

Als wir auf unseren Plätzen saßen, konnte ich es kaum glauben. Die Atmosphäre war überwältigend. Fast hätte ich in Gedanken ein kleines Dankeschön an meinen Chef ausgesprochen. *Einen Toast auf die Arbeit!*

Da Roswitha, Richard und Jupp mich nun bei meinem dritten Inselbesuch erlebten, war ich ihnen eine Erklärung schuldig. Roswitha glaubte noch immer, ich sei eine gestresste Studentin, die mir nichts, dir nichts spontane Kurzurlaube unternahm. Damit meine drei Campingfreunde mir auch weiterhin vertrauten, wob ich die Fäden zusammen und sponn eine Variante, die mich nicht weiter in Verlegenheit bringen würde. Ich erzählte den dreien, ich befände mich in der Vorbereitungsphase meiner Masterarbeit im Fach Medienbiologie. Diese bestünde aus einem Dokumentarfilm über die Invasion fremder Muschelpopulationen im Wattenmeer und deren Auswirkung auf Mensch und Natur. Stolz fügte ich hinzu, die Zeit zu nutzen, um das Umfeld zu erkunden und an einer ersten Drehbuchvariante zu arbeiten.

Bis auf Jupp schien meine Story alle zu beeindrucken. Der Iron-Rentner im Golferkostüm schaute mich skeptisch an.

»Warum hast du uns nicht eher eingeweiht?«, fragte er und klang dabei fast ein wenig beleidigt. »Glaubst du, wir sind zu alt, um das zu verstehen, oder wir würden es gleich auf dem Campingplatz herausposaunen?«

»Natürlich nicht«, sagte ich beschwichtigend. »Ich spreche einfach nicht gern über ungelegte Eier. Außerdem wollte ich euch nicht mit irgendwelchen Details langweilen«, beendete ich meine Ausführungen.

»Kapiere«, flüsterte Kapitänsdouble Richard. »Wir hätten es nicht mal unserem besten Freund Karl erzählt. Camper-Ehrenwort.«

»Der ist ja sowieso nicht da«, zwitscherte Roswitha. Wie schön, dass sie vom Thema ablenkte. Viel mehr Fachwissen aus Biologie und Filmbranche hätte ich nicht auf Lager gehabt.

»Wenn er zurückkommt, kann er sich auf was gefasst machen«, sprang Richard darauf an. »Fährt den lieben langen Tag Karussell, und ich darf den Platz sauber halten.«

»Du vergisst wohl, wer die Grünflächen in Ordnung hält«, fuhr ihm Jupp über den Mund.

Stolz wie Oskar zählten die beiden alle Arbeiten auf, die sie loyal erledigten. Ich staunte, was so alles auf einem Campingplatz anfiel.

»Da kann der gute Karl aber froh sein, dass ihr ihn vertretet«, sagte ich lobend.

»Und ich erst mal«, witzelte Roswitha. »Sonst säßen die beiden den ganzen Tag in unserem Wohnwagen. Gott bewahre!«

Ausgelassenes Gelächter an unserem Tisch.

Ein wunderbarer Zeitpunkt, um zum eigentlichen Grund meiner Einladung zu kommen.

NOTGEIL

Zwei Tage später lag ich abgeschlagen im Jacuzzi. Der Wellnessbereich des *Ambassador* ließ zwar keine Wünsche offen, doch das Full-Time-First-Class-Leben war alles andere als ein Zuckerschlecken. Ich schloss die Augen und sinnierte über die vergangenen Tage.

Bei unserem Abendessen hatte ich Roswitha, Richard und Jupp von dem rundlichen Verfolger mit der Sonnenbrille erzählt und sie um Hilfe gebeten. Falls er noch mal auf dem Campingplatz auftauchte, sollten sie mir Bescheid geben.

»Nächstes Mal schnapp ich ihn mir«, hatte Richard gepoltert und mit der Faust auf den Tisch geschlagen. Dass er dabei seinen Vorspeisenteller zerschmetterte, war ihm sichtlich unangenehm. Roswitha wollte auf der Stelle die Polizei einschalten und hatte mitfühlend meine Hand getätschelt.

Jupp hatte mit detektivischen Qualitäten überrascht, indem er angestrengt aus dem Fenster starrte, sich Notizen machte und dann schlussfolgerte, dass der Mann entweder ein verdeckter Ermittler oder ein Spion aus der Filmbranche sein musste.

Beide Versionen waren Quatsch, doch ich wollte Jupp in seinem Elan nicht bremsen. Neben Piet waren die drei meine wichtigsten Kontaktleute auf der Insel. So klischeehaft wie der Mann mit der Sonnenbrille konnte kein Polizist arbeiten. Echte Cops trieben sich nicht dilettantisch im Gebüsch herum, und sie rannten nicht davon, wenn zwei Campingrentner hinter ihnen her waren. Auch die halbherzige Verfolgungsfahrt auf der Dünenstraße passte nicht zu einem Ermittler.

Nach einem Absacker an der Bar hatte das Trio sich verabschiedet und versprochen, Augen und Ohren offen zu halten. Richard schwor sogar bei der Schutzpatronin der Bergmänner, der heiligen Barbara, den Kerl zu finden. Die Schutzpatronin der gestressten 5-Sterne-Gäste wäre mir lieber gewesen.

Danach war ich zwei Tage lang im Hotel geblieben. Nicht, weil da draußen ein sonnenbebrillter Irrer herumlief, sondern weil ich meiner beruflichen Pflicht nachkommen musste. Zwischen Frühstücksbuffet, Lunch, Teezeit und Abendessen blieb einfach keine Zeit zum Ausruhen. Ich hetzte von einem Termin zum nächsten. Im Literatursalon rezitierte ein Schauspieler Fontane-Gedichte, danach referierte ein Sterne-Koch über die Philosophien von Slow Food und Molekularküche. Nur die Whiskey-Degustation am Vortag hatte ich verpasst, weil ich beim Garderobenwechsel eingeschlafen war.

Geschafft hing ich im kleinen Sprudelbecken und spürte die entspannende Wirkung des warmen Salzwassers.

»Noch ein Vitamin-Cocktail für die Dame?«, fragte ein durchtrainierter Kellner in auffällig hoher Stimmlage.

»Aber nur noch einen«, säuselte ich. »In einer halben Stunde habe ich einen Maniküretermin.«

Schrecklich, wie eng mein Zeitplan getaktet war. Noch eine Schnupperstunde golfen, und man hätte mich wegen echter Burn-out-Anzeichen ins *Kurhotel Seefrieden* zurückverlegen müssen.

Mit dem Glas in der Hand sank ich noch ein bisschen tiefer ins Wasser und überlegte. In zwei Tagen musste ich zurück nach Gütersloh. Bei dem Gedanken an van Gendt, Bellersen und Co. bekam ich trotz Kochtopftemperatur eine Gänsehaut. Meine Texte hatte ich natürlich nicht geschafft. Wie auch? Mir blieb nichts anderes übrig, als Rahel mit einem Shopping-Gutschein von H&M zu bestechen, um fristgerecht liefern zu können.

Alan und ich telefonierten nur kurz. Wenn ich seine Stimme hörte, machte mein Herz einen Freudenklopfer. Leider torpedierte Alan meine Sehnsucht, indem er nicht müde wurde, mich zu fragen, ob ich Piet traf. Seine Eifersucht machte mich wütend, und so erzählte ich ihm natürlich nicht, was Piet mir auf die Mobilbox gesprochen hatte. Er wollte sich unbedingt mit mir in der *Milchbar* treffen, weil es etwas Wichtiges zu besprechen gäbe.

Unter der Wasseroberfläche des heißen Sprudelbads pulsierten zwei Herzen in meiner Brust.

»Hereinspaziert!«

Heiner Koopmann unterbrach meine umnebelten Gedanken. Das musste eine Halluzination sein. Der Hotelchef im Nadelstreifenanzug war schon eine optische Zumutung, doch in Bademantel und Schläppchen übertraf er sich selbst.

Sein Organ hallte ungedämpft durchs Bad. Neben ihm stand ein Mann, ebenfalls im Bademantel, der sich interessiert umblickte. Woher kannte ich sein Gesicht?

»Der Spa-Bereich ist mein ganzer Stolz«, brüllte Koopmann

unnötigerweise. Außer mir war kein Gast zu sehen. Der Kellner verdrehte die Augen und bereitete unaufgefordert zwei Vitamin-Drinks zu.

Hätte ich nicht ein Glas in der Hand gehalten, wäre ich reflexartig untergetaucht. Da hatte Koopmann mich auch schon entdeckt und stolzierte direkt auf mich zu.

Ich lächelte kurz und schloss dann wieder die Augen.

Keine Minute später schwappte das warme Wasser über den Beckenrand und in mein Glas. Koopmann und sein Gast hatten sich ihrer Bademäntel entledigt und waren ohne zu fragen in den Jacuzzi gestiegen.

»Hätte ich gewusst, dass wir in so aparter Gesellschaft sind, hätte ich mich noch rasiert«, scherzte Koopmann.

Igitt. Fast noch abstoßender als die buschige Brustbehaarung fand ich die goldene Kette, die um seinen Hals baumelte.

»Frau Gellert – Herr Stryger – Herr Stryger – Frau Gellert.«

Was machte DER Ben Stryger hier? Als der Schauspieler so in der Tür stand, war mir der Mann zwar bekannt vorgekommen, aber so bekannt?

»Hallo«, sagte ich betont locker. »Und zum Wohl.«

Dann hob ich mein Glas und schlürfte an meinem Trinkhalm. Ben Stryger, bekannt aus Funk und Fernsehen, saß im Whirlpool neben mir. Erst vor wenigen Tagen hatte er eine Charity-Gala moderiert. Das glaubte Rahel mir nie!

Der Kellner servierte meinen Mitbadenden die Drinks und verabschiedete sich wieder hinter seinen Tresen. Heiner Koopmann prostete uns zu. Dann nahm er einen kräftigen Schluck. Im selben Moment verzog er das Gesicht und hustete.

»Willst du uns vergiften?«, schrie er.

»Das ist unser Cranberry-Limetten-Fizz. Gut für die Abwehr«, konterte der Kellner gelassen. Ben Stryger lächelte und testete die Vitaminbombe.

»Lecker«, sagte er dann, nahm genüsslich einen zweiten Schluck und musterte mich.

Ich grinste ihn benommen an, überzeugt, dass die Situation an Skurrilität kaum zu übertreffen war. Bis sich die Tür des Spa-Bereichs ein weiteres Mal öffnete und jemand hereinkam, bei dessen Anblick ich erstarrte.

Der Sonnenbrillenmann!, schoss es mir durch den Kopf. Obwohl der Mann weder Sonnenbrille noch Wollmütze trug, erinnerte er mich an meinen feigen Verfolger. Leicht untersetzt, runde Hamsterbacken. Ich war nicht sicher, ob ich vom heißen Sprudelwasser halluzinierte und mir die Ähnlichkeit nur einbildete, aber der Gedanke setzte mir zu. Wie lange saß ich eigentlich schon in der heißen Wanne? Meine Hände waren bereits schrumpelig, und zu warm wurde mir auch. Ich musste schnellstens verschwinden, sonst würde mir schwarz vor Augen.

»Dann noch einen schönen Tag!«, sagte ich und robbte mich zwischen Koopmann und Stryger zur Treppe vor. Wehe, die beiden glotzten mir beim Aussteigen auf den Po.

»Sie wollen schon gehen?«, fragte Koopmann gereizt. »Ich wollte Sie gerade fragen, ob Sie heute mit meinem Gast und mir zu Abend essen möchten. Wann hat man schon mal das Vergnügen, gleich zwei Leute vom Film zu treffen?«

Ich warf mir den Bademantel über, verbarg mein Gesicht unter dem Handtuch, mit dem ich demonstrativ meine Haare rubbelte und huschte mit gesenktem Kopf am Sonnenbrillenmann vorbei.

»Ein andermal gern. Ich habe leider schon eine Verabredung.«

Vollpension hin oder her. Mein Sterne-Menü musste ausfallen. Nach drei piekfeinen Abenden war ich froh, in Jeans und Pulli in der *Milchbar* zu sitzen. Piet erschien fünf Minuten nach mir und sah irgendwie verändert aus.

Zur Begrüßung beugte er sich vor und hauchte mir einen Kuss auf die Wange. Dabei legte er seine Hand auf meine Schulter und ließ sie über meinen Rücken gleiten.

»Deine Haare sind kürzer«, sagte ich lächelnd. Dass sein Aftershave ähnlich herb wie Alans duftete, behielt ich für mich.

»Ich war vorhin extra beim Friseur«, antwortete er forsch.

»Aber heute ist doch Sonntag.«

»Nicht für Gina und nicht, wenn ihr Notfallkunde Piet heißt.«

Was für ein Hecht.

Wir bestellten eine Flasche Rotwein und gönnten uns frische Pasta. Ich hatte keine Angst, nach dem falschen Besteck zu greifen oder die Tischdecke zu ruinieren.

»Wie lange bleibst du diesmal auf Norderney?«, fragte Piet.

»Bis übermorgen. Mein Flug ist schon gebucht«, antwortete ich mit einem leichten Bedauern in der Stimme.

»Schade. In dieser Woche braucht mein Vater den Flieger. Sonst hätte ich den Transfer gern noch einmal übernommen.«

Bei diesem Satz sah Piet mir tief in die Augen. Dann schenkte er nach. Irgendwie lief unser Gespräch etwas schleppend. Das musste ich ändern.

»Was wolltest du mir denn Wichtiges mitteilen?«, fragte ich direkt.

»Das sage ich dir erst, wenn du mir erzählst, welcher Job dich innerhalb weniger Wochen drei Mal nach Norderney verschlägt. Bis in zwei Wochen halte ich das nicht mehr aus. Ich verrate es auch niemandem.«

Ging das wieder los. Aber bitte. Seit ich bei meiner Begegnung mit Koopmann die Königsidee gehabt hatte, war ich gewappnet. Mein Filmalibi gefiel mir mittlerweile so gut, dass ich es beinahe selbst glaubte.

Mit dieser Erklärung hatte Piet offenbar nicht gerechnet, denn für einen winzigen Moment verschlug es dem sonst so Redegewandten die Sprache. Nickend schenkte er noch mal nach, und wir stießen auf mein *kleines Geheimnis* an. Plötzlich schien ihm etwas einzufallen.

»Ich habe gehört, Ben Stryger sei auf der Insel. Wetten, der wohnt auch im *Ambassador*.«

»Keine Ahnung«, antwortete ich und stellte mich dumm. Piet fand das Thema so spannend, dass er gleich weiterspann und sich ausmalte, wie ein Blockbuster auf Norderney gedreht würde.

»Das wär doch mal 'ne Story: Böse Aliens sind vor der Insel gelandet und wollen die Menschheit vernichten. Doch sie haben nicht mit uns cleveren Insulanern gerechnet. Am Ende retten die Norderneyer die Welt.«

Ich war mittlerweile so angetrunken, dass ich mich auf das Spielchen einließ.

»Total unrealistisch«, fachsimpelte ich. »Szene 1: Brad Pitt surft am Nordstrand. Eine große Welle erfasst ihn und wirft ihn an Land. Als er zu sich kommt, kann er sich an nichts erinnern.«

»Frauenphantasie«, lallte Piet kopfschüttelnd. »Und auch unrealistisch.«

»Find ich nicht«, entgegnete ich bockig. »Stell dir das einfach mal vor. Wenn Brad Pitt käme, müsste natürlich auch der

Rest seiner Riesensippschaft untergebracht werden. Und wo ginge das besser als im Familienhotel *Nykamp*?«

Mir entfuhr ein unkontrolliertes Kichern. Piet schien sich ernsthaft mit dem Gedanken auseinanderzusetzen. Gegen einen Besuch von Angelina Jolie hatte er nichts einzuwenden.

»Auf Nollywood«, rief ich lachend und bestellte die nächste Flasche.

Gerade als wir die nächste Story ausspponnen und darüber nachdachten, wie George Clooney in einer romantischen Komödie als Geschäftsführer einer Coffee-to-go-Kette das *Café Marienhöhe* übernehmen will und Julia Roberts als couragierte Konditorin sich ihm in den Weg stellt, bis er ihrem Charme erliegt, klingelte mein Handy.

»Hallo, George?«, sagte ich mit schwerer Zunge.

Piet grinste mich an. Dann genehmigte er sich noch einen großen Schluck Wein und schloss die Augen.

»Geht's dir gut?«, fragte ein besorgter Alan am anderen Ende.

»Bestens«, antwortete ich wahrheitsgetreu.

»Bist du betrunken?«

»Ach, woher denn?«

»Das müsstest du mir schon sagen. Weißwein? Rotwein? Grog?«

Alan klang nicht halb so gut gelaunt wie ich.

»Könnte wohl am leckeren Rotwein liegen. Was gibt's denn?«, fragte ich nach.

»Eigentlich wollte ich dir etwas erzählen.«

Was war bloß mit den Männern los? Mussten sie immer in Andeutungen sprechen?

»Dann schieß mal los«, gluckste ich.

»Nö, lass mal. Das mache ich lieber, wenn du wieder nüchtern bist. Kannst dich sonst eh nicht mehr dran erinnern. Es geht um uns beide. Auf ein Lallgespräch hab ich keine Lust.«

»Jetzt krieg dich mal wieder ein«, wollte ich sagen, doch stattdessen brachte ich nur einen blubbernden Rülpser heraus. Alans Kleinlichkeit war völlig fehl am Platz. Ich war zwar leicht angesäuselt, aber mein Verstand war so klar wie Glas – na ja, vielleicht wie Milchglas.

»Dann feier noch schön«, sagte Alan abschließend. »Mit wem geht es denn gerade so hoch her?«

»George Clooney und Julia Roberts, hihi.«

Klick.

Ob wir zwei oder drei Flaschen Wein getrunken hatten, wussten wir nicht mehr. Auch nicht, wie viele Inselschnäpschen. Nachdem Piet einen lauten Lacher angesichts der Rechnung von sich gegeben und sie dann trotzdem bezahlt hatte, torkelten wir nach draußen.

Ein kalter Herbstwind blies uns um die Ohren.

»Zu dir oder zu mir?«, fragte Piet lallend.

»Du spinnst wohl«, brüllte ich mit aller mir möglichen Entrüstung.

»Aber zum Hotel bringe ich dich. Du kannst ja nicht mehr gerade gehen.«

»Du auch nicht.«

Die Arme fest miteinander verankert, schlenkerten wir durch den Ort. Als wir vor dem *Ambassador* standen, starrte Piet auf den Eingang.

»Willkommen beim Erzfeind«, witzelte ich.

»Wenn meine Eltern mich jetzt sähen«, gab Piet grinsend zurück, »würden sie mir drei Jahre Hausarrest geben.«

»Das wollen wir doch nicht provozieren.«

»Warum eigentlich nicht?«

Piet zog sich die Kapuze über den Kopf, legte einen Arm um mich und schob mich durch die Drehtür.

Hinter der Rezeption saß ein Mann und blätterte in einer Zeitschrift. Als er uns sah, sprang er auf und grüßte freundlich. Piet senkte den Kopf und hielt sich die Hand vor den nicht gähnenden Mund. Ich grüßte freundlich zurück und wünschte noch einen schönen Abend.

»Herrenbesuch ist hier bestimmt nicht erlaubt«, flüsterte Piet im Treppenhaus.

»Den Portier hab ich hier noch nicht gesehen. Er denkt bestimmt, dass wir ein ganz normales Gästepärchen sind.«

»Schöne Vorstellung«, antwortete Piet und nahm lächelnd die Kapuze vom Kopf.

Vor meiner Zimmertür blieben wir stehen. Ich nestelte in meiner Tasche herum und kramte die Schlüsselkarte hervor. Warum traf ich den verdammten Schlitz nicht?

»Lass mich mal. Ich bin vom Fach«, sagte Piet und schaffte es im fünften Anlauf, die Karte durch das Schloss zu ziehen. Mit einem leisen Summen öffnete sich die Tür.

»Sag mal, wie willst du eigentlich unauffällig wieder hier rauskommen?«

NO-GO

Als es klopfte, wusste ich im ersten Augenblick nicht, wo ich war. Draußen war es bereits hell.

Okay.

Ich lag nackt in meinem Hotelbett.

Auch okay.

Neben mir schnarchte Piet.

NICHT okay!

Das Klopfen ging in ein Pochen über und hatte einen ähnlichen Rhythmus wie das hämmernde Dröhnen in meinem Schädel.

Während ich mich aufrichtete, versuchte ich mich zu erinnern. Piet hatte meine Zimmertür aufbekommen. Wir hatten uns aufs Bett gesetzt und gequasselt. Plötzlich hatte Piet einen Piccolo aus der Jacke gezogen. *Gibt's was zu feiern?*, hatte ich gefragt. *Ich habe mich in dich verliebt*, hatte Piet einfach so verkündet.

Heiliger Strohsack, was war danach passiert? Bis zu diesem Moment kannte ich Filmrisse nur aus Erzählungen meiner Freunde.

Das Pochen ging in gezielte Schläge gegen die Tür über.

»Momehent«, krächzte ich völlig verwirrt. Wie hörte sich bloß meine Stimme an?

Wenn Piet und ich etwas angestellt hatten, müsste ich mich doch daran erinnern. Hektisch schnappte ich mir ein Stöffchen, das auf meiner Bettdecke lag und sprang aus dem Bett. Eindeutig Piets Hemd. Ich warf es über und scannte das Zimmer. Wo war mein Slip?

Dreifaches Pochen.

Auf dem Sofa entdeckte ich ihn und schlüpfte hinein.

Na klasse, das *Bitte-nicht-stören-Schild* hing nutzlos innen an der Tür. Wofür gab es diese Teile überhaupt, wenn sie in wichtigen Augenblicken nicht dort waren, wo sie hingehörten? Piet lag reglos im Bett und muckte sich nicht. Mit einem betont verschlafenen *Ja, bitte?* öffnete ich die Tür einen winzigen Spalt und schaute geradewegs in Heiner Koopmanns strahlende Augen.

»Eine Einladung zum Frühstück«, zwitscherte der Hotelboss und versuchte einen Blick auf meine knappe Garderobe zu erhaschen. Reflexartig knallte ich die Tür zu und schnappte nach Luft.

Grundgütiger.

»Hallöchen?«, vernahm ich Koopmanns dumpfe Stimme von draußen. Dann ein weiteres, energisches Hämmern.

Ich musste ihn schnellstens abwimmeln und drückte erneut die Klinke herunter. Diesmal ließ ich den Türspalt noch schmaler und schielte nur mit einem Auge hindurch.

»Tut mir wirklich leid, Herr Koopmann«, flüsterte ich und knetete mit den Fingern meine Stirn. »Migräne.«

Etwas anderes als der Ausredeklassiker fiel mir auf die Schnelle nicht ein.

Prompt veränderte sich Heiner Koopmanns Gesichtsausdruck. Das schmierige Grinsen verschwand, und seine Augen verengten sich. Aus dem Flur drang das holzige Aroma seines Altherren-Duftes zu mir vor.

»Migräne. Das tut mir aber leid«, sagte Koopmann scharf und stellte einen Fuß in die Tür. Ich drückte von innen dagegen. Diese Frühstückseinladung war aber nicht die feine, ostfriesische Art.

»Hören Sie, Herr Koopmann«, sagte ich bestimmt. »Sonst immer gern. Wie wäre es mit morgen, vor meinem Rückflug? Ein gemütliches Abschiedsfrühstück mit Ihnen wäre toll.«

Ich versuchte es mit einem reizenden Lächeln, obwohl ich ihm am liebsten mit voller Wucht auf den Fuß gesprungen wäre.

»Heiner Koopmann ist es nicht gewohnt, eine Abfuhr zu erhalten«, sagte der Hotelchef barsch.

Ging das mit der dritten Person schon wieder los?

»Es ist bereits der zweite Korb, den Sie ihm geben.«

»Das liegt einfach daran, dass Trixi Gellert etwas gegen Überfallkommandos hat«, entgegnete ich. Jetzt musste ich mich aber wirklich zusammenreißen.

»Koopmann ist für seine großzügigen Überraschungen bekannt«, legte mein Gegenüber nach. »Wussten Sie das nicht?«

»Nein. Das wusste ich nicht«, sagte ich patzig.

»Aber ich«, hörte ich plötzlich Piets heisere Stimme hinter mir rufen.

Ich schreckte herum. Piet kletterte nackt und völlig verkatert aus dem Bett.

»Erst spielt Koopmann den Gentleman und dann ...«

»Wusste ich es doch! Bei Ihnen hat jemand übernachtet!«, brüllte der Hotelchef und stieß mit einem Ruck die Tür auf. Ich taumelte nach hinten und schlug mit dem Rücken gegen die Wand. Als Koopmann Piet entdeckte, erstarrte er.

Wie in einem Westernduell standen die Erzrivalen sich gegenüber. Auf der einen Seite der abgehalfterte Schuft mit gepunktetem Einstecktuch – auf der anderen der smarte Held im ansehnlichen Adamskostüm. Zum Glück zog keiner der beiden eine Knarre. Das wäre eindeutig zu Piets Ungunsten ausgegangen.

Es dauerte nur wenige Sekunden, bis alle realisierten, was sich gerade hier abspielte.

Koopmann war der Erste, der die Sprache wiederfand.

»Ich gebe Ihnen fünfzehn Minuten, das Hotel zu verlassen.«

»Sehr gern«, antwortete Piet und suchte seine Klamotten zusammen.

»Ich meine Sie beide«, fügte Koopmann hinzu.

»Was für ein kleinlicher Wicht«, schimpfte ich laut in mein Handy. Ich saß mit Sack und Pack in einem Taxi zum Flugplatz und verschaffte mir Luft. Am anderen Ende hörte Florence sich geduldig meine Tiraden an.

»Ich habe Koopmann gesagt, wie erbärmlich ich sein Verhalten finde. Für den Zimmerpreis hätte nicht nur ein weiterer Gast bei mir übernachten können, sondern eine ganze Fußballmannschaft. Dass der sich so anstellt. Piet hat doch nur ein Nickerchen bei mir gemacht.«

»*Mais*, Trixi«, unterbrach mich Florence. »Du weißt schon, dass man niemanden unangemeldet mit auf sein Zimmer nehmen darf, *n'est-ce pas?*«

Schlug Florence sich etwa auf die Seite des Fieslings? Wenigstens fragte sie nicht nach dem Grund für Piets Asyl?

»Koopmann war völlig aufgebracht und faselte etwas von Hoteliersehre, Verrat und Nachspiel. Nur weil ein Nykamp sein Heiligtum betreten hat.«

Noch während Piet und ich unsere Klamotten zusammengepackt hatten, waren wir aneinandergeraten. Piet meinte, alles sei nur halb so schlimm und fand die kleine Provokation durchaus gelungen. Ich wollte wissen, was zwischen uns gelaufen war. Daraufhin hatte Piet nur ein süffisantes Lächeln gezeigt und sein Hemd zurückgefordert.

Ohne lange zu überlegen, hatte ich beschlossen, die Insel so schnell wie möglich zu verlassen, obwohl mein Rückflug erst für den nächsten Tag reserviert war.

Nach meinem Anruf bei Florence wählte ich Frau Heysters Nummer.

»Gellert hier, guten Morgen«, sagte ich mit gedämpfter Stimme. Der Taxifahrer drehte sich kurz zu mir um.

»Wie geht es Ihnen?«, fragte Frau Heyster gewohnt professionell.

»Gar nicht gut«, antwortete ich bedrückt. »Leider muss ich einen Tag früher abreisen. Könnten Sie bitte schnellstmöglich meinen Rückflug auf heute umbuchen?«

»Wieso denn?«

»Ein Todesfall. In der Familie. Eine Tante mütterlicherseits. Ich habe eben die Nachricht bekommen und muss heute noch nach Bielefeld fliegen.«

Zur Sicherheit legte ich noch einen Schluchzer nach. Der Taxifahrer schüttelte den Kopf.

»Oh Gott, mein Beileid«, sagte Frau Heyster und klang ernsthaft besorgt. »Ich werde sehen, was sich machen lässt und Sie gleich zurückrufen.«

Frau Heyster war eine wahre Buchungsgranate. Ich hatte keine Ahnung, wie sie es hinbekam, aber nur eine Stunde nach meinem Anruf saß ich in einer Maschine.

Um kurz vor drei öffnete ich die Tür zu meiner Wohnung. Auf dem Flug hatte ich versucht, alle Erlebnisse Revue passieren zu lassen, war aber aufgrund massiver thermischer Störungen gescheitert. Ich stellte meinen Koffer in der teppichfreien Ecke meines Flurs ab und fühlte mich elend. Der Rauswurf aus dem *Ambassador* war zwar ärgerlich, würde in meiner Reisechronik aber nirgendwo auftauchen. Van Gendt ging mein kleines Missgeschick schließlich nichts an. Mehr als ein verpasster letzter First-Class-Wellness-Tag beschäftigte mich die Nacht mit Piet. Wie konnte ich mein Gedächtnis aktivieren? Ich konnte mich nicht einmal an einen Kuss erinnern. Mir blieb nichts anderes übrig, als mir Unschuld zu attestieren. Wo keine Erinnerung, da auch kein Seitensprung. Basta.

Am Abend hatte ich die Erlebnisse des Tages erfolgreich verdrängt und beschloss, Alan mit meiner verfrühten Ankunft zu überraschen. Ich packte eine Flasche Rotwein in meine Tasche und radelte los. Bis zu seiner Wohnung fuhr ich eine halbe Stunde. Warum kam mir die Stadt auf einmal so fremd vor? Es fühlte sich an, als wäre ich drei Wochen fort gewesen. Um halb acht stand ich vor Alans Tür und klingelte. Sein Wohnzimmerfenster war hell erleuchtet, woraufhin mein Herzschlag einen Zahn zulegte. Natürlich war ich neugierig auf das, was er mir so dringend erzählen wollte. Außerdem beschlich mich das Gefühl, ihn mehr vermisst zu haben, als ich erwartet hatte. Piet konnte mir gestohlen bleiben. Mit seinem stümperhaften Verführungsversuch konnte er vielleicht 16-Jährige rumkriegen, aber nicht Trixi Gellert.

Erst nach dem dritten Klingeln summte der Türöffner. Ich holte tief Luft, marschierte ins Haus und sprang die Stufen bis in die zweite Etage hoch.

»Na endlich«, hörte ich eine Frauenstimme rufen.

In der Wohnungstür stand Cilia mit einem Fünfzig-Euro-Schein in der Hand.

Mir blieb nicht nur die Spucke weg, sondern auch die Sprache.

»Oh. Hallo, Trixi«, stammelte Cilia. »Ich dachte, du wärst der Pizzabote.«

Irgendetwas an dieser Szene kam mir bekannt vor.

Wenn jetzt noch Alan hinter Cilia auftauchte – so wie Piet nach Koopmanns Klopfattacke hinter mir aufgetaucht war, wäre das Déjà-vu fast perfekt. Ich schluckte nur kurz und ließ es nicht so weit kommen.

»Na dann, guten Appetit«, murmelte ich wie in Trance, machte auf dem Absatz kehrt und rannte die Treppen wieder hinab. Draußen schloss ich mein Rad auf und zog die Weinflasche aus der Tasche. Gerade als ich sie mit voller Wucht auf die Straße schmetterte, hörte ich Alan meinen Namen rufen.

NULLNUMMER

Das, was ich in den letzten Tagen erlebt hatte, ging auf keine Mammuthaut. Nach einer schlaflosen Nacht saß ich mit Maulwurfsäuglein in van Gendts Büro. Trotz schlechtester Laune hatte ich mir einen glaubhaften Plan zurechtgelegt, der da lautete: Die Reise war ein voller Erfolg gewesen, mein verheultes Gesicht hatte ich dem Todesfall mütterlicherseits zu verdanken, und die Texte waren in Arbeit. Ich wollte diesen Termin einfach nur hinter mich bringen, dann eine Stunde joggen und in Ruhe darüber nachdenken, ob ich auf Alans fünf Anrufe und acht SMS reagieren sollte.

»Mein Beileid, Frau Gellert«, begrüßte mich mein spitznäsiger Kollege.

Es fiel mir nicht schwer, ein Anstandslächeln zu unterdrücken. Nicht mal, als er sich setzte und seine Krawattenspitze in die volle Kaffeetasse fiel. Völlig unbeeindruckt zog er das tropfende Ende heraus, nahm es in den Mund und saugte kurz daran. Anschließend kramte er ein Taschentuch aus der Schreibtischschublade und tupfte den Stoff ab.

»Wann ist denn die Beerdigung?«

»Ähm, Freitag«, stotterte ich und starrte auf den braun befleckten Schlips. »Am späten Vormittag.«

»Stand die Tote Ihnen nahe?«

»Ja, sehr. Sie war meine Patentante. Gerade mal fünfzig ist sie geworden. Aber lassen Sie uns lieber über die Arbeit sprechen, sonst muss ich gleich wieder weinen.«

Meine Güte, eine Fragestunde hatte ich nicht geplant.

»Sie haben recht«, pflichtete van Gendt mir bei. Dabei lehnte er sich nach hinten und verschränkte die Arme vor der Brust. »Ehrlich gesagt, sind mir die Schicksale der Familienangehörigen meiner Kollegen ziemlich egal. Dann schießen Sie mal los.«

Van Gendts Arroganz löste in mir ein noch stärkeres Abwehrgefühl als sonst aus. Genervt ließ ich mich ebenfalls gegen meine Stuhllehne fallen und verschränkte die Arme.

»Was soll ich sagen? Mein Aufenthalt im *Hotel Ambassador* war erfolgreich.«

»Erfolgreich – inwiefern?«

Er legte den Kopf schief und zog gleichzeitig eine Augenbraue hoch. Auf seiner Glatze spiegelte sich das Licht der Deckenlampe. Van Gendts Mienenspiel gefiel mir genauso wenig wie seine alberne Gegenfrage. Auf das übliche Geplänkel konnte ich bei meinem Gemütszustand verzichten.

»Hören Sie, Herr van Gendt. Ich habe alle Aufgaben erledigt und mit der Ausarbeitung der Texte begonnen. Sonst noch was?«

»Welche Aufgaben waren das denn genau?«

Moment mal.

»Sie kennen unser Projekt doch ebenso gut wie ich – das hoffe ich jedenfalls«, antwortete ich spöttisch. »Schauen Sie doch einfach in Ihre Unterlagen.«

Ich erhob mich, um das Gespräch zu beenden. Noch eine

van Gendt'sche Provokation, und mir wäre das tödliche Schicksal meines Projektpartners egal gewesen.

»Welche AUF-GA-BEN?«, wiederholte er langsam.

Ich spürte, wie meine Lippen zu zittern begannen.

»Wie Sie wollen«, sagte ich bockig. »Ich habe die Unterkunft und den Service bewertet und sämtliche Freizeit- und Wellness-Angebote des Hauses getestet. Zufrieden?«

»Wellness-Angebote. So, so.«

Irgendetwas an seinem Tonfall war anders als sonst. Seine Stimme klang stichelnder. Prompt setzte er noch einen drauf.

»Und dass Sie mich belügen, gehört auch zu Ihren Aufgaben?«

Hä? Ich verstand gar nichts mehr und zuckte mit den Schultern.

»Es gibt keine Beerdigung. Ich habe Alan gefragt. Er wusste von keinem Todesfall. So etwas nennt man Vortäuschung falscher Tatsachen.«

Heiliger Strohsack. Daran hatte ich gar nicht gedacht. Für einen Sekundenbruchteil verzog sich der Mund meines Gegenübers zu einem Grinsen.

»Also, meine liebe Trixi. Mit Ihrem Verhalten haben Sie unser Vertrauensverhältnis zerstört. Frau Heyster kann Ihre Lügengeschichte ebenfalls bezeugen, da sie Ihren Flug umbuchen musste. Wenn Sie glauben, uns an der Nase herumführen zu können, täuschen Sie sich. Ich bin mir sicher, Bernhard Bellersen wird meine Ansicht teilen und denke, es ist das Beste, wir beenden, auch in Ihrem Interesse, unsere Zusammenarbeit an dieser Stelle. Sie wollen doch nicht, dass noch mehr Ihrer laienhaften Arbeitspraktiken publik werden. Reise Nummer vier brauchen Sie nicht mehr anzutreten. Ich werde alles Nötige veranlassen.«

Jetzt aber halblang. Meine kleine Notlüge war schließlich kein Kündigungsgrund. Van Gendt konnte mich nicht ungefragt aus dem Projekt werfen. Es wurde Zeit für ein ernstes Wörtchen.

»Mein lieber Robert«, platzte es aus mir heraus. »Ihr Machtspiel können Sie sich sparen. Alan weiß nichts von dem Trauerfall, da zwischen uns gerade Funkstille herrscht. Dafür weiß ich, dass Sie mich loswerden wollen. Bellersen hat Ihr Projekt auf Eis gelegt, und Sie ertragen es nicht, dass jemand besser ist als Sie. Wer hat denn die ganze Arbeit geleistet, während Sie für dieses Projekt bisher keinen Ihrer gepflegten Finger gekrümmt haben? Wenn Sie zur Abwechslung auch mal arbeiten würden, dann, dann ...«

Bevor ich meinen Satz beenden konnte, war van Gendt aufgesprungen. Mit voller Härte schlug er die Faust auf den Tisch und beugte sich zu mir vor. Dabei baumelte seine Krawatte wieder über der Tasse.

»SIE werfen MIR Unfähigkeit vor?«, schrie er schnaubend.

»Unfähigkeit nicht gerade«, setzte ich ihm entgegen. »Ich würde es eher Arbeitsscheu nennen.«

»Dass ich nicht lache.«

Van Gendt stieß ein verächtliches Grunzen aus und war nicht zu stoppen.

»Sie haben doch nicht die leiseste Ahnung von der Verlagsarbeit. Was tun Sie denn schon? Fahren auf Verlagskosten an die Nordsee, belügen mich von vorn bis hinten und treiben es mit einem Insulaner!«

»Insu- was?«, entfuhr es mir. »Wer hat das gesagt?«

»Heiner!«

Genau in diesem Moment verpuffte die ganze Energie, die das elegante Redaktionsbüro erhitzt hatte. Van Gendts Gesichtsröte verschwand, und mir fiel die Kinnlade runter. Ich brauchte einige Sekunden, um zu begreifen, welche Bedeutung das kleine Wörtchen *Heiner!* hatte, das da gerade aus ihm herausgesprudelt war.

Wie durch ein Wunder stand meiner vierten Reise nichts mehr im Weg. Robert van Gendt, seines Zeichens selbstgerechter Redaktionsleiter, hatte sich praktischerweise selbst entlarvt. Nach seinem kleinen Versprecher hatte er zugegeben, dass meine gesamte First-Class-Tour ein abgekartertes Spiel gewesen war. Heiner Koopmann gehörte zu van Gendts besten Golfkumpels. Als ein geeignetes Sternehotel gesucht wurde, fiel die Wahl nicht ohne Zufall auf das *Ambassador*. Ich begriff, warum van Gendt von vornherein die Hintergrundarbeit unseres Projektes übernehmen wollte. Seine nächste private Golfspritztour war bereits finanziert. Auch Koopmanns Verhalten machte plötzlich Sinn. Der alternde Schönling hatte sich nicht für mich interessiert, sondern für eine entsprechende Hotelbewertung in einem Reiseführer. Auf meine Nummer mit der Drehbuchautorin war er aus reiner Spielfreude eingestiegen.

Aus dieser vertrackten Situation heraus waren van Gendt und ich uns schnell einig geworden. Dafür, dass ich sein *Geheimnis unter alten Freunden* für mich behielt, wurde meine Trauerlüge als Bagatelle ad acta gelegt. Ich durfte die vierte Reise antreten – und zwar zu meinen Bedingungen.

»Wie lange sind wir mit dem Wohnmobil unterwegs?«, fragte Rahel, als ich ihr am Nachmittag von meinem Plan erzählte.

»Das hängt davon ab, wie schnell Gerd fährt«, antwortete ich zwinkernd.

Ich saß auf meinem Stammplatz in Florences und Gerds Wintergarten und versuchte bei einer Tasse Tee meine Gedanken zu ordnen. Nach meinem Gespräch mit van Gendt hatte ich sofort den Verlag verlassen. Nicht zuletzt, um eine Begegnung mit Alan zu vermeiden. Danach war ich eine Stunde an der Dalke entlanggejoggt und hatte den Einkauf erledigt.

Doch alle Ablenkungsmanöver halfen nichts. Ich war zerknirscht, und Florence hatte es mir sofort angesehen.

»*Ma chère*«, versuchte sie mich aufzumuntern. »das mit Alan wird sisch schon wieder einrenken. Isch weiß, dass er disch liebt.«

Sie reichte mir ein Stückchen Eierlikörkuchen und lächelte zuversichtlich. Dass sie mit ihrer Theorie dieses Mal ausnahmsweise falschliegen könnte, wagte ich nicht zu äußern.

Rahel hatte sich mein Smart Phone geschnappt und spielte irgendein hektisches Spiel. In einer kleinen Pause schaute sie grübelnd auf.

»Wie bist du eigentlich drauf gekommen, dass wir vier zusammen fahren?«

»Nach dem Familienhotel, der Kurreise und der First-Class-Tour fehlt nur noch der Campingurlaub«, antwortete ich. »In meinem Vertrag steht nichts davon, dass ich allein reisen muss. Frau Heyster hatte zwar schon ein Hauszelt für mich reserviert. Doch heute konnte ich van Gendt davon überzeugen, dass es den Verlag günstiger kommt, wenn ich mit euch fahre.«

Florence und Gerd schauten sich fragend an. Rahel grinste.

»Na, wenn der Verlag wirklich sparen wollte, hätte er dich in ein Igluzelt gesteckt.«

Schlauberger Rahel fand aber auch auf alles eine Antwort. Als sie aus der Schule gekommen war, hatte ich sie mit dem Reisevorschlag völlig überrascht. Am Wochenende fingen die

Herbstferien an, und Rahel hatte nicht eine Sekunde gezögert, mit ihrer Tante und zwei rüstigen Senioren auf Reisen zu gehen.

»Sag mal, wie läuft es denn mit Gustav?«, fragte ich sie.

»Kannste vergessen«, entgegnete sie knapp und hämmerte auf dem Handy herum.

»Bist du sicher?«, hakte ich nach. »Ich finde, man sollte jedem eine zweite Chance geben.«

»Musst du gerade sagen.«

»Das stimmt«, sagte Florence und ging zur schweren Holzanrichte. Dann nahm sie das Telefon aus der Halterung und hielt es mir unter die Nase. »Isch finde, du solltest mit eine gute Beispiel vorange'en. Du kannst Alan doch nischt so im Regen ste'en lassen. Vielleischt ist an die Geschischte mit dieser Praktikantin gar nischts dran.«

Ich nahm den Hörer und starrte auf die kleinen Löcher im Sprechteil. Mein Herz pumpte so schnell, dass ich Angst hatte, es könnte aussetzen.

»Los, trau dich«, funkte Rahel grinsend dazwischen. »Wie war das noch mit der zweiten Chance?«

Es war kurz vor fünf. Dienstags machte Alan meistens früher Feierabend, da er pünktlich beim Radtraining sein musste. Wenn ich Glück hatte, war er schon auf dem Weg dorthin und hatte keine Zeit. Ich öffnete die Tür zum Wintergarten, trat auf die Terrasse und wählte seine Handynummer. Hinter der Fensterscheibe standen Florence, Gerd und Rahel und gaben mir mit einer Daumen-hoch-Geste Beistand.

»Tivendale.«

Als ich Alans Stimme hörte, wurde mir schwindelig. Ich fühlte, wie das pochende Herz zu allem Überfluss auch noch zu schmerzen begann.

»Ich bin's«, sagte ich so gefasst wie möglich.

»Oh«, lautete Alans Antwort. Bevor er weitersprach, machte er eine Pause. Ich meinte, ihn schlucken zu hören.

»Die Telefonnummer kenne ich gar nicht. Wo bist du gerade?«

»Florence und Gerd«, sagte ich.

Auf der Terrasse wehte ein kühler Wind und ich fröstelte.

»Aha.«

Warum war Alan so kurz angebunden? Er hatte mich gestern Abend doch mit Anrufen bombardiert. Wenn es etwas zu sagen gab, konnte er jetzt gern loslegen. Doch auf der anderen Seite blieb es still.

»Du hast gestern versucht, mich zu erreichen«, sagte ich und merkte, wie steif meine Stimme klang. So förmlich hatten wir nicht einmal bei unserer ersten Begegnung miteinander gesprochen.

»Habe ich.«

Unter meine Wiederhörensfreude mischte sich plötzlich Wut. Wenn er sich bei mir entschuldigen wollte, wurde es langsam Zeit. *Komm schon, Alan*, lag es mir auf der Zunge.

»Was wolltest du mir denn sagen?«, fragte ich nach und versuchte einen versöhnlichen Tonfall.

»Willst du es wirklich wissen?«

»Natürlich, sonst hätte ich doch nicht angerufen.«

Ein inneres Zittern erfasste meinen Körper. Ich umklammerte den Hörer.

»Na schön. Ich wollte dir sagen, dass du die Situation im Hausflur total missverstanden hast, und dass zwischen Cilia und mir nichts läuft. Gar nichts, *niente*, *nothing*. Wenn du nicht wie eine Dramaqueen weggerannt wärst, hättest du gesehen, dass auch noch Tim, Pia, Rebecca und Matthias bei mir waren. Wir haben uns zum Videoabend getroffen und Pizza bestellt. Ich wusste doch nicht, dass du früher zurückkommst.«

Sein Satz traf mich wie ein rostiger Speer. Ich hatte Alan Unrecht getan. Mein Herz versuchte es mit einem kleinen Hoffnungshopser.

»Warum hast du mir das nicht geschrieben? In deinen SMS stand nur: Ruf mich zurück.«

»Weil ich es dir gern selbst sagen und dich treffen wollte. Und bis heute früh hätte ich das auch getan.«

»Heute früh?«, fragte ich unsicher.

»Da hat van Gendt mich gefragt, ob ich etwas von einem Todesfall in deiner Familie weiß.«

»Ach so«, sagte ich beschwichtigend und fühlte mich augenblicklich besser. »Das war ein ganz blödes Missverständnis. Wenn du möchtest, komm ich gleich zu dir nach Hause und wir sprechen über alles.«

»Das kannst du dir sparen«, entgegnete Alan harsch. »Van Gendt hat mir dann nämlich den wahren Grund deiner verfrühten Abreise aus dem *Hotel Ambassador* erzählt. Ich denke, der heißt Piet.«

NEBELHORN

Zweite Chancen konnten mich mal.

Ich saß auf meinem gepackten Koffer und starrte aus dem Fenster. In der Hofeinfahrt flitzte Florence pausenlos vom Haus zum Wohnmobil und zurück. Rahel half ihr beim Verstauen der Lebensmittel, und Gerd prüfte den Ölstand des Reisemonsters.

Nach meinem frustrierenden Telefonat mit Alan herrschte komplette Funkstille zwischen uns. Zwar hatte ich noch einen Anlauf unternommen und Alan Nachrichten wie *Mit Piet war überhaupt nichts!*, *Glaub van Gendt kein Wort!* und *Wie wär's mit einer Radtour? Ich setze auch einen Helm auf.* hinterlassen, doch Alan war stur geblieben und hatte sich vier Tage lang nicht gemeldet.

Meine letzte Dienstreise nach Norderney musste ich antreten, ohne mich von ihm zu verabschieden. Im Gegensatz zu Rahel, die ihren Liebeskummer längst verdaut zu haben schien, hatte ich kaum geschlafen, mich nur von Knäckebrot ernährt und nicht mal Lust zum Joggen gehabt.

Ein durchdringendes Hupen riss mich aus meinen Gedanken. Ich schnappte den Koffer, verriegelte die Wohnungstür und schlurfte nach unten.

»Hey, Trixi«, rief Gerd. »Komm in die Hufe. Wir wollen doch nicht die letzte Fähre verpassen.«

»*Vite, vite*«, kommandierte Florence mich ins Wohnmobil. Sie strahlte wie ein junges Mädchen und hatte sich frische Astern ins Haar gesteckt.

Als ich die Stufen hinaufkletterte, musste ich schmunzeln. Rahel und Florence hatten das gesamte Interieur wie einen karibischen Karnevalswagen geschmückt. Girlanden und Riesenblüten zierten die Decken und Wände. Aus den Lautsprechern drangen hallende Steeldrums.

»Was tut man nicht alles, um dich auf Trab zu bringen?«, scherzte Rahel und räumte einen Stapel neongrüner Trinkhalme in einen Schrank. »Cocktails mixen wir aber erst, wenn wir da sind«, sagte sie kichernd.

Florence brachte ein Körbchen mit frischen Blüten und Limetten.

»Zeit, uns zu verabschieden«, sagte sie lachend und zeigte nach draußen. Für einen kurzen Moment dachte ich, Alan stünde vor der Tür, doch es waren nur meine Schwester Betty und ihre Bastelfreundin Sibylle.

Betty stand wie immer die Übermüdung ins Gesicht geschrieben. Ob sie neidisch war, dass sie keinen Urlaub hatte und mit ihrer schrulligen Mitbewohnerin Haus und Hof hüten musste? Sibylle war, ebenfalls wie immer, aufgedreht und hatte ein Wolltäschchen um den Hals hängen.

Rahel, Florence und ich kletterten aus dem Wagen und begannen mit der Abschiedszeremonie.

»Fahrt vorsichtig«, ermahnte uns Sibylle. »Und treibt's nicht zu dolle auf der Insel.«

Wer hatte sie denn gefragt?

»Ich weiß, es fällt dir schwer«, sagte Betty müde. »Aber bitte hab ein Auge auf Rahel. Du bist ihre Tante, und ich übertrage dir jetzt die Verantwortung.«

»Kein Problem«, antwortete ich und warf Rahel einen vielsagenden Blick zu. »Ich pass schon auf. Eine gewissenhaftere Aufsichtsperson als mich gibt es nicht. Und was soll auf Norderney schon passieren?«

Rahel grinste und umarmte ihre Mutter. Sibylle ergriff die Chance und zog Rahel ebenfalls an sich.

»Ich habe noch was für dich«, hauchte sie und zog etwas Funkelndes aus ihrer Tasche.

»Eine selbstgemachte Prinzessinnen-Haarspange. Mit echten rosa Glitzersteinchen.«

Rahel stierte auf die Klemme und brachte nur ein leises *krass* über die Lippen. Ohne abzuwarten, strich Sibylle Rahel den Pony zur Seite und machte die Spange in ihrem Haar fest.

»Schön und praktisch«, sagte sie bestätigend. »An der See ist es windig. Mit dieser Haarklammer bist du eine richtig süße Inselprinzessin.«

»Das wollte ich schon immer sein«, flapste Rahel, winkte kurz und sprang ins Wohnmobil. Sie zog sich die Spange aus den Haaren und schüttelte den Kopf.

Für Florence und Gerd hatte Sibylle zwei braun-gelbe Mützen im Partnerlook gehäkelt.

»Und weil du immer in Gefahr gerätst, habe ich dir einen Glücksbringer gebastelt.« Sibylle angelte ein vollbehängtes pinkfarbenes Lederband aus ihrem Strickbeutel. Als sie es mir über den Kopf zu stülpen versuchte, verhedderten sich meine Haare in den Federn, Drähten und Holzkugeln.

»Quelle bonne idée!«, rief Florence begeistert. »So eine elegante Talisman kann Trixi gut gebrauchen.«

Ich war nicht sicher, ob sie sich über Sibylle oder über mich lustig machte.

Die Fahrt im Megamobil war ein Erlebnis der besonderen Art. Alle halbe Stunde legten wir ein Päuschen ein. Rahel blätterte in einer Architekturzeitschrift und fühlte sich wie im siebten Caravanhimmel, Florence brühte frischen Tee auf, und Gerd genoss die bewundernden Blicke der anderen Autofahrer. Ich freute mich über die große Beinfreiheit und den unglaublichen Komfort. Es war ein tolles Gefühl, das komplette Feriendomizil dabeizuhaben. Als wir kurz vor Cloppenburg in einen Stau fuhren, trübte das unsere Stimmung kaum. Gerd schaltete das Radio ein.

»Mal hören, wie lang der Stau ist. Nach den Nachrichten kommt der Verkehrsfunk.«

Rahel horchte auf und kletterte nach vorn zur Fahrerkajüte.

»Wie altmodisch. Dafür braucht ihr doch kein Radio. Wetten, das steht alles im Navi.«

Bevor Florence eingreifen konnte, tippte Rahel auf dem Touchscreen des Navigationsgerätes herum und suchte die Verkehrsinfo.

»Ich verschwinde noch mal aufs Örtchen«, sagte ich und freute mich, nicht auf eine verdreckte Rastplatztoilette gehen zu müssen.

Als ich zurückkehrte, schauten mich Florence, Gerd und Rahel mit blassen Gesichtern an.

»Ist was?«, fragte ich. »Hat Rahel das Navi zerlegt?«

Mein Witzchen riss niemanden vom Hocker, und an den Blicken der drei erkannte ich, dass wirklich etwas passiert sein musste.

»Auf Norderney wurde 'eute Morgen auf eine Mann geschossen«, stotterte Florence und zeigte aufs Radio, so als könne ich die Nachricht dort nachlesen.

»Ist ja nichts Besonderes auf dieser Insel«, sagte ich flapsig.

»Sie sagen, er 'eißt Nykamp.«

Während Gerd das Megamobil zum Fährhafen steuerte, suchten Rahel und ich in allen verfügbaren Medien nach Informationen. Die Radionachrichten wiederholten sich im Halbstundentakt. Auch die Meldungen im Internet waren dürftig. Am frühen Morgen hatte jemand auf den Sohn des bekannten Hoteliers Nykamp gefeuert. Der Schwerverletzte war sofort in eine Klinik nach Oldenburg geflogen worden und schwebte in Lebensgefahr. Die Inselbevölkerung stehe unter Schock, hieß es.

»Vielleicht ist es Peer und nicht Piet«, überlegte Rahel laut. »Du hast doch Piets Handynummer. Wenn er drangeht, ist alles klar.«

»Und was, wenn es nicht Peer war?«, fragte ich nach. In meinem Kopf erschienen wirre Bilder, und ich war nicht in der Lage, einen klaren Gedanken zu fassen. Ich sah Piet und mich bei unserem Nachtspaziergang im Strandkorb sitzen. Dann dachte ich an den holprigen Inselflug – und daran, wie Piet nackt aus meinem Hotelbett geklettert war.

»Beide Möglichkeiten sind schlimm genug«, warf Florence ein. »Bevor Trixi die arme Familie Nykamp stört, schlage isch vor, wir fahren zuerst auf die Insel und fragen dort nach. Man kann doch jetzt nischt bei denen anrufen. *Non, non.*«

Florence hatte recht. Bis zu unserer Ankunft musste ich mich zusammenreißen. Selbst, wenn der Schuss Peer gegolten hatte, war es unhöflich, Piet in diesem Moment anzurufen.

Am frühen Nachmittag erreichten wir Norddeich. Zum Ferienanfang wollten unzählige Gäste auf die Insel, und wir mussten eine Stunde auf die nächste Fähre warten. Unser rollendes Riesenbaby erregte entsprechendes Aufsehen, und Gerd gab allen Schaulustigen bereitwillig Auskunft über Maße, Kosten und Benzinverbrauch. Nachdem er das Mobil auf die Fähre kutschiert hatte, marschierten wir in das Schiffsrestaurant. Die Ungewissheit über den angeschossenen Nykamp dämpfte unsere Vorfreude, und wir suchten uns einen großen Tisch am Fenster.

»Darf ich mich zu Ihnen setzen?«, fragte plötzlich ein junger Mann, der uns bereits beim Ticketkauf aufgefallen war. Er war höchstens achtzehn und bedachte Rahel mit interessierten Blicken. Mit seiner schnittigen Kurzhaarfrisur und der sportlichen Figur erinnerte er an einen dieser feschen Jungschauspieler aus einer Daily Soap.

»Naturellement«, zwitscherte Florence, die den Burschen mit erkennbarer Neugier musterte. Ich sah zu Rahel hinüber.

Sie wagte ein kurzes Lächeln und schaute danach verschämt aus dem Fenster.

Jung müsste man sein, dachte ich amüsiert. Unser Besucher setzte sich Rahel gegenüber und schaute unbefangen in die Runde.

»Ich habe schon am Anleger Ihr Wohnmobil gesehen. Darf ich fragen, auf welchen Campingplatz Sie fahren?«

»Dünenblick«, sagte ich.

»Cool. Könnten Sie mich vielleicht mitnehmen? Ich muss auch dorthin.«

Rahel beendete ihre demonstrative Keuschheit und schenkte dem jungen Mann einen abschätzenden Blick.

»Wollen Sie bei diese 'erbstlische Wetter zelten?«, fragte Florence in mütterlichem Ton.

»Sehe ich so aus?«, sagte der Junge lachend. »Nein, ich besuche meinen Onkel. Er ist der Pächter, und ich hoffe, er hat noch ein Bett für mich frei.«

Bei dem Wort Bett grinste er schelmisch in Rahels Richtung, die prompt rot anlief. Florence schien von seiner Andeutung nichts mitzubekommen und nickte zufrieden. Gerd saß mit seinem Rollstuhl vor dem Tischende und beugte sich vor.

»Sie hoffen, dass er ein Bett für Sie hat? Weiß Ihr Onkel denn nicht, dass Sie kommen?«

»Um ehrlich zu sein, nein. Ich will ihn überraschen. Oder besser gesagt, meine Eltern haben mich geschickt, ihn zu überraschen.«

Rahel stutzte, blieb aber erstaunlicherweise noch immer stumm. Hatte die Anwesenheit dieses außerordentlich hübschen Jungen ihr die Sprache verschlagen?

»Soviel ich weiß, ist Ihr Onkel verreist«, fügte ich hinzu. »Ich war erst vor kurzem auf dem Campingplatz, und seine Vertreter Richard und Jupp haben erzählt, er sei zum Europapark Rust gefahren, um sich irgendwelche Karussells anzuschauen.«

»Stimmt«, sagte der junge Mann mit leiser Stimme. »Das ist aber schon einige Wochen her. Nicht, dass es für meinen Onkel Karl ungewöhnlich ist, so lange zu verreisen. Aber weil er nicht an sein Handy geht, machen meine Eltern sich Sorgen. Wir wohnen in Leer, und jetzt soll ich nachsehen, ob alles in Ordnung ist.«

Rahel schmachtete den Burschen, der auf den wohlklingenden Namen Tjark hörte, mittlerweile an wie eine Stummfilmschauspielerin den Helden. Gäbe es Untertitel, würde sie vermutlich sagen *Oh, anmutiger Jüngling, nimm mich in deine starken Arme.*

»Um den Campingplatz müssen Sie sich jedenfalls keine Sorgen machen«, sagte ich. »Richard und Jupp nehmen ihren Vertretungsjob ziemlich ernst und halten alles sauber.«

»Sie können gern bei uns mitfahren«, fügte Florence hinzu.

»Und was machen Sie, wenn Ihr Onkel kein Bett für Sie frei hat?«, fragte Gerd.

»Dann klappen wir im Wohnmobil die Schlafcouch aus«, brach Rahel endlich ihr Schweigegelübde.

Wie sich herausstellte, war Jüngling Tjark nicht auf ein Nachtasyl in unserem Caravan angewiesen. Er besaß einen Schlüssel zur Pächterwohnung und fragte Rahel, ob sie am Abend auf ein Bier bei ihm vorbeikommen wolle. Florence und Gerd schauten mich fragend an.

Na toll, auf einen derart spontanen Erziehungsauftrag war ich nicht vorbereitet. Rahel wartete meine Antwort gar nicht erst ab und stimmte strahlend zu.

»Potz Blitz! Das ist doch nicht möglich!«

Mit diesen Worten begrüßte uns eine perplexe Roswitha.

Bei unserer Ankunft hatte Tjark mit einem Code die Einfahrtsschranke zum *Dünenblick* geöffnet. Was dann passierte, glich einem Bild für die Campinggötter. Ich wusste nicht, ob es Neid oder Missgunst war, der uns empfing, als wir langsam über das Gelände gondelten. Auf jeden Fall blieben den anderen Platzbewohnern vor Staunen die Münder offen stehen. Gerd grüßte freundlich, und Florence winkte mit einem Strohhut.

»Wir sind doch nicht die Royals«, maßregelte ich die beiden. Ich fand ihre Begrüßungsgeste ein bisschen *too much*.

Tjark und meine bis vor kurzem untröstliche Nichte hatten sich in der Zwischenzeit bestmöglich kennengelernt. Rahels Liebeskummer schien vergessen, und ohne ihrer Tante Aufmerksamkeit zu schenken, flirtete sie drauflos.

Vertretungsplatzwart Richard hatte uns einen Stellplatz vis-à-vis seines eigenen Wohnwagens zugewiesen.

»Hast du deine Filmcrew mitgebracht?«, fragte Jupp, der im ballonseidenen Jogginganzug auf uns zu gesprungen kam.

Ich erklärte ihm, dass meine Mitfahrer nichts mit meinem Filmprojekt zu tun hatten. Zum Glück war ich vorausschauend gewesen und hatte Florence, Gerd und Rahel über meine Alibi-Drehbuchautorinnenrolle in Kenntnis gesetzt. Nicht auszudenken, was ich mir hätte einfallen lassen müssen, wenn meine Tarnung wegen einer unbedachten Äußerung aufgeflogen wäre.

Als Florence und Roswitha sich begrüßten, erblühte eine Seelenliebe auf den ersten Blick. Roswitha bewunderte Florences blumenberankten Strohhut, und schon nach wenigen Minuten wirkten die beiden wie alte Freundinnen.

Richard und Jupp halfen Gerd aus dem Fahrerhäuschen und planten eine sofortige rollstuhlgerechte Asphaltierung des gesamten Geländes.

Gut gelaunt hopsten die beiden Juniorturteltäubchen aus dem Wagen und sahen sich um.

»Sind Sie Richard?«, fragte Tjark höflich.

»Der bin ich«, antwortete Richard.

»Wissen Sie, wo ich meinen Onkel finde?«

»Wenn ich wüsste, wie Ihr Onkel heißt«, scherzte Richard. »Ich kenne alle Gäste mit Namen und Stellplatznummer.«

»Er ist kein Gast, sondern der Pächter, Karl Weber.«

Richard starrte Tjark an. Auch Jupp schien verwundert.

»Wir wussten gar nicht, dass Karl einen Neffen hat«, rief Roswitha aufgeregt. Sie stellte sich vor Tjark auf und lächelte. »Und dann auch noch so einen hübschen.«

Tjark grinste und warf Rahel einen stolzen Blick zu.

»Das ist jetzt aber schade«, sagte Richard. »Karl ist verreist. Wusste er denn, dass Sie kommen?«

»Nein. Ich bin ziemlich spontan aufgebrochen.«

Tjark erklärte Richard, Jupp und Roswitha den Grund seiner Reise. Die drei bestätigten, dass Karl sich seit zwei Wochen nicht gemeldet hatte, sie sich aber bisher keine Sorgen machten, weil er ihnen schon häufig die Platzaufsicht überlassen hatte.

»Haben Sie es mal auf seinem Handy versucht?«, fragte Jupp.

»Keine Chance. Der Teilnehmer ist nicht erreichbar. Er hat auch keine Mobilbox.«

»Der taucht schon wieder auf. Spätestens zu Weihnachten«, juxte Richard. »Roswithas Gänsebraten lässt er sich nie entgehen.«

»Also bitte! Über so etwas macht man keine Witze.« Roswitha schaute ihren Mann mit großen Augen an. Sie schien sich Sorgen zu machen.

»Voll komisch, was hier auf der Insel so abgeht«, unterbrach Rahel die nachdenkliche Stimmung. »Erst 'ne tote Naturschützerin, dann ein verunglückter Yogalehrer, dazu ein paar Sabotageakte, und jetzt auch noch ein verschollener Campingplatzwächter.«

»Karl ist doch nicht verschollen. Er ist verreist«, wies Jupp sie zurecht.

»Okay. Verreist. Plus 'ne Schießerei. Hier passiert mehr als im *Tatort*.«

»Was für eine Schießerei?«, fragte Roswitha sichtlich besorgt.

»Habt ihr das noch nicht mitbekommen?«, hakte ich ungläubig nach. »Im Radio hieß es, dass heute früh einer der Nykamps angeschossen wurde.«

»Oh Gott.« Roswitha wurde blass. Florence eilte zu Hilfe und nahm sie in den Arm.

»Wann soll denn das passiert sein?«, fragte Jupp entgeistert. »Richard und ich haben vorhin die Wiesen am Dünenzaun gemäht. Da gibt's kein Radio.«

»Keine Ahnung«, sagte ich traurig. »Wir wissen auch nicht, ob es Peer oder Piet getroffen hat. Ich hatte gehofft, ihr wüsstet mehr.«

Auf den Schock warf Richard erst mal seinen Grill an und holte eine Flasche Korn aus dem Wohnwagen.

»Schalt mal den Fernseher ein«, rief Jupp ihm hinterher. »Vielleicht bringen die was auf *Friesländer TV*.«

Nach der leichten Fleischmahlzeit wurde ich zappelig. Nicht nur, weil ich mir vorkam wie der achte der sieben Zwerge. Florence und Roswitha hatten sich gefunden, ebenso die drei Tüftelprofis und Rahel und Tjark, die spontan zu einem Spaziergang in die Dünen aufgebrochen waren. Viel schlimmer war die Ungewissheit über den Schuss. Wie konnten die anderen so tatenlos herumsitzen? Ich kletterte in den Caravan und wählte mit zitternden Fingern Piets Nummer.

»Nykamp.«

Als ich Piets Stimme hörte, wäre ich vor Erleichterung fast zusammengebrochen.

»Ach, hallo, Piet. Ich bin's, Trixi«, sagte ich schlauerweise. »Geht es dir gut?«

»So gut es einem gehen kann, wenn auf den Zwillingsbruder geschossen wurde.«

Es mochte pietätlos sein, aber meine Freude darüber, dass es Peer statt Piet erwischt hatte, konnte ich nicht unterdrücken.

»Gerade hat der Arzt angerufen und meinte, er sei jetzt außer Lebensgefahr«, fügte Piet hinzu und erzählte, was passiert war.

»Peer stand vor der alten Inselmühle. Eigentlich wollte er dort Kaufverhandlungen führen, doch dann fiel ein Schuss.«

»Einfach so, am helllichten Tag?«, fragte ich ungläubig.

»Einfach so. Zum Glück hat der Besitzer den Schuss von drinnen gehört und gleich den Notarzt gerufen. Peer hat ziemlich viel Blut verloren. Ich weiß nicht, was passiert wäre, wenn er nicht gleich versorgt worden wäre.«

Ich hörte, wie Piet am anderen Ende schluckte.

»Hast du eine Idee, wer geschossen hat?«, fragte ich, um ihn abzulenken.

»Keine Ahnung. Ob er überhaupt Peer treffen wollte ... oder mich?«

Darüber hatte ich noch gar nicht nachgedacht. Was, wenn der Schütze es auf Piet abgesehen und die Brüder einfach nur verwechselt hatte?

Koopmann!, schoss es mir durch den Kopf. Mit der kleinen Übernachtungsaktion hatte Piet seine Hoteliersehre verletzt und den eitlen Fatzke ziemlich gegen sich aufgebracht. Am Ende war womöglich ich schuld an dem Anschlag auf Peer. Oder nein, es war die blöde Zimmerkarte. Wäre sie nicht so schlecht durch den Schlitz gegangen, hätte Piet mein Zimmer nie betreten, und Peer wäre nicht Opfer eines hinterhältigen Anschlags geworden.

»Wenn du jemanden zum Reden brauchst«, sagte ich teilnahmsvoll, »können wir uns treffen.«

»Könnte schwierig werden«, entgegnete Piet. »Ich bin nicht in Bielefeld, sondern auf Norderney.«

»Ich auch.«

»Schon wieder?«

NACHRICHTENSPRECHER

Wie sollte ich eigentlich meinen Abgabetermin einhalten? An Arbeit war auf dem Campingplatz nicht zu denken. Das Attentat auf Peer Nykamp beschäftigte alle – bis auf Rahel und Tjark. Zu meinem Missfallen hingen die beiden wie Kletten aneinander. Dabei hatte meine ganze Hoffnung darauf gefußt, dass Rahel bei schlechtem Wetter gemütlich im Wohnmobil sitzen und sich aufgrund wachsender Langeweile auf meine Texte stürzen würde.

Pustekuchen.

Seit zwei Tagen saß sie gemütlich in der Pächterwohnung und dachte nicht ans Schreiben. Ich versuchte, so gut es ging, meiner Aufgabe als Aufsichtsperson nachzukommen und schaffte es gerade, Rahel über Nacht von dem hübschen Tjark fernzuhalten.

Nach meinem Telefonat mit Piet kam ich kurz ins Grübeln. Piet hatte sofort auf mein Angebot reagiert. Er fand den Gedanken, dass ich zu Recherchezwecken diesmal auf einem Campingplatz wohnte, zwar seltsam, wollte es sich aber nicht nehmen lassen, mich dort zu besuchen. Vielleicht müsste er tatsächlich jemandem sein Herz ausschütten.

Was soll's, dachte ich bei mir. *Alan wird von unserem Treffen erstens nichts mitbekommen, und zweitens wollen Piet und ich nur über den Anschlag sprechen. Alle anderen sind sowieso mehr mit sich beschäftigt als mit Trixi.*

Mit diesen beruhigenden Gedanken deckte ich den Tisch im Wohnmobil. Ich würde den armen Piet nicht nur standesgemäß mit Schokowaffeln und koffeinfreiem Kaffee empfangen, sondern auch allein.

Florence war zusammen mit Roswitha zu einem Ausflug in die Stadt aufgebrochen. Die beiden wollten einen damenhaften Irish Coffee im *Café Marienhöhe* trinken. Aus Interesse an Sportflugzeugen war Gerd, ausgestattet mit einem Feldstecher, zum Flughafen gerollt. Jupp hatte sich für einen nachmittäglichen Strandsaunagang entschieden, und Richard reparierte einen Zaunabschnitt, den ein Campingplatzgast beim Rangieren seines Wohnmobils versehentlich umgenietet hatte.

Selbst Rahel und Tjark waren unterwegs. Sie hatten sich am Morgen noch seltsamer verhalten als in den vergangenen Tagen. Nach dem Frühstück war aus der Pächterwohnung lautes Hämmern gedrungen. Dann hatte Rahel sich meinen Rechner geborgt, und kurze Zeit später waren die beiden wie von der Inseltarantel gestochen auf Rädern davongebraust.

Ich hatte ihnen nur noch ein resigniertes *Wo wollt ihr denn hin?* nachgerufen, und Rahels Antwort hatte im böigen Wind wie *Glanzweiße Schnur* oder so ähnlich geklungen.

Als Piet den zu einem japanischen Gongschlag umprogrammierten Klingelknopf drückte, schüttete mein Nebennierenmark eine kleine Extraportion Adrenalin aus. Hatte sich Piets Anwesenheit vor wenigen Tagen noch prickelnd angefühlt, rührte mein erhöhter Puls nun von undefinierbarer Anspannung. Die Todesfälle, der Anschlag und mein nerviger Verfolger hinterließen erste Spuren. Ich war mittlerweile sogar davon überzeugt, dass die Vorfälle auf geheimnisvolle Weise zusammenhingen, und ich steckte mittendrin. So hatte ich mir meinen ersten Arbeitsauftrag als Reiseführerjournalistin nicht vorgestellt. Für einen winzigen Moment wünschte ich mir, ich hätte das alles nur geträumt, und statt Piet würde Alan vor der Tür stehen, sich um Verzeihung bettelnd auf die Knie werfen – und alles wäre gut.

»Schön, dich zu sehen«, begrüßte Piet mich strahlend.

Er sah gar nicht aus wie jemand, der womöglich einem Attentat entkommen war. Seine blonden Haare waren vom Wind zerzaust, und seine grünblauen Augen sahen mich herausfordernd an. Piet umarmte mich und drückte mich energisch an sich. Ich spürte seine schnelle Atmung und die festen Konturen seines Körpers.

Na, na, na. Er glaubte doch nicht, dass ich auf diese Betörungsmasche reinfallen würde.

»Wie geht es Peer?«, fragte ich und löste mich aus seinen Armen.

»Besser«, antwortete Piet und starrte in die Runde. »Was ist denn das hier? Eine Hollywoodvilla auf Rädern?«

Ich grinste und nahm ihm die Jacke ab.

»So was Abgefahrenes habe ich noch nie gesehen. Wie bist du denn zu dieser Kutsche gekommen?«

»Kontakte, Kontakte«, entgegnete ich mit einem Zwinkern. »Man muss nur die richtigen Leute kennen.«

Piet ließ sich in einen der großen Sessel fallen und streckte die Beine aus.

»Hammer.«

Leider hatten die richtigen Leute mir keine Bedienungsanleitung für die High-Tech-Kaffeemaschine dagelassen. Nach mehreren Programmierungsfehlversuchen wurde es mir zu bunt, und ich ging zu Plan B über.

»Dann gibt's eben Handgebrühten«, sagte ich lächelnd. Im Schrank fand ich eine Glaskanne. Ich füllte Kaffeepulver in einen Filterbeutel und stellte einen Topf auf den Herd.

»Heißes Wasser drauf, und fertig ist der perfekte Campingkaffee.«

»Ist sowieso viel stilechter«, fügte Piet tröstend hinzu.

In einer der sanft gleitenden Schubladen entdeckte ich den Anzünder. Ich drehte den Gasknopf, doch nichts passierte.

»Lass mich mal.«

Piet drückte und zündete. Keine Flamme.

»Scheiß Technik«, fluchte ich und drückte sämtliche Schalter.

»Vielleicht klemmt der Gashahn«, bemerkte Piet trocken.

»Ein Fall für Richard, unseren Platzwart«, konterte ich. »Der repariert alles.«

Ich wählte seine Nummer, doch der Baumeister hob nicht ab, und ich hinterließ ihm einen Kaffee-Notruf auf der Mobilbox.

Uns blieb nichts anderes übrig, als es uns bei stillem Mineralwasser gemütlich zu machen. Um nicht gleich wieder in einer verfänglichen Situation zu landen, lenkte ich das Thema auf Peer.

»Wer, glaubst du, steckt hinter dem Schuss?«, fragte ich direkt. »Meinst du, Koopmann war so wütend und hatte es auf dich abgesehen? Und hat dann aus Versehen Peer erwischt?«

Piet schüttelte den Kopf und grinste schief.

»Unsere kleine Provokation war doch nur ein Spaß. Vielleicht hat der Anschlag etwas mit der Mühle zu tun.«

Ich verstand Piets Antwort nicht und hakte nach.

»Mit der alten Windmühle?«

»Genau. Peer wollte mit dem Besitzer über einen Verkauf sprechen.«

»Will er dort einziehen?«

Diese Frage amüsierte Piet sichtlich, denn beim Lachen verschluckte er sich an einer Waffel. Er schüttelte hustend den Kopf, so als hätte ich gerade gefragt, ob Brigitte Bardot die Inselmetzgerei übernehmen wollte.

»Schöne Idee, aber Peer möchte aus der Mühle einen Nachtclub machen.«

Jetzt musste ich lachen.

»Einen Nachtclub – in einer alten, urigen Mühle? Wo gibt's denn so was?«

»Zum Beispiel in Paris«, konterte Piet.

Bei aller Phantasie. Eine ostfriesische Version des *Moulin Rouge* fand selbst ich übertrieben. Dabei versuchte ich mir vorzustellen, wie barbusige Tänzerinnen in Fischerhosen und Gummistiefeln Cancan tanzten.

»Und weil die Mühle weiß ist, soll sie *Moulin Blanc* heißen, oder wie?«, sagte ich kichernd.

»Bingo. Das ist Peers Idee.«

»Hier auf der Insel?«

Piet nickte.

Jetzt wurde ich wirklich stutzig.

»Nicht, dass ich Ahnung von so was hätte, aber normalerweise gibt es doch Flächennutzungspläne oder Bauvorschriften oder so was in der Art«, fügte ich hinzu. »Genehmigen die

Behörden ohne weiteres einen Nachtclub in einem alten Denkmal?«

»Kontakte, Kontakte«, sagte Piet grinsend. »Peer kennt, genau wie du, die richtigen Leute.«

Sehr witzig. Meine Kontakte waren schließlich allesamt erstunken und erlogen.

»Jetzt verstehst du vielleicht, dass Peer auf Norderney nicht nur Freunde hat.«

Piets interessante Information machte die Analyse nicht gerade einfacher. Gemeinsam gingen wir noch mal alle Todesfälle durch, doch bis auf subjektive Verdächtigungen, bei denen Dandy Heiner Koopmann mein Favorit war, kamen wir zu keinem nachweisbaren Ergebnis.

»Ich schlage vor«, sagte Piet plötzlich, »wir vertagen unsere Ermittlungsarbeit in eines der Nachbarzimmer dieses großzügigen Gefährts. Vielleicht kommen uns da neue Einsichten. Ich muss mir diese Karre unbedingt genauer ansehen.«

Bevor ich antworten konnte, war Piet aufgestanden, schlenderte durch das Wohnmobil und streifte sich die Sweatshirtjacke ab.

»Okay. Hier vorn über dem Fahrerbereich haben wir einen Alkoven. Wäre mal was anderes, ist mir aber zu eng. Darf ich nach hinten durchgehen? Da ist bestimmt ein schönes, geräumiges Schlafzimmer.«

»Geht's noch?«, fragte ich entgeistert.

Piet glaubte doch nicht ernsthaft an ein Schäferstündchen.

»Ich lass dich bestimmt nicht noch mal in mein Bett«, meckerte ich. »Außerdem können hier jeden Moment Leute reinkommen.«

Und wie auf Kommando erschienen Rahel und Tjark.

Piet starrte die beiden an, als sie völlig atemlos die Tür aufrissen und die Stufen hinaufstürmten.

»Ist was passiert?«, fragte ich, denn den Blick, den Rahel mir zuwarf, kannte ich. Er verhieß Alarmstufe rot.

Tjark japste nach Luft. Rahel brachte nur Wortfetzen hervor.

»Wir – haben – was – rausgefunden!«

»Setzt euch, und trinkt erst mal was«, sagte ich ruhig und staunte über mein besonnenes, fast mütterliches Verhalten.

Tjark warf sich auf einen Sessel, doch Rahel blieb stehen und stemmte keuchend die Hände in die Seiten.

»Voll – krass – was – hier – abgeht«, schnaufte sie.

Piet kam zu mir und flüsterte mir ins Ohr: »Wer ist das? Ich dachte, wir sind ungestört.«

Ich warf ihm einen tadelnden Blick zu und schenkte den beiden Atemlosen ein Glas Wasser ein.

Als sie tranken, klopfte es an der Tür, und Richard steckte den Kopf zur Tür herein.

»Gut, dass du kommst«, sagte ich. »Unser Herd streikt.«

»Soll ich mal nachschauen?«, fragte Richard beflissen und tat genau das, was ich gehofft hatte. Mit einem praktischen Handwerkergürtel um die Hüfte machte er sich gleich an die Arbeit. Piet stand wie angewurzelt da und zog sich irritiert seinen Sweater an. Rahel und Tjark hatten in der Zwischenzeit ihre Sprache wiedererlangt.

»Wir glauben, dass mein Onkel tatsächlich verschollen ist«, stammelte Tjark.

»Na klar«, antwortete ich und versuchte mir meinen belustigten Unterton nicht anmerken zu lassen. Ich wusste, dass Rahel *Lost* liebte. Sie hatte alle Staffeln der Serie, in der ein paar Freaks nach einem Flugzeugabsturz auf einer einsamen

Insel gestrandet waren, auf DVD gesehen. Die Verschollenen hatten es ihr angetan. Als hätte sie meinen Gedankengang erraten, setzte sie Tjarks Rede fort.

»Nee, echt, Trixi. Ich weiß, was du jetzt denkst. Aber der Karl ist wirklich verschwunden. Weg. Futsch.«

»Er kann sich doch nicht einfach in Luft auflösen«, entgegnete Richard, der kopfüber eine Zuleitung zu reparieren versuchte. »Karl hat uns zwar schon öfters im Stich gelassen, doch vier, fünf Wochen später war er wieder da. Brauchte eine Auszeit von der Insel, hat er dann gesagt.«

»Also doch nix mit *Lost*«, sagte ich gelassen. »Der ist nicht auf irgendeinem Eiland gestrandet, sondern von einem geflohen.«

Rahels Nasenflügel bebten. Tjarks Hände zitterten, als er sich einen Schweißtropfen von der blassen Stirn wischte.

»Lasst ihr, wenn ihr in Urlaub fahrt, etwa Ausweis, Handy und Portemonnaie zu Hause?«, motzte Rahel.

»Kinderkram«, entfuhr es Richard, der fleißig weiterwerkelte.

»Wie kommt ihr denn darauf, dass Karl ohne seine Papiere abgereist ist?«, wollte Piet, der sich nach seinem Schrecken nun ins aktive Geschehen einmischte, wissen.

»Wir haben alles gefunden. In seinem Safe«, tadelte Rahel ihr Gegenüber mit zusammengekniffenen Augen.

»Ihr wart am Schließfach der Rezeption?«, stutzte Richard und wischte sich ebenfalls den Schweiß aus dem Gesicht.

»Nö, in seinem Bungalow. Da ist so ein Minitresor an der Rückwand vom Kleiderschrank.«

»Und wie habt ihr den bitte schön geöffnet?«, führte Piet die Fragestunde fort.

Tjark und Rahel warfen sich einen bedeutungsschweren Blick zu.

»Sagen wir nicht.«

Oho, großes Detektivgeheimnis! Da fanden die beiden Schlaumeier womöglich etwas Wichtiges heraus und benahmen sich wie Achtjährige.

»Wenn ihr uns nicht glaubt«, sagte Tjark, »dann schaut doch mal hier.« Schossen ihm da gerade Tränen in die Augen?

Aus seiner Umhängetasche fischte er eine Geldbörse, ein schwarzes Handy und zwei EC-Karten und legte sie auf den Tisch.

Piet und ich beugten uns gleichzeitig vor. Richard richtete sich mit hochrotem Kopf auf und hielt sich den Rücken.

»Ich wusste ja gar nicht, dass Karl einen persönlichen Safe hat.«

»Sehr merkwürdig«, stellte Piet fest.

Herdreparateur Richard ging wieder mit Zange und Hammer in die Hocke und murmelte etwas von Sicherheit und Vertrauen und fragte sich, wieso Karl ihm nichts davon erzählt hätte. Sein Körpergeruch erfüllte mittlerweise das gesamte Wageninnere. Was für ein Aroma. Bevor ich wieder nach Hause fuhr, würde ich ihm eine Familienpackung Deos schenken.

»Wir haben aber noch mehr herausgefunden«, sagte Rahel. »Haltet euch fest.«

Mit Ausnahme von Richard, der ächzend die Seitenwand der Küchenzeile umklammerte, übergingen wir Rahels rhetorische Aufforderung.

»Auf seinem Privatkonto gab es bis auf die automatischen Abbuchungen per Dauerauftrag keine Bankbewegungen – seit dem 25. August.«

»Wie bitte?«, fragte ich staunend. Die Worte *Bankbewegung* und *Dauerauftrag* waren bis heute nicht Bestandteil meines aktiven Wortschatzes gewesen. Woher hatte Rahel bloß ihr Wissen?

»Wart ihr etwa bei der Bank?«, erkundigte sich Piet.

»Kontoauszugsdrucker. Bitte sehr«, antwortete Tjark und zog ein Bündel Papierstreifen aus der Tasche.

»Also«, fuhr Rahel fort. »Von beiden Konten, von denen wir Karten gefunden haben, hat Karl weder etwas abgehoben noch etwas darauf eingezahlt. Die einzigen Eingänge verzeichnet das Campingplatzkonto. Das sind alles Überweisungen für Platzmieten. Das Privatkonto ist mittlerweile knapp im Soll.«

Knapp im Soll. Diesen Begriff kannte ich allerdings – von meinem eigenen Konto. Trotzdem war ich völlig irritiert.

»Also bitte, wenn mein Onkel nicht verschollen ist, dann weiß ich nicht, was das alles zu bedeuten hat«, beschloss Tjark die Präsentation der Indizien.

Piet dachte nach. Richard richtete sich wieder auf und schluckte laut.

»Könnte er sich etwas angetan haben?«, fragte ich vorsichtig.

»So gut kenne ich ihn nicht«, überlegte Tjark. »Schulden hatte er offenbar nicht. Ich muss Papa und Mama anrufen. Vielleicht haben die eine Idee.«

»Die Polizei sollten wir auch verständigen«, fügte ich hinzu und schaute hilfesuchend in die Runde. »Was meinst du dazu, Richard? Du kennst euren Pächter doch am besten.«

Richard stand wie angewurzelt vor dem Tisch und starrte wortlos auf die Papiere. An seiner Schläfe pochte eine blaue Vene.

»Vielleicht hat Karl die Insel überhaupt nicht verlassen«, rätselte Rahel.

»Doch, doch«, sagte ich bestimmt und schaute Richard an.

»Du hast gesagt, er ist zum Europapark aufgebrochen, nicht wahr?«

»Natürlich«, murmelte Richard, um den ich mir allmählich Sorgen machte, weil er aussah, als würde der Blutdruck jeden Moment seine Gefäße sprengen.

»Karl wollte unbedingt nach Rust«, fügte er kurzatmig hinzu. Im selben Augenblick griff er nach dem Handy, der Geldbörse und den EC-Karten, stürzte die Treppe hinaus ins Freie und warf die Tür ins Schloss.

»Aber wir wollten das nicht!«, schrie er von draußen.

Bevor Piet, Tjark, Rahel und ich aus unserer Schreckstarre erwachten, hörten wir nur noch einen dumpfen Schlag gegen die Tür.

Piet sprang auf, um Richard zu folgen.

»Zu«, sagte er mit fragendem Blick, als er vergeblich versuchte, die Klinke hinabzudrücken.

»Hat der uns gerade eingesperrt?«, fragte Tjark ungläubig.

»Keine Ahnung«, antwortete ich perplex. »Vielleicht eine Schockreaktion. Dem Duft nach zu urteilen, hat Richard die gleichen Drüsen wie ein Stinktier. Die dieseln ja auch los, wenn sie sich erschrecken. Mir ist schon ganz übel.«

»So riecht kein Schweiß«, rief Piet, der sich erfolglos mit voller Wucht gegen die Tür geworfen hatte. »Das ist Gas.«

Ich starrte auf den Herd. Hatte Richard etwa die Leitung offen gelassen?

»Wo dreht man den scheiß Hahn zu?«, schrie ich und suchte alles ab. »Der Schlauch ist durchgeschnitten!«

Neben mir hörte ich ein leises Zischen.

»Wie bescheuert«, schlussfolgerte Tjark, hielt sich ein Tuch vor den Mund und kletterte nach vorn zum Fahrerhaus. »Bevor wir da experimentieren, steigen wir lieber hier aus.«

Die Idee leuchtete uns ein. Wir hielten uns die Ärmel vor die Gesichter und folgten ihm. Als Tjark die Beifahrertür öffnete, traf ihn ein Pfosten mitten ins Gesicht. Ohnmächtig sackte er zusammen und plumpste wie ein Zementsack aus der Tür ins Freie. Davor stand Richard, ein Gewehr im Anschlag, und zielte auf ihn.

»Drinnen bleiben und alles geschlossen halten!«, schrie er. Dann knallte er die Tür zu. »Sonst drück ich ab!«

»Hier strömt aber Gas aus!«, kreischte ich.

»Ich weiß«, antwortete Richard mit irrem Blick.

Piet kletterte wieder zurück zum Herd.

»Haltet ihn bei Laune. Ich suche einen Zwischenhahn. Den muss es irgendwo geben.«

»Hast du sie noch alle?«, keifte Rahel und zeigte Richard den Stinkefinger. »Wenn Tjark was passiert, mach ich dich kalt.«

Leider ging Rahels Anflug von Heldenmut nach hinten los, denn Richard trat noch einen Schritt näher an Tjark heran und verpasste ihm einen weiteren Schlag auf den Rücken.

»Mensch, Richard«, versuchte ich es diplomatisch. »Gewalt ist doch auch keine Lösung.«

Von draußen drang nur ein hämisches Lachen herein.

Rahel starrte mich an und kramte ihr Handy aus der Tasche.

»Scheiße! 110 oder 112? Ich werf die immer durcheinander.«

»Lass das«, schnauzte ich sie an. Meine Übelkeit nahm zu, und ich musste würgen. »Das ist ... urg ... gefährlich!«

»Wie bitte?«, motzte Rahel und hielt sich dabei den Jackenärmel vor den Mund.

»Weil man ... urg ... an Tankstellen auch nicht telefonieren darf. Ich glaube, die Strahlen können da was entzünden.«

»Boah, Trixi«, wetterte Rahel. »Red nicht so einen Müll. Es

ist doch nur gefährlich, wenn das Handy auf den Boden fällt und Funken entstehen. Außerdem haben wir es hier nicht mit Benzin, sondern wahrscheinlich mit Propan zu tun. In Verbindung mit Luft und Funken allerdings auch explosiv.«

Hä?

»Normalerweise ist das Zeug geruchlos. Aber damit man merkt, wenn es ausströmt, wird dem Gas ein Duftstoff zugesetzt.«

Das hatte ich jetzt von einer oberschlauen Nichte. Ihr Wissen war nicht nur übernatürlich, sondern auch Angst einflößend.

Piet schraubte und drehte verzweifelt an allem, das sich bewegen ließ. Plötzlich setzte ein ohrenbetäubendes Pfeifen ein.

»Das ist der Gasmelder!«, rief er.

Rahel lief zum Badezimmer.

»Ich mache hier die Fenster auf«, brüllte sie.

Ich blickte nach draußen, um Richard abzulenken, doch Richard hatte offenbar Rahels Gedanken gelesen und schlich um den Wagen.

»Sei vorsichtig«, warnte ich sie.

Ich hörte, wie sie sich an einem der hinteren Fenster zu schaffen machte.

Eine Sekunde später erschütterte ein Knall die Luft.

»Tjark!«, schrie Rahel.

»Warnschuss!«, blökte Richard von draußen. »Glaubt bloß nicht, ihr könntet mich verarschen.«

»Hab's gefunden«, sagte Piet leise.

Rahel kam leichenblass nach vorne. Ich sah zu Piet, der mit einer Gesichtsfarbe, die im hellen Graubereich lag, zu lächeln versuchte, und erbrach mich auf die Sitzgarnitur.

»Was ist los?«, hörten wir Richard von draußen feixen. »Hat jemand vergessen, den Wecker abzustellen, oder seid ihr schon selig weggeschlummert?«

»Nicht antworten«, sagte Piet und schnappte sich die nagelneue Campingpfanne. »Wir müssen ihn irritieren.«

Rahel und ich stellten uns hinter Piet auf.

»Hey!«, meckerte Richard weiter. »Ist das nicht ein fabelhaftes Ende für deinen Film, Trixi?«

Richard musste direkt vor dem Eingang stehen.

»Nur ohne Happy End!«

Was faselte der Schwachkopf da?

Wir hielten die wenige brauchbare Luft an, die uns noch zur Verfügung stand.

»Ich hör euch ja gar nicht mehr. Sehr gut.«

Von außen wurde der Türknopf bewegt. Ich musste schon wieder würgen.

»Wenn der schießt, fliegen wir alle in die Luft!«, zischte Rahel, und dicke, runde Tränen kullerten über ihre Wangen.

Vor meinem geistigen Auge sah ich Betty vor unser beider Grabsteine stehen. Auf meinen hatte sie die Inschrift *Hier ruht meine illoyale Schwester – verantwortungslos und eine Niete in Chemie* einmeißeln lassen.

Der Knauf wurde bis zum Anschlag gedreht, und ein frisches Lüftchen strömte hinein.

»Wenn ihr nicht antwortet, komm ich eben zu euch rein«, klang Richards hypertonische Stimme durch den Türspalt.

»Kommst du nicht«, hörte ich eine zweite Stimme von draußen. Sie gehörte Alan.

NIMMERLEINSTAG

Der Spaten, der Richard am Hinterkopf traf, war sein eigener. In dem Moment, als er ohne einen Mucks zu Boden stürzte, machte mein Hirn einen Aussetzer. Ich hatte mit vielem gerechnet. Zum Beispiel mit dem qualvollen Tod durch eine Gasvergiftung oder mit einem schnellen Ende durch die Kugel einer Camperflinte inklusive anschließender Explosion. Selbst wenn aus dem Nichts eine Horde FKK-Anhänger aufgetaucht und über Richard hergefallen wäre, hätte mich das nicht überrascht.

Nur mit Alan hatte ich nicht gerechnet!

Nach dem Schlag stürzte er sich filmreif auf Richard, riss ihm das Gewehr aus der Hand und schleuderte es auf den Gehweg.

Piet sprang hustend aus dem Caravan. Dann drängte sich Rahel an mir vorbei und sprintete zu Tjark. Mit dem Geschmack von Erbrochenem im Mund kletterte ich als Letzte heraus und warf die Tür hinter mir ins Schloss.

Alan hockte auf Richards Rücken und sah mich lange an. Seine Mundwinkel zitterten.

Rahel saß neben Tjark, der ansprechbar war, es aber nicht wagte, sich zu bewegen.

»Was ist denn hier los?«, tönte plötzlich Roswithas Stimme über den Platz. Sie kam geradewegs mit Florence um die Ecke und stürzte auf den von Alan zu Boden gedrückten Richard zu.

»Lassen Sie sofort meinen Mann los!«, befahl sie.

»Auf keinen Fall!«, kommandierte ich zurück.

Oh Gott. Erst jetzt war mir richtig bewusst geworden, dass Richard, warum auch immer, uns umbringen wollte. Was seine Frau über die Attacke dachte, darüber hatte ich noch gar nicht nachgedacht.

Alan blieb stur auf Richard sitzen und presste den puterroten Kopf in den Kies.

»Ich rufe jetzt die Polizei«, brüllte Piet und schaute dabei zu Alan, der ihn ebenfalls musterte.

Bevor Roswitha auf Alan losgehen konnte, zeigte Florence echtes Reaktionsvermögen. Obwohl sie einen Kopf kleiner als ihre Neu-Freundin war, hielt sie sie wacker am Arm fest.

»Roswitha!«, rief plötzlich der geknebelte Richard und spuckte ein paar Steinchen aus. »Lauf weg. Los, mach schon.«

Die sonst so strahlende Roswitha erblasste und starrte ihren Mann an.

»Wieso denn?«

»Weil das hier alles Irre sind.«

Diese Anschuldigung fand Alan offensichtlich unangebracht. »Was soll das heißen?«, fragte er und hievte den stellvertretenden Platzwart mit einem unsanften Ruck auf die Beine. Wo hatte er das denn gelernt?

»Verrückt seid ihr! Die Insel ist voller Bekloppter!«, schrie Richard. »Voller Verdorbener und Bekloppter!«

Noch ein bisschen Schaum vor dem Mund – und ich hätte Tollwut diagnostiziert.

»Was redest du denn da?«, fragte Roswitha, die langsam in die Knie zu sacken drohte.

»*Mon Dieu.* Isch bin doch keine Gewischt'eberin«, monierte Florence, die ihrerseits Mühe hatte, Roswitha in der Senkrechten zu halten.

Piet sprang ihr zur Seite und zog die taumelnde Roswitha zur Sitzgruppe vor ihrem Wohnwagen. Wir anderen folgten. Tjark, von Rahel gestützt, Alan, den sabbernden Richard fest in der Mangel und ich – mit dem Atem von frisch Erbrochenem.

»Wie wäre es, wenn du uns erklärst, was du vorhattest?«, sagte ich ruhig zu Richard.

»Was gibt es da zu erklären? Ist doch logisch.«

Ich fand hier gar nichts logisch und baute mich vor ihm auf wie ein Cop. Rahel parkte den angeschlagenen Tjark auf einem Campingstuhl und gesellte sich zu mir.

»Raus mit der Sprache«, legte sie los. Dabei wartete sie keinesfalls eine Antwort ab und trat ihm vors Schienbein. »Lass mich raten. Du weißt, wo Weber ist.«

Richard grinste nur dümmlich.

»Hast du ihn umgelegt, oder was?«

»Ich darf doch sehr bitten«, protestierte Roswitha.

»Lass nur«, säuselte Richard. »Das Mädel hat recht. Umgelegt und entsorgt hab ich ihn.«

Roswitha stieß einen kurzen, hohen Schrei aus. Tjark weinte leise.

»Und wieso?«, hakte Rahel nach. Sie war gar nicht zu bremsen.

»Weil er ein Spinner war. Wollte aus dem Campingplatz einen Rummel machen. Seit Jahren hatte er diese Schwachsinnsidee im Kopf. Er meinte, *Dünenblick* bräuchte mehr

Attraktionen. Hat immer wieder davon gesprochen, Karussells und Fahrgeschäfte aufzubauen. Das würde noch mehr Gäste bringen. Wo kämen wir denn da hin?«

»Wegen so eine *différence* bringt man doch niemanden um«, zischte Florence vorwurfsvoll.

»Er wollte aber doch partout nicht auf uns hören.«

Roswitha senkte den Kopf und schlug sich schluchzend die Hände vors Gesicht.

»Hör auf zu heulen. Das hab ich für uns getan und für die Insel. Mit Diskussionen hat man noch nie etwas erreicht.«

»Auch nicht bei Sina Wurps?«, fragte Rahel energisch.

»Bei der schon gar nicht. Hielt sich für was Besonderes, diese Öko-Schlampe. Stell dir vor, die wäre mit der Erweiterung des Naturschutzgebiets durchgekommen. Wie ich diese jungen Weltverbesserer hasse. Meinen, hier alles verändern zu müssen. Statt sich für Sauberkeit und Ordnung zu engagieren, hat sie nichts Besseres zu tun, als Unruhe zu stiften und die Stadtverwaltung aufzuhetzen. Die brauchte mal 'ne kleine Lektion.«

Als wolle er die Bestätigung seiner Frau, warf er Roswitha einen fragenden Blick zu.

»Konnte ja nicht ahnen, dass die von einem leichten Klaps mit dem Spaten gleich tot umfällt. Ich hab doch selbst gerade einen verpasst bekommen. Und? Bin ich tot?«

»Non, mais un assassin!«

»Das heißt *Mörder*«, übersetzte Rahel ungefragt.

»Wir sind doch keine Mörder«, hörte ich plötzlich eine quäkende Stimme rufen.

Hinter uns erschien Jupp. Er kam von seinem Saunagang, blieb in Bademantel und Schlappen stehen und hob mit einer geschmeidigen Bewegung das Gewehr auf, das Alan auf den

Gehweg geworfen hatte. Leider stellte er es nicht brav zur Seite, sondern legte es fachmännisch an. Dann zielte er.

»Richard und ich sind die Einzigen, die auf der Insel für Ordnung sorgen.«

Fing der auch noch damit an.

Die Knarre fest an der Schulter und den Kopf leicht zur Seite gebeugt, schlurfte er langsam auf uns zu. Dabei fiel sein Bademantel ein wenig auf und gab den Blick auf seinen nackten Körper frei. Das wollte doch jetzt niemand sehen.

»Mach keinen Quatsch!«, schrie Roswitha ihren Schwager an. »Schon schlimm genug, dass Richard nicht mehr bei Trost ist.«

»Außerdem müsste jeden Moment die Polizei eintreffen«, fügte ich hektisch hinzu. Beide Argumente liefen ins Leere. Jupp dachte gar nicht daran, das Gewehr wegzulegen.

»Was haben Sie vor?«, provozierte Rahel den Sportrentner. »Wollen Sie uns jetzt einer nach dem anderen abknallen?«

Konnte Rahel nicht mal in dieser Situation die Klappe halten?

»Warum eigentlich nicht?«, antwortete Jupp.

Wieder legte er den Kopf schief und schaute durch das Zielrohr.

»Zuerst der da. Den kenn ich gar nicht.«

Der Gewehrlauf zeigte auf Alan.

»So hab ich das nicht gemeint«, versuchte Rahel ihr Missgeschick wieder auszubügeln. Das hätte die vorlaute Göre sich vielleicht vorher überlegen sollen. Mir wurde augenblicklich so übel, dass ich erneut die Kontraktionen meines Magens spürte. Der Rest meines Körpers war gelähmt.

»Ich weiß auch nicht, wo der auf einmal herkam«, rief Richard. »Der hat mir alles vermasselt. Mach schon ...«

»Das ist mein Verlobter!«, schrie ich. Ich sah zu Alan und merkte, wie meine Augen durch den steigenden Flüssigkeitsdruck schmerzten. Alan war kreidebleich und suchte meinen Blick.

»Dann wird's wohl nichts mit der Hochzeit«, sagte Jupp und drückte ab.

Jupps Kondition mochte der eines Mittdreißigers entsprechen, seine Sehkraft jedoch nicht. Die Kugel durchschlug Richards und Roswithas Grill. Florence stieß einen lauten Schrei aus.

»Versager!«, rief Richard dem enttäuschten Schützen zu. »Den Grill ersetzt du mir.«

»Selber Versager. Bei Nykamp junior warst du auch nicht viel besser. Du solltest mehr Zielwasser als Korn trinken.«

Als er seinen Familiennamen hörte, brannten bei Piet alle Sicherungen durch.

»Ihr habt also auf meinen Bruder geschossen?«, schrie er aufgeregt.

»Der Schnösel hat einen Denkzettel verdient«, prustete Jupp. »Will hier alles in einen Puff verwandeln. Mit der Mühle ist er eindeutig zu weit gegangen.«

Todesmutig sprang Piet auf Jupp los, der panisch einen zweiten Schuss abfeuerte. Dieses Mal war er erfolgreicher. Piet stürzte zu Boden und hielt sich wimmernd das Schienbein.

Ich schaute mich um. Wo blieb bloß die Polizei? Und wieso kamen die anderen Platzbewohner uns nicht zu Hilfe? Hinter einer Hecke standen einige Leute, doch sie schauten einfach nur zu. Einige filmten mit ihren Handys.

»Hey, Jupp«, rief Rahel plötzlich und rannte los. »Versuch's doch mal mit mir?«

Was dann passierte, nahm ich nur noch in Schockstarre wahr. Wie ein Haken schlagendes Kaninchen sprang Rahel blitzschnell von links nach rechts. Sie duckte sich kurz, dann hopste sie vor und zurück und warf die Arme in die Luft.

Jupp zögerte nur einen kurzen Moment und schoss. Florence sackte ohnmächtig zusammen.

Mitten im Chaos hechtete Tjark auf den ballernden Jupp zu.

Als er versuchte, den Schießwütigen zu überwältigen, feuerte der noch einen letzten Querschläger ab.

NAHKÄMPFER

Die dunkle Wolke, die vom qualmenden Rest des Wohnmobils in den Himmel stieg, fegte der Wind in kräftigen Böen Richtung Osten. Als Jupps Projektil das Küchenfenster durchschossen und beim Aufprall auf Gerds metallenen Weinhalter einen Funken entzündet hatte, löste der Gasrest im Wageninneren eine Explosion aus.

Nur dem stabilen Gehäuse des Megamobils war es zu verdanken, dass die Detonation keine schlimmeren Folgen hatte.

Die umherfliegenden Teile hatten bis auf Jupp niemanden getroffen. Selbst Rahel, die dem Wagen am nächsten gestanden hatte, musste einen Schutzengel gehabt haben. Ein Kunststoffteil verfehlte ihren Kopf nur knapp, was sie mit einem lapidaren *mega-krass* kommentierte.

Jupp erwischte es schlimmer. Ein Türsplitter traf ihn am Oberschenkel und beendete seinen Rachefeldzug.

»Sind Sie sicher, dass diese friedlichen Camper Sina Wurps und Karl Weber auf dem Gewissen haben?«, fragte der Beamte Rahel, Tjark, Florence, Alan und mich. Piet lag auf einer Trage neben uns und wurde von einem Sanitäter behandelt. Der Streifschuss, den er Jupps Fehlsichtigkeit verdankte, war nicht lebensbedrohlich.

Jupp hingegen war sofort abtransportiert worden, da seine Wunde wie eine Fontäne geblutet hatte.

Die Feuerwehr hatte den Brand schnell unter Kontrolle gehabt. Nur durch ein Flatterband von den hilfsunwilligen Schaulustigen abgeschirmt, saß Richard, eingerahmt von vier durchtrainierten Polizisten, vor uns. Roswitha hockte blass daneben und starrte ihren Mann fassungslos an.

»Er hat es vorhin zugegeben«, antwortete Rahel auf die Frage des Beamten. »Sina Wurps musste sterben, weil sie die Erweiterung des Naturschutzgebietes befürwortete.«

»Ich kann selbst sprechen«, fuhr Richard dazwischen. »Sina war eine fanatische Ökotussi. Und wenn ich eins hasse, dann ist das Fanatismus.«

Vielleicht waren seine letzten Saunagänge zu heiß gewesen. Mir wurde schlagartig klar, dass bei Richard seit längerem alle Sicherungen durchgebrannt sein mussten. Warum war mir das nicht früher aufgefallen?

»Und was haben Sie mit Herrn Weber angestellt?«, fragte der Polizist.

»Den haben wir richtig erschlagen.«

»Also mit voller Absicht?«

»Mit meinem Spaten. Da brauchten wir schon mehrere Versuche. Karl war zäh. Sie kennen doch das Sprichwort *Wer nicht hören will, muss fühlen*, oder?«

»Was meinen Sie damit?«

Tjark hielt sich die Ohren zu und vergrub seinen Kopf in Rahels Halsbeuge.

»Mit dem war einfach nicht zu reden. Was meinen Sie, wie oft wir mit ihm diskutiert haben. Nicht wahr, Roswitha?«

»Ganz normal gesprochen haben wir mit ihm«, wies Roswitha ihren Mann zurecht. »Aber mehr auch nicht. Dies ist schließlich sein Platz und nicht unserer.«

»Wenn ich hier schon die ganze Arbeit mache, dann darf ich wohl auch mitbestimmen. Ich habe mich noch nie vor Verantwortung gedrückt. Auch nicht, wenn es um die Zukunft von *Dünenblick* ging.«

Roswitha schüttelte nur noch ihren Kopf und begann zu weinen. Richard freute sich, seine wirren Gedanken endlich kundtun zu dürfen und fuhr munter fort. Stolz beschrieb er, wie Jupp und er den toten Karl fachmännisch zerlegt und die Einzelteile in den Dünen verbuddelt hatten. Dann folgte die kleine Anekdote vom Warnschuss für Peer Nykamp.

»Ich glaube, den Rest erzählen Sie uns auf der Wache«, beendete der Polizist das improvisierte Verhör.

Er stand auf, und die vier Wachmänner zerrten Richard wie einen Schwerverbrecher vor sich her. Roswitha folgte der Gruppe, sie wurde ebenfalls von zwei Beamten eskortiert.

Fassungslos saßen wir in der Runde und sahen ihnen nach. Als sie durch die Absperrung gingen, entdeckte ich plötzlich ein bekanntes Gesicht. Der Sonnenbrillenmann stand hinter zwei anderen Gaffern. Offenbar hatte er uns die ganze Zeit über beobachtet. Als er merkte, dass ich ihn gesehen hatte, drehte er sich abrupt um und hastete den Weg entlang Richtung Platzausgang. Ich sprang auf und rannte hinter ihm her.

»Festhalten!«, schrie ich. Doch schon hatte sich der Mann aus der paralysierten Menschenmenge gelöst. Ich versuchte, ihm auf den Fersen zu bleiben, stellte aber fest, dass er schneller war als ich.

Kurz vor der Ausfahrt geschah dann das Wunder. Der Stalker spurtete geradewegs auf den schmalen Durchgang neben der Schranke zu. Genau in diesem Moment bog Gerd um die Ecke. Das Fernglas um den Hals, seine karierte Schiebermütze auf dem Kopf, rollte er durch die enge Gasse. Blitzschnell erfasste Gerd die Situation und stellte sich quer.

Der Sonnenbrillenmann versuchte mit einer eleganten Drehung auszuweichen, hatte aber nicht mit der Attacke des Rollstuhlfahrers gerechnet. Durch einen gezielten Schlag in passender Höhe setzte Gerd den Flüchtenden außer Gefecht. Der Sonnenbrillenmann krümmte sich und plumpste meinem Helfer brav vor die Rollen.

»Da-ha-hanke«, japste ich. Vor Freude umarmte ich Gerd und drückte ihm einen Kuss auf die kühle Wange.

»Schon gut«, antwortete er und schaute auf den winselnden Mann. »Ist das der Herr, der dich verfolgt hat?«

Ich nickte und beugte mich zu dem Häufchen Elend herunter. Die Sonnenbrille lag auf dem Splitt, und seine Mütze hing schief über einem Ohr. Wer war dieser Freak?

»Tun Sie mir nichts«, jammerte er und hielt sich den Schritt.

»Warum beobachten Sie mich?«, fragte ich wütend, doch der Mann zuckte nur mit den Schultern. Statt zu antworten, stellte er eine Gegenfrage.

»Haben Sie etwas mit dem Mord an Sina Wurps zu tun?«

»Hä? Nein! Wie kommen Sie denn darauf?«

»Ich bin Privatdetektiv. Sinas Eltern haben mich beauftragt. Ich fand es komisch, dass Sie immer wieder auf der Insel auftauchten. Sie kamen mir gleich verdächtig vor.«

Ja, sicher.

»Vielleicht sollten Sie Ihren Beruf wechseln«, riet ich dem Observationskünstler. »Ich habe nichts mit Sina zu tun, kann Ihnen aber verraten, dass der Fall soeben aufgeklärt wurde.«

Der Mann hob den Kopf und sah mich ungläubig an.

Ich half ihm auf die Beine und reichte ihm die Brille.

»Tut mir leid«, fügte Gerd hinzu. »Ich dachte, Sie wollten mich überfallen. Als Rollstuhlfahrer muss man sich zu wehren wissen.«

Der Sonnenbrillenmann humpelte davon, ohne sich noch einmal umzudrehen.

»Kaum macht man einen Ausflug, da geht es rund auf dem Campingplatz«, sagte Gerd. »Hab ich sonst noch was verpasst?«

Welche Reaktion hatte ich erwartet? Als ich Gerd erklärte, dass sein geliebtes Monstermobil soeben in die Luft geflogen war, lächelte er bloß. Dann nahm er meine Hand und tätschelte sie.

»Wer trauert schon um Blech und Kunststoff?«, lautete sein Kommentar. »Schade ist es um den guten Wein.«

Nachdem die Polizei alle Aussagen aufgenommen hatte, saßen wir noch immer vor Roswithas und Richards Wohnwagen.

Der Sanitäter bot Piet an, ihn nach Hause zu bringen. Bevor er abfuhr, schaute er zwischen Alan und mir hin und her.

»So, so, verlobt«, säuselte er grinsend.

Ich zog eine Augenbraue hoch und zuckte kurz mit den Schultern.

»Dann habe ich ja noch mal Glück gehabt«, flüsterte er zwinkernd. »Du wurdest mir sowieso gerade zu anstrengend. Normalerweise krieg ich die Frauen am ersten Abend rum. Aber du bist wirklich 'ne harte Nuss.«

Dann warf der Sanitäter die Tür des Rettungswagens zu, und weg war er.

NACHLESE

Die spektakuläre Aufklärung der Kriminalfälle hatte sich in Windeseile herumgesprochen. Bis die Polizei uns grünes Licht für die Heimreise gab, mussten wir Neu-Obdachlosen auf der Insel bleiben.

Florence und Gerd ließen es sich nicht nehmen, in der Suite des *Ambassador* zu residieren. Ein Anruf bei van Gendt hatte genügt, unsere Versorgung bis zur Abreise zu sichern. Heiner Koopmann zeigte sich von seiner großzügigen Seite und überließ uns die besten Zimmer. Alan und ich bezogen ein *Superior Appartement*, und Rahel freute sich über ein *Einzelzimmer Deluxe* mit eigenem Whirlpool. Für unsere modische Neuausstattung sorgten hilfsbereite Boutiquenbesitzer, die uns Kleider aus der aktuellen Herbstkollektion spendierten. Anneke und Franz Nykamp besorgten die Rückfahrtickets.

Tjarks Eltern waren noch am Tag der Explosion nach Norderney gekommen, um ihren völlig verstörten Sohn in Empfang zu nehmen. Bis dahin hatte Rahel das Trösten übernommen.

Als die beiden sich verabschiedeten, sah ich Rahel zum ersten Mal richtig weinen. Sie hatte nicht mal eine Träne verdrückt, als sie mit zehn vom fiesen Riesenpudel Bronko in die Wade gebissen worden war. Auch Gustavs Abfuhr hatte sie nicht so sehr gerührt. Es war der mutige Tjark, mit dem sie nun mehr verband als eine Ferienturtelei.

Zur Ablenkung luden Alan und ich sie in die *Milchbar* ein. Außerdem war es ihrem Anruf bei Alan zu verdanken, dass wir alle noch lebten. Sie hatte die Funkstille, die zwischen ihm und mir herrschte, nicht mehr ausgehalten und Alan erklärt, dass ich ihn höchstwahrscheinlich noch immer liebte, aber zu stolz sei, es zuzugeben. Außerdem sei sie davon überzeugt, dass die Geschichte mit Piets Zimmerbesuch auf van Gendts Mist gewachsen war. Alan hatte noch einen Tag mit sich gerungen und sich dann auf den Weg nach Norderney gemacht. Ob er das auch getan hätte, wenn er gewusst hätte, dass er geradewegs einem durchgeknallten Camper vor die Flinte laufen würde, darüber wollte ich lieber nicht nachdenken.

Müde, aber bestens gelaunt, saßen wir an einem großen Tisch mit Blick auf einen spektakulären Sonnenuntergang und ließen es uns schmecken. Nach allen Strapazen hatten wir mehr als einen Grund zum Feiern. Nicht nur der Mord an Sina Wurps und der Anschlag auf Peer Nykamp waren aufgeklärt worden. Im Polizeiverhör hatten Richard und Jupp zugegeben, auch den armen Klausi Kovananda auf dem Gewissen zu haben. Natürlich nicht vorsätzlich. Die zwei Rentner machten die labile Konstitution des Yogalehrers dafür verantwortlich, dass er den kleinen Stupser von Richards Mercedes nicht überlebt hatte. Sie waren ihm, nach eigenen Angaben, nur ganz sanft in die Fersen gerollt, um sein Karma zu testen.

»Was haben die beiden eigentlich für eine Weltsicht?«, fragte ich mich laut.

»Meiner Meinung nach gehören sie zur Gruppe der *Traditionsverwurzelten*«, antwortete Rahel mampfend.

»Wie bitte?«

»Das ist auch eine dieser Gruppen, in die dein Chef seine Kunden einteilt. Die Traditionsfreaks sind sicherheits- und ordnungsliebend. Nur dass Richard und Jupp das ziemlich eigensinnig ausgelegt haben.«

Ich starrte Rahel an, die mal wieder voll in ihrem Element war.

»Sie finden Veränderungen scheiße. Wenn es nach denen ginge, sollte es hier immer so bleiben wie früher. Keine Ökotouristen, keine Partygäste und keine Esoteriker.«

»Wie langweilig«, stellte Alan fest.

»Macht das Leben aber einfacher«, antwortete Rahel grinsend und bestellte sich einen Schokopudding.

Ich schüttelte den Kopf und atmete tief durch. Alan nahm meine Hand und sah mir in die Augen. Mir lief ein heißer Schauer über den Rücken.

»Apropos Veränderung«, hauchte er. »Hast du das eigentlich ernst gemeint?«

»Was denn?«, säuselte ich.

»Na, dass wir beiden verlobt sind. Wär schön, wenn ich auch etwas davon wüsste.«

»Ach, Alan«, flüsterte ich und fühlte, wie mir das Herz in die Hose rutschte. Der Spruch mit der Verlobung war mir in der Panik einfach rausgerutscht. Ich liebte Alan und war unsäglich glücklich, dass er mich gerettet hatte. Doch bevor mich jemand an die Eheleine legte, würde ich eher mit dem Rennrad die Welt umrunden.

Alan küsste meine Hand und arbeitete sich zärtlich an meinem Arm hoch.

»Weißt du«, sagte ich zitternd. »Wenn man unter Schock steht …«

»Schon okay. Verlobungen sind zwar altmodisch, aber ich finde es toll. Dann können wir endlich zusammenziehen. Ich wecke dich jeden Morgen, passe auf, dass du dich warm anziehst und schmiere dir ein Pausenbrot.«

»Ich weiß nicht …«

»War nur ein Scherz.«

ANMERKUNG:

Alle Wege führen nach Morden ist eine fiktive Geschichte. Gütersloh und Norderney sind nicht erfunden, wohl aber sämtliche Figuren und Begebenheiten. Ähnlichkeiten mit lebenden oder verstorbenen Personen sind rein zufällig und nicht beabsichtigt.

DANKE:

Vielen Dank an alle, die mich inspiriert und bei der Arbeit an diesem Buch auf vielfältige Weise unterstützt haben. Dies sind insbesondere Christoph, Marvin, Sally, Andrea, Uwe, Christiane, Holger, Annika, Alex, Horst, Oliver und Inga. Danke auch an Michael, Vanessa und Frank für das Schreibasyl sowie an Katrin Fieber, Ingola Lammers und Dirk Rumberg für ihre Hilfe, die Hürde des zweiten Buchs zu nehmen.

Am meisten danke ich meinen Eltern dafür, dass sie mich im Alter von neun Jahren auf »dramatische« Weise das erste Mal nach Norderney brachten. Mehr als 50 Inselbesuche später bin ich sicher: Hätten sie mich damals nicht versehentlich am Fähranleger stehen lassen, wären meine Begeisterung für Norderney und dieses Buch womöglich nicht entstanden.